第七届鲁迅文学奖获奖者
小 说 精 选 集

尹学芸 著

分 驴 计

作家出版社

目 录

李海叔叔

1

那个黄昏，李海叔叔毫无征兆地来了。他把电话打到我家里，让我到北外环去接他。我是骑车去的，回来时，李海叔叔是跟我走回来的，我一路几乎没怎么跟他说话。他这是第一次到我家来，路上絮絮地告诉我，这座县城他曾经无数次地路过，但从来没有停下脚。我懂他的意思。县城西边的那条道是国道，是山里下山时的必经之路，一直朝南走，就到我的老家罕村了。叔叔无论说什么，我都没有吭声。好在叔叔并没有减少说话的兴致，他倒背着手，优哉游哉地走。夸外环的路修得好，绿化也不错，都快赶上承德了。就是最后这句话，让我心里膈应了一下。我气鼓鼓地想，你儿女都在承德，承德的虱子就都是金眼圈。不得不承认，我当时促狭得毫无道理。原因只有一个，眼下的李海叔叔，是一个不受欢迎的客人。

叔叔打电话的时候，我正陪父母斗小牌。一岁多的女儿在摇椅里睡觉，被电话铃声惊醒，烦躁地大哭起来。听说李海叔叔已经到了城北，父亲把手里的纸牌横着丢在了桌子上，皱着眉头说："干啥来。"父亲的意思是，你没有必要来，这里没有人想你。或者，你根本就是不知趣，来得实在多余。父亲的情绪影响了我，父亲不喜欢的人也很难让我喜欢。所以陪叔叔走的这一路，我都打不起精神。

来到楼下，叔叔问我住几楼，我说住二楼。叔叔仰头往楼上看，说一楼脏，二楼乱，三楼四楼住高干。我说，有房子住已经不错了，还管它住几楼？到了我家里，母亲还有一丝热情，给叔叔沏茶，端水果。父亲则坐在床边，望着窗外，一直都没怎么正眼看叔叔。叔叔跟他找话说，父亲就一哼一哈。这种尴尬叔叔显然是心知肚明，但他毫不在意。晚饭就是棒子面粥，没有因为李海叔叔到来而稍有改善。这也是父亲授意的。叔叔一边喝粥一边说，自己的五个孩子都出息，大女儿海棠一个夏天就买了五条裙子。她工作在保安公司，属公安局管。大儿子自贡工作在政府机关，很快就要提科长了。最小的儿子自奋也顶替他去了矿上做钳工，跟煤黑子一点边儿都不沾。可着苦梨峪问问，一家五个孩子都在外工作的人家有没有，一个都没有！只有我李海一家！叔叔说得激动，两只眼球按捺不住要跳出眼眶。叔叔无论说什么，都没人接下言。父亲、母亲和我，以及我的女儿，我们都在各行其是。叔叔的声音就像锯条切割木头有种刺啦声，那种声音从他抻长的鸡皮包裹的喉咙里冒出来，听着那叫一个凄切惨淡。叔叔就像独角戏演员，没人喝彩依然演得十分卖力气。孩子哭着要吃奶，我有些难为情。但我的难为情母亲不懂，把孩子往我怀里塞，孩子像小猪一样往我胸前拱，我心一横，把衣扣解开了。

房子只有29平米。一大一小两间。里间我们一家三口住。外间兼做客厅，有一张折叠沙发，夜里放下来安顿父母。晚上十点叔叔也没有要走的意思，即使父亲话里话外一再暗示这里没有他的容身之地，外面不远处就有旅店，但叔叔置若罔闻。没奈何，我和爱人各奔单位，把床让给父母，父母把沙发让给了叔叔。转天早晨我来给孩子喂奶，发现叔叔已经走了。县里的医院新进了一台 CT 机器，这种机器据说只有北京上海的大医院才有。叔叔从河北的某个山村来我家，就是听说了这台新机器，他是专门来照 CT 的。

"他没有病却来照 CT，看来是钱多烧的。"父亲气哼哼地总结。

母亲说："你桌子上的那本书有用么？你叔叔也不问价儿，临走直接装进了包里。"

我确认了是一本青年作家的短篇小说集，书名叫《希望之星》。首篇是我的《难得浪漫》，写这些年的情感经历。还真是巧，里面的一段内容，写的是我和自贡哥似是而非的故事。

自贡是李海叔叔的大儿子。他还有另外两个儿子，自强和自奋。

母亲唠叨说："这么多年过去了，他还是把别人的家当成自己的家。把别人的东西当成自己的。一点变化也没有。"

我看见父亲横了母亲一眼。他不愿意母亲谈起这个人。

我赶紧说："那本书我还有，他拿走就让他拿走好了，不耽误事的。"

叔叔来我家的事，我第一时间告诉了哥哥和姐姐。他们几乎不约而同地问，叔叔是空着手来的？我说，是空着手来的。哥哥说，他没有带兜子？我说，他没有带兜子。姐姐问，他没有给孩子钱？我说，他没有给孩子钱。他们就在鼻子里哼了声。我们这边的风俗，久不上门的客人是不兴空手的，就像初次遇到从未谋面的小孩子要给看钱一样。当然，哥哥姐姐所说的兜子还不是这个意思上的，这一点，我在后面专门会讲到。那个时候，叔叔大约已经有四五年没有跟我家联系了，如果不是他主动来，我们差不多都把他忘了。

他成为一个话题在我们嘴边挂了一段时间，后来，终于不再提起。

2

关于李海叔叔的故事，实在是太漫长了。

我最早的记忆，是六岁或者七岁那年害眼病，在炕上躺着。父亲上窑回来，在院子里喊，来客了！来客了！

父亲嘴里的喜气，把全家人都调动了起来。哥哥担起水桶去挑水，母亲和面，姐姐烧火。然后是咣当咣当擀面条的声音。我在屋里就能听见一家人热火朝天。我的两只眼都被药膏糊住了，父亲让我喊叔叔，我坐起来，举着脑袋睁眼瞎一样喊了声，却没看清叔叔长什么样。叔叔拍了拍我的头顶，在炕上撒了一把糖，我摸到了一颗剥开放进嘴里，真甜。

那种奶香味，一直甜了我好几年。

这顿饭，只有父亲和叔叔两个人上桌子。事后据姐姐说，母亲只下了两个人的面，多一口的富余也没有。面条是姐姐擀的。父亲和叔叔吃完，盆里就只剩下井拔凉水空空荡荡，还有寸把长的一截面条漂呀漂。姐姐说，断条了，面还是有点软。母亲说，是煮的时候绕到了笊篱上。叔叔连说捞面好吃，擀面、切面、煮面的工夫和火候都恰到好处，吃到嘴里滑溜却不失韧性，是他吃过的最好的面条，比矿上的食堂做得好。这在当时简直是最大的赞美，想想吧，姐姐擀的面条好过矿上的食堂，那可是个大矿，有两千多口人。姐姐做的面条居然能打败那么多人，想不自豪都难！叔叔还特意赞扬了那卤，炒了两个鸡蛋放到炸好的花椒油里，那种香味简直要把房盖顶了去，不好吃才怪！

母亲对姐姐说："你叔叔夸你呢。"

姐姐的得意似乎就在脸上挂着，说："叔叔爱吃我擀的面，以后常来。"

叔叔说:"那晚上就再擀一次吧。"

姐姐高兴地说:"好!"

晚上的面条,母亲又减了一半的面。母亲和面的时候,父亲就去菜园子里给烟叶打尖。不打尖的烟苗就往高里蹿,长得像树一样。饭熟了叔叔却不肯上桌子,说要和大哥一起吃。大哥就是我的父亲。母亲说,你大哥在菜园子里干活呢。叔叔问菜园子在哪里,母亲迟疑了一下,说:"在甜水井边上呢。"

叔叔说:"我去找。"

母亲说:"你不认识路。"

我从炕上爬了起来,自告奋勇说:"我认识路,我带叔叔去。"

说来也怪,叔叔没来时,我的眼睛肿得像烂桃一样,啥也看不清。这种情况已经有两三天了。叔叔来了一天,我吃了三块奶香味的糖,眼疾也大好了。叔叔牵着我的手,往菜园子方向走。我发现叔叔高身量,白皮肤,重眉大眼,大背头一根不乱。穿一身毛蓝色的中山装,完全是一副干部派头。打看清了叔叔,我就喜欢上了他。甜水井是我们这一条街的饮用水,哥哥挑水就来这里。路过几户人家,我话痨一样介绍这家人叫多头,那家人叫二灯,都是我要好的小伙伴。还说甜水井的井壁上有麻雀窝,有一天,我亲眼看见一只小麻雀从里面飞了出来,却不敢飞回去。小麻雀在井沿上喳喳地叫,等来了它妈妈大麻雀,大麻雀张开翅膀把它抱走了。这边有甜水井,那边就有苦水井。苦水井洗头头发是粘的,用梳子都梳不开。但队里的牲口不怕苦,它们统统喝苦水井里的水,喝得咕咚咕咚的。我也不知道我说的话叔叔爱不爱听,我不太好意思看叔叔的脸。他也实在是太高了,站在我身边,像一棵树一样。

父亲从老远的地方看我们走过来,就用握着一把烟叶的手往回轰我们，说你们先去吃饭吧，我干完了活再回去。叔叔说，我跟大哥一起吃。父亲看着一大片烟地说，你先去吃，你先去吃。我干完还得一会儿呢。叔叔就牵着我的手回来了。桌子上他一个人吃面条，又把那只盆子吃得空空荡荡。叔叔打着饱嗝坐在炕沿上抽烟，我失望地小声对姐姐说："以为面条能剩下一些呢。"姐姐说："馋了是吧？馋了就咬嘴里子。"我愤怒地叫了一声："姐姐！""咬嘴里子"的话，差不多就相当于骂人了，意思就是吃肉，也就是自己吃自己。姐姐这话说得足够刻薄，一下子让我知道了什么叫羞臊。

果然，父亲回来天都大黑了。父亲蹲在屋檐底下吃饼子。那饼子是白薯面和棒子面的混合体，黑乎乎的，一股霉腥味。我对那个味道深恶痛绝，手里掰碎了，却不愿意往嘴里填，饼子渣落在了地上。母亲毫不张扬地打了我一巴掌，看上去是虚虚晃了一下，其实手上是用了力道的，因为母亲的嘴角使劲扯了一下。若是往常，我会气得哭一场。姐姐就管我叫"哭吧精"，说我眼窝子浅，动不动就长泪短泪。但眼下，一切看在叔叔的面子上，我忍了。父亲三口两口就吃完了一个饼子，又举起一大碗稀粥喝了个精光。我呆呆地想，父亲为啥不早回来呢，早回来就可以跟叔叔一起吃面条了。父亲喝完粥，手拿空碗又发了一会儿呆，暮霭像纱帐一样笼罩了他，父亲黧黑的脸孔失去了柔和，眉目逐渐变得模糊了。

我不知道父亲在想什么。

爷爷在饲养场喂牲口，常年吃住在那里。父亲把碗递给母亲，说我和李海先去饲养场。母亲应了声，把碗放到锅台边上，边走边用围裙擦手，来到了鸡窝旁。母亲蹲下身去，伸手就从里面掏出只公鸡，把两只翅膀掀起来叠在一起，给了父亲。父亲提着公鸡和叔叔先后走出了院子，到了外面，两人就肩膀并了肩膀。事后我才知道，那一晚父亲和叔叔到爷爷面前去行了跪拜礼,大礼过后,他们就成了结拜兄弟,理所应当的叔叔就成了爷爷的亲儿子。

两个人回来时,脸上的笑意都藏不住,一黑一白两张脸都冒着一种圣洁的光,若干年后我仍然想不好如何形容这种表情,我只能说,他们的那种笑容真的有些神圣。是那种羞怯的、含蓄的、隐秘的、温暖的种种元素,同时出现在两张丝毫不一样的面孔中,那种感觉,除了神圣,就是神圣!

父亲在屋里宣布:从今天开始,李海就是你们的亲叔叔!

母亲正倚在墙柜上纳鞋底,听了这话,脸上的笑容突然也变得神圣了!就好像,她刚才的脸孔还是片贫寒的土地,突然被日光沐浴了一下,就变得丰饶和美丽了。

母亲热切地说:“那敢情好!”

我和姐姐在炕里边坐着,倚着被垛。我有些不明白,悄声问姐姐:“老叔还是不是爷爷的亲儿子?”

姐姐撇着嘴说:“当然不是。”

姐姐大我七岁,基本上她说什么我就信什么。父亲兄弟两个,爷爷也是兄弟两个。爷爷的弟弟我们叫二爷爷,家里没有孩子。听母亲说,二奶奶曾经生过一个丫头,起名领弟。意思是,领来一个弟弟。可领弟不仅没领来弟弟,连自己也没保住。二奶奶信鬼神,常年偷偷在卧室的里间磕头烧香。领弟从小就胆子小,有一天晚上出去解手,据说看见了通天扯地的大白人,结果把自己吓死了。二爷爷打新中国成立就在村里当干部,如今已经当了 20 多年。二爷爷家拖累少,是我们这条街上最富裕的。老叔和老婶不待见爷爷奶奶,总往二爷爷家里奔,后来干脆两家并成了一家。吃食堂的时候,二爷爷家的粮食吃不完,我奶奶饿死了,我爷爷饿得全身浮肿,也没能得着二爷爷和老叔的照应。埋葬奶奶时,老叔像外人一样在人圈外看热闹。他对别人说，他要养着二爷爷和二奶奶，和我们这个家没有关联了。这些历史像文字一样刻在了血肉里，从父母嘴里传了下来。

所以姐姐说老叔不是爷爷的亲儿子，我果断相信了。

姐姐悄声说："李海叔叔才是爷爷的亲儿子。他跪在地上磕了三个响头，又喝了滴了鸡血的酒，李海叔叔就是亲的了。"

我问："如果不喝滴了鸡血的酒，会是亲的么？"

姐姐说："当然不会。兄弟有相同的血，才会是亲的。否则，即便李海叔叔管爷爷叫爸爸，他也不会是亲的。"

我确实难以置信。问："李海叔叔叫爸了么？"

姐姐说："当然叫了。他是爷爷的亲儿子，当然叫爸了。"

我立刻热血沸腾，浑身的每一个细胞都似乎要雀跃。我那么喜欢的李海叔叔成了爷爷的亲儿子，我的亲叔叔，世界上没有比这更美妙的事了！

我问姐姐："你高兴么？"

姐姐说："当然高兴！他下次来我还给他擀过水面，把面和得硬硬的！"

我想起了奶油味的糖果，心里有点沮丧。姐姐能给李海叔叔擀过水面，我能给李海叔叔做什么呢？李海叔叔的糖，让我分给了好几个小朋友，你可别以为我会一人给他们一块，我没有那么大方。而是把一块糖咬成许多瓣，最小的那一瓣，大概比芝麻大不了多少。

几年以后，李海叔叔第一次到我家来的时间，在我们家曾经引起过争论。爷爷说一样，父亲说一样，哥哥说一样，姐姐说一样。他们各有各的参照。比如，爷爷会说，队里枣红马下驹那年，枣红马喝了鸡汤么。父亲说，我那年上窑地，挣了450块钱。姐姐说，一天做了两顿过水面，这样的日子从来没有过。哥哥说，我是不是那年买了上海全钢手表？没人征求我的意见，其实我也有一肚子话想说。只不过，大人说话我老也插不上言儿。一家人在那里争论不休，母亲端着簸箕进来了，把一簸箕玉米棒子"哗"地倒在了炕上，我们一齐动手，创的创，搓的搓。母亲说，那年大旱，队里每人分了 12 斤麦子，我们全家才分了 72斤。大家一下子不言语了。母亲说得是对的，那年叔叔临走时，把几斤白面煞到了自行车的后座上，怕不牢靠，找了长绳子五花大绑。

母亲是个特别能算计的人。只有那一年，我们家的麦子没有吃到年对年。

3

叔叔给父亲做过三个月的徒弟，他们是在窑厂认识的。

父亲每年春天，都要去河北那一带的窑厂做短工。父亲有打砖坯子的手艺，每月能摔出一万多块。而像他一样的手艺人，能摔出七八千块已经不错了。据说父亲在那一带有着很高的知名度。父亲每年出去务工，都要请大队会计吃饭，然后请小队队长吃饭，因为他要带着大队的介绍信和小队的请假条。这两样，都需要加盖公章。每年请人家吃饭都像过鬼门关一样，好酒好菜预备了，还唯恐人家不来。人家答应来，也不会来得痛快，要三请四叫才行。虽然父亲挣的钱大部分要交给生产队，再由生产队记工分，但毕竟还有剩余。你能用手艺挣活钱儿，这在当时，是遭嫉恨的。

有一天，窑主来找父亲，说从今天开始你带个徒弟，叫李海。是附近矿上的右派，来窑厂改造的。父亲问窑主啥叫右派。窑主说他也说不准，反正不是什么好人。父亲问右派做了啥坏事。窑主说，他疯狂反对毛主席。父亲立时仇恨满腔，咬着牙说，那就让他来吧，看我怎么收拾他。

窑主有点不放心，说你就把苦的累的活计交给他干就行，还别把他累坏。矿里说了，他是八级钳工，还得随时去矿上干特殊任务呢。

父亲与李海叔叔一见面，就觉得他不是干苦力的人。那样的高挑个儿，那样白净的皮肤，衣着那样整齐，哪能一天到晚跟泥水打交道呢？父亲听窑主说，李海这样的钳工，整个松山煤矿也没几个。所以他虽然是右派，也是个牛右派。在矿上，都敢倒背着手走路。平时这样走路的一般得是矿长级的人物。父亲佩服有本事的人，所以见了李海的面，就把他疯狂反对的事忘了。李海叔叔拿铁锨要锄泥，父亲马上把铁锨抢了过来。父亲说，你一边坐着就行，活不用你干。

坯场附近有草棚，李海坐在那里抽烟。也给父亲卷烟，点火，吸一口，然后插到父亲的嘴里。李海叔叔的卷烟纸，都是成条的，白的，寸把宽，一叠一叠的。不像父亲的卷烟纸，白报本，报纸，马粪纸，赶上啥是啥。父亲的两手都是泥，若是往常，父亲每天最多能吸两三支，洗手要跑很远的路，父亲也不愿意耽搁时间。否则那一万多块的砖坯，哪里摔得出来。砖坯是青砖没进窑烧制前的叫法，因为是纯粹的黄黏土，砖坯光亮齐整，码上去简直严丝合缝。自从李海叔叔一来，父亲多了帮手，反而降下了速度。父亲有时一天能吸二十几支烟，吸的那叫一个心满意足。

李海叔叔爱说话，这也是父亲降下速度的主要原因。父亲要从草棚的方向往远处摔砖坯，一行四块，像排兵布阵一样。可如果离得远，就听不见李海叔叔说话了。为了能听见说话，父亲总是在拐过来时多耽搁一下时间。父亲听得很认真，是因为李海叔叔说的话他都觉得新鲜。李海叔叔先说自己是怎么当上右派的。厂里中层干部开理论学习会议，李海叔叔用一只烟头烫报纸。烟头燃尽了，李海叔叔把报纸拿了起来，被人发现报纸背面的主席像，正好被烟头烫出了个洞。父亲听得直打冷战，李海叔叔却像没事人一样。他说烫的是报纸，又不是活人，有人也许拿着报纸就去擦屁股了。厂领导找他谈话，说多亏这是在内部发现的，内部处理，你就当个右派算了。若是被人宣扬出去，你就得蹲大牢，吃枪子。哪有当个右派这么轻松简单？

松山煤矿两千多人，出了三个反革命，右派却只有李海一个，还是矿上自己定的。矿上的领导告诉他，按罪行，他也应该是个反革命。可当时矿上正在搞一项技术革新，事关安全生产，正干到半截上，若真把他抓起来，任务就完不成了。所以给他好歹安个名目，到窑厂来避风头。李海自己也说，要不是这个安全生产的任务，他估计该戴手铐了。

李海叔叔还爱谈他的家事。他在石家庄上的技术学校，考学的时候，他是年龄最大的学员。中专毕业，顺便也把城市姑娘马爱花搞到了手。马爱花在书店卖书，李海叔叔就每天到书店看书，其实一本书也没看下去，他的眼睛，始终围着马爱花的身影转。岳父岳母都以为李海叔叔是承德市里的人。他们私下商量说，远是远了点，城市小了点，但风景还不错，皇帝都愿意到那里歇着，将来咱们也可以到那里去当皇帝。既然姑娘乐意，那就把她高高兴兴打发了吧。结了婚才知道，李海叔叔的家在山沟里，离承德还有两百多里的路程。关键是，李海叔叔被分配到了松山煤矿，离石家庄也是十万八千里。等于是，哪都不挨哪。马爱花的工作关系转不过去，叔叔给她出主意，让她辞职。结果马爱花偷偷把工作辞掉了。这下岳父岳母不干了，大姨子小姨子不干了，大舅子小舅子也不干了，他们一致认为李海叔叔把马爱花骗了。他们声势浩大地支持马爱花离婚。马爱花也动摇过，那时他们已经有了一个儿子，有一天突然来了封加急电报，上写父亲病危。马爱花忙不迭地回了家。李海叔叔等一天人不回来，又等一天人还是不回来。李海叔叔心说不好，找到石家庄才发现，岳父根本没有病，马爱花跟同学去看电影了！李海叔叔让马爱花跟他回家，马爱花说，要在娘家待上几个月，好好享受享受，那个穷山沟能憋死人了。这还了得！李海叔叔赶紧找到邮政局，给家里发了个电报，电文只有两个字：回电。转天，连着三封电报都是加急的，上面都是相同的电文：孩子病危，赶紧回家！李海叔叔看着马爱花收拾东西，假惺惺地说别着急，晚两天走没事。马爱花不满地说，孩子病了你都不着急，你还是亲爹么！两人奔波了一天来到了家门口，看见刚会走路的儿子正在追蝴蝶，孩子病危原来是李海叔叔临走之前导演好的！

李海叔叔说到得意处，笑得周围的空气哗哗啵啵直响。李海笑父亲也笑，周围干活的人不明白是怎么回事，跑过来看稀奇，李海便又当故事说了一遍，父亲在旁边默默地听着，父亲听第二遍，居然像听第一遍一样津津有味。父亲佩服李海，还在心里拉近了与李海的距离。这个晚上，父亲请李海喝酒，两人就着一块老咸菜，居然喝到了后半夜。

是李海提出要与父亲结拜的。父亲觉得自己是粗人，配不上李海叔叔。可李海叔叔说，啥粗人细人，咱哥俩感情好，就是亲人。李海叔叔运气不错，当了三个月的徒弟没怎么干活，三个月后，厂里就把他调了回去，只是降了两级工资。他就是在调回去之前跑到我家拜亲。父亲说，这也是李海叔叔的主意。李海说，娘没了，爹还在。应该去给爹磕个头。这个爹，指的就是我爷爷。

李海叔叔第一次来我家之后的许多年，我的大脑里是空白，就像那些岁月从没在我的脑子里走过一样。相似的记忆，总是有相同的场景，年复一年几乎都没有变化。李海叔叔每年都是正月初一来我家拜年，他工作的地方，是承德西部，家则在承德东部的一个深山区，紧临那条武烈河。从家到松山煤矿，或是到我家，是同等的距离，几乎都是一两百里的路程。春节放了年假，叔叔从煤矿骑车回家，在家过了年，再骑车来我家拜年。不是三年两年，甚至不是十年八年，一晃就坚持了二十多年。这样一份情感，想不珍贵也难。

初一下午三四点钟，父亲穿着簇新的衣裳，晃着肩膀攀上了河堤。我们这一条街的人都知道，父亲是去接叔叔了。我家到河堤大约有五十米，但到远处的大桥，大约有一公里。父亲不会一直走到桥头，而是在离桥三四十米的拐弯处，来回溜达。我们猜，父亲这样做是为了掩饰内心的焦灼，他不愿意让叔叔看到他等候已久的样子。从早晨到现在，父亲都没怎么好好吃饭。他这一天都因激动显得坐卧不宁。而这时候的家里，姐姐一准在擀面，母亲一准在烧火。大锅里的水哗哗翻开着，不时添加，既为了暖炕，也为了耗损。因为长时间的沸腾，锅底会起一层白碱。只要李海叔叔一迈进家门，面条就得下到锅里，似乎让他多等一分钟，都是罪过。父亲接了叔叔许多年，几乎从没落空过。要知道，平时我们和叔叔几乎没有什么联络，都靠临走时的那两句对话。父亲问，明年初一还来么？叔叔说，还来。

李海叔叔不单是我家的亲人，也是我们这条街的亲人。叔叔来的这天晚上，屋里通常没有我们的座位，炕上炕下都是人。女人爬上炕，男人排在炕沿上，挤的都只能放半个屁股。还有人在院子里打一晃，看屋里的人实在装不下，看一看，听一听，悻悻地转身往回走。逢到这个日子，我们全家人的脸上都是喜气，父亲母亲出来进去合不拢嘴。在我们的眼里，或者，在我的乡邻们的眼里，叔叔就是高门贵客，是见过大世面的人。他随便说点什么，都是我们不知道的。比如，他说煤矿的小火车，像条蛇一样在山里钻来钻去，很多人就想不明白，火车又没有腿，怎么就能走路。山上都是石头，怎么能在石头堆里掏出一条路，那些石头不会掉下来么？比如，叔叔还会说起大鼻子尼克松来中国访问，天还很冷，他吃完饭就在院子里搓煤球。有人问为啥让人家客人搓煤球，叔叔认真地说，他不能白吃中国人的饭，美国人都很自觉。

我跟小伙伴们踢毽子，因为叔叔的缘故，总是踢得心不在焉。身边不时有人凑过来问这问那，叔叔几个孩子，都叫什么名字。叔叔家待的城市大不大。婶婶是不是售货员。叔叔这次来有没有带奶香味的糖……只要是有关叔叔的话题，我什么都愿意回答。只不过，有的答案是叔叔讲过的，而有些答案，就是我编的。比如，叔叔的五个孩子中，两个女孩三个男孩，名字都让我们的耳朵起了茧子，所以这些问题回答起来一点都不费力，至于叔叔的家，我知道那是在深山区，有坡上坎下，家里的粮食，差不多就种一种大黄米，孩子们都没见过水稻和小麦。这是叔叔诉苦的时候我听来的，可听来的话，我却不愿意告诉其他小朋友。我只说，叔叔一家就住在大城市，有很高的楼，有很大的公园。旁边就是电影院。婶婶就在一个很大的商场卖点心，卖不了的点心允许统统拿回家里，家里经常都不用做饭。小伙伴的眼睛都直了，流着哈喇子看着我。她们实在想不出那样一种生活有多幸福，我们长这么大，就在代销点见过点心，实在是，指甲大的那样一块点心也没吃到嘴里过。

至于奶香味的糖，叔叔只带过来那一次。但在我的嘴里，一定是年年要带的。小伙伴多头是我的同龄人，气得哼哼说，你叔叔年年给你带糖，可你就给我们吃过一次！我解释说，糖都被母亲锁进了柜子里，我没办法啊！

小伙伴排着队跟我回家看李海叔叔。他们大多躲在门帘后，扒着门框偷偷往里看一眼。叔叔用侉侉的声音招呼说，进来啊。结果他们都是耗子胆儿，谁都不敢进，哗啦一下全跑了。多头对我说，你叔叔长得真叫俊，简直就像周总理。我很得意，那种高兴劲，就像是真的周总理到我家来了一样。

4

　　叔叔一般在我家里住三天，初四一大早，就要上路了。初三的这个傍晚，是我家最为忙乱的。叔叔的后车座上夹着一个青灰色的旅行包，很大，能装进一个小孩子。母亲第一次提在手里掂了掂，就说能装个小孩子。母亲提前跟父亲商量，这个旅行包里装点啥呢？父亲说，还能装啥，粮食。他们家就缺粮食。于是母亲打开缸盖看了看，用一只瓢朝下扎了通，满满一瓢白面就出缸了。母亲把装满了白面的瓢放在缸盖上，回身再拉开旅行包的拉锁，才发现硬皮的旅行包里原来有内容。拿出一个布兜，还有一个布兜。拿出一个袋子，还有一个袋子。母亲一下子就掏出来七八个。当时母亲是在后院的储藏室里，是蹲着的。而我正在门前踢毽子，我发现，母亲突然"哎呀"了一声，一屁股坐在了地上。她显然是让那些布兜、袋子吓着了。她让我把父亲喊了来，两个人头碰头摆弄那些布兜、袋子，嘴里咕哝着商量了老半天。最后一致决定，哪个布兜、袋子都不能空着走。烟叶，粉条，薯干，花生，瓜子，红小豆，白爬豆，芝麻，棉花，黏面，小米……只要我们家有的，不管是啥，统统带给叔叔。于是叔叔走的时候，自行车就像是全副武装一样。车把上，后座上，绑的绑，挂的挂，都是装满了货物的布兜和袋子。最多的一次，母亲曾掏出来过十二个袋子。既有学生用的帆布兜子，又有临时用布条缝制的布袋子。母亲翻看了一下针脚，都是粗针大马线的。我说，婶婶的针线活不好，不如您的好。母亲说，别瞎说。你婶婶是干啥的，我是干啥的，你婶婶是在大城市当过工人的。在我们老家的语系中，凡是城市的，吃商品粮的人，都统称是工人。

　　实在没东西可装，母亲去邻家借了十个鸡蛋煮熟了，说给叔叔路上打尖用。母亲边煮鸡蛋边自责，叔叔在路上要走差不多一天的时间，过去从来没想起来过要给叔叔准备打尖的食物，叔叔这一天都要饿肚子。从那一年开始，十个煮熟的鸡蛋就成了保留曲目。为了能让叔叔满载而归，我们全家半年前就要口挪肚攒。比如队里分了花生，母亲提前会把给叔叔的一份单独放着。有时候我们嘴馋从袋子里偷着抠几粒，但会自觉不动其中的一个袋子，因为那是准备送给叔叔的。

　　数不清多少个正月初一，父亲在河堤上的暮霭中接到了叔叔。那个时候，父亲差不多在河堤上已经转了一两个小时。远远地看到一个骑车人过来，父亲停下了脚步，仔细辨别。觉得模样像叔叔，遂疾步往前走。叔叔戴着一顶狐皮帽子，帽子耳朵张开着，随着土路的颠簸，呼扇呼扇。从远处看，就像会飞的风筝。他一下一下紧着蹬车，看见父亲迎他，越发加快了脚下的速度。我无数次地想象，他们的相逢应该像电影，有一种激动人心的力量，让围观的人湿了眼睛。可现实总是让我失望，他们的见面平淡无奇，他们只会平淡无奇。多是叔叔跳下车来，喊一声"大哥"。父亲应一声，就没事了。既没有拥抱，也没有问候。让看热闹的人很是失望。父亲接过叔叔的自行车往回走，这一天的等待就算结束了。连我似乎都能听到父亲那颗悬着的心，"咚"地落地的声音。

　　爷爷给我起了个外号"电报车"，是说我嘴快腿也快。总是第一时间跑回家，告诉母亲叔叔来了。然后再跑到饲养场，告诉爷爷叔叔来了。还要张扬地告诉我遇到的所有人，我叔叔来了！不知为什么，爷爷总没有我期待的那种对叔叔的热情，他与父亲刚好相反。饲养场有一间筒子房，爷爷靠在廊柱底下搓麻绳。我旋风一样跑过去，大声喊，爷爷爷爷，叔叔来啦！爷爷一张平静的脸看我，说，慢点跑，别栽了。我的印象中，爷爷从没回家看过叔叔，除了那次行大礼，叔叔也再没张罗来看过爷爷。这段时间里，爷爷仿佛是不存在的一个人。按说这事儿有点匪夷所思，只有我在写这部小说时，才发觉这绝对是个问题。可惜当时都被叔叔带给我家的热闹掩盖了，我们甚至没人想起爷爷这个人。

爷爷是夏天去世的。我已经记不起来是哪一年的夏天，三年级，或者四年级？我提着筐拿着镰刀去采猪草。在河堤上碰到了我的老师，老师叫着我的名字打趣说："王云丫，你的眼窝没湿，不应该啊！"我不知如何应答老师的话，不好意思地笑了下。家里，爷爷直挺挺地躺在了门板上，身上盖着青色的布单子。木匠在打棺材，大师傅在埋锅造饭，里外都是忙碌的人。父亲母亲得空偷偷抹一把眼泪。我很得意我的眼窝没湿，故意把脖子往上挺了挺。我刚走到河对岸，就看见有人在坡下一手推着车，一手搭着凉棚朝我看。我惊喜地对身边的伙伴二灯说："快看！这人好像是我叔叔！"二灯在风中甩了一把鼻涕，嘲讽说："拉倒，你凡是看见体面的人都以为是你叔叔。"二灯醋天寡地的话根本没有打击我，我眼睛盯着那人，拧着身子快步往前走。那人也一直在看我，往坡上走了几步，他首先说："这不是云丫么？"就听"哗"的一声，我被一阵巨大的温暖包围了，叔叔出现的可太是时候了！我跑过去喊了声叔叔，告诉他爷爷去世了，家里正打棺材呢，大师傅正在埋锅造饭呢。叔叔说，那我回来得正好，怪不得这两天心里总是闹得慌。你去干啥？我说我去采猪草。家里的老母猪要下崽了，每天都会吃很多猪草。叔叔回家了，我挽着二灯的手臂往前走。我的甜蜜幸福与二灯的灰心丧气形成了鲜明对比，这一路我俩都没好好说句话，二灯始终跟我拧着脖子。爷爷去世的事并没有通知叔叔，叔叔能够赶过来磕头纯属偶然。叔叔也因为这件事声名鹊起。大家都说叔叔虽然跟爷爷没有血缘关系，却跑了这么远来让爷爷"得济"，比那个人强。

那个人，无疑指的是爷爷的另一个儿子，我的老叔。

关于"得济"，我稍稍解释一下。在我们老家那个地方，老人最大的"得济"，就是临死之前儿女能看一眼。或者，在灵前磕个头，送亡者上路。否则，你就是平时再孝顺，照顾得再周到，老人去世时你没在身边，这也是没得济。古语说的"父母在，不远游"，折射的可能也有这个道理。许多年里，老叔基本上与我家断绝了关系，所以爷爷去世时，根本就没见着他的身影。叔叔这次来，是来跟我家借钱的，没想到正好赶上爷爷的葬礼。

5

打我记事起，我家就住在一个四合院里，是土改分得的胜利果实。正房的其中一间，住着二爷爷二奶奶，对面是生产队的粮库。我家跟老叔住东厢房，而西厢房住了一户外姓人。倒房里住的则是被分胜利果实的那家人，是个富农。印象中，他总揣着袄袖在院子里晃，终年挨批斗。斗争他的人让他管蒋介石叫爹，他不叫。被人打断了一条腿。

老叔和老婶就算过继给了二爷爷家，也没履行啥手续。他们只是持续地年复一年地不过来看我爷爷，我爷爷便对我父亲说，你就当没有这个兄弟吧。

二爷爷要了处宅基，要到外面盖房。某天我父母上工回来，才发现好好的房子被拆得只剩下了一半。砖瓦石料木材都被老叔扯走了。我家这一间半房子，侧面成了一个巨大的伤口，若是浇一场大雨，一准坍塌。母亲一下就哭出了声，围着房子疯了似的转来转去。父亲原本又要去河北的窑厂去上工，因为房子成了这样，不得已留了下来。父亲安慰母亲说，也该盖房子了，孩子眼瞅就大了，不能总挤在一起睡，该分窝了。

　　要想盖房，先得拆房。计算有多少建筑材料能够重复利用。房子落了架，松木檩柁一敲梆梆响，父亲在这边忙碌，富农揣着袄袖歪着肩膀远远地看着，说劈成一半也比现在的木头结实。这整个一座宅院都是富农的爷爷盖的，据说松木都是用胶皮大车从东北拉来的。富农的话让父亲茅塞顿开，如果能把这些木材劈开，一层房的材料就都有了。父亲指挥帮工的人把木材抬到了院子的一个角落，老叔来了。老叔说，这房子也有奶奶一份，既然奶奶都过世了，就应该有她的老儿子一份。说完，走向那架最粗的房柁。父亲一看急了眼，连忙站到了圆木上。再也没想到老叔一猫腰把圆木抽了起来，一下就把父亲掀了个仰八叉！父亲摔在地上起不来，嘴里却不停地破口大骂。父亲骂人这一生也仅有这一次。不幸的是，爷爷就在不远处听着。老叔一看父亲态度强硬，灰溜溜地走了。我家的三间房子后来盖了起来，一看就是将就的，檩条和房柁都是白生生的茬口。这是 1967 年的事。

　　1976 年的秋天，父亲从大队要了宅基，在苦水井附近盖起了一层四破五。这在当时的村里也是件轰动的事。儿时的伙伴多头家里经常因为这个干吵子，多头妈说多头爸废物，一辈子挣不来活钱儿。瞧人家云丫的爸，一层四破五的大房，像气儿吹的似的眨眼就盖了起来。

　　但这层房命运也不长久。上梁时木材还是湿的。我们住在里面几年，房柁总像下雪一样飞一种奶茶色的粉末，有时直接就能飞到饭碗里。仔细一看才知道，原来是木头里面生了虫子。那些虫眼越来越多，房柁眼瞅着不能承重，父亲就在下面支了根木头。就像屋里长了棵树一样。后来这根木头也真发了芽，是棵柳树，顶住房柁的地方，长出了一簇绿生生的叶子。

　　1985 年，父亲手里攒了些钱，决定把房子推倒重盖。这回是当做百年大计来盖的。当时我高中毕业以后在村里的服装厂上班，利用停电的时间，曾经跟父亲跑过几次木材市场。父亲选的木材，都是最贵的东北红松，每一根椽子都是红松的，俊俏笔直，连个疤痕都不带。我高中时的成绩不错，家里一直对我的高考抱着希望。可是我偷偷地学文科考了理科，是想早早步入社会体验生活写小说。写了四五年，浪费了若干纸墨和电费，却一事无成。母亲大字不识，却能从村里给我拿回退稿信——她是怕别人看见。

有一次父亲跟老叔吵架，因为什么忘记了。老叔指着父亲的鼻子说，瞧你的孩子，瞧你的孩子！老叔的意思是，你的孩子没出息。老叔主要指的是我，因为我总半宿半宿地开着电灯浪费电，成了村里人嘴里的笑话。没想到父亲理直气壮说，我的孩子怎么了，比你家的强！我的儿子当老师，我的闺女会写小说！这话简直惊世骇俗啊，大哥当的是民办老师，而我的会写小说真是不能当话说啊。我只发表过一首诗，赚了一块钱稿费，还让邮递员扣去 5 分钱。大喇叭一遍一遍喊我去取稿费，我不好意思去取，邮递员把稿费送到了我家里，我躲在屋里不敢出来。当时羞得恨不得找个地缝钻进去。可父亲不觉得我丢人，就那样骄傲地响声大气说出来，惊了一条街的人。

那层房父亲一共盖了七间。父母住一间，哥嫂住一间。姐姐出嫁了，但父亲特意给我辟出一间闺房。父亲说，我恐怕不能像多头和二灯那样早早就嫁人。只要一天不出嫁，家里就得有你住的地方。

父亲这句话，温暖了我一辈子。

6

有一年的正月初一，父亲没有接到叔叔。月亮升起来了，星星爬满了天空，河里的水因为结了冰，又被寒冷冻裂了，发出了喀拉喀拉的响声。零星的鞭炮清冷寥寂，厚重的夜色像水墨一样铺排，把村庄整个都包裹了。起初，我一直在河堤上陪父亲，后来实在冷得受不了，我先回家了。河堤与街道就是一个 T 字形，我把那条街走完，要拐弯，突然回头看了眼父亲。暗淡的星光下，父亲矗立在河堤上，像一棵长了腿的树。后来这棵树越来越矮，直至消失。我不放心，又跑回了河堤。堤上堤下河边对岸哪里有父亲的影子！我不敢大声喊，怕惊扰了这黑夜。对岸的堤上都是灌木丛，让夜色弄得鬼鬼祟祟。我跑回了家，堂屋里热气蒸腾，锅里的水也不知道添了几回，案板上的面条码放得整整齐齐，母亲和姐姐在包饺子，留待明天早晨煮。我气喘吁吁说，父亲找不着了，哪里都没有。母亲把情况听完，头也不抬地说，他一定是去大马路上接了。我恍然大悟。对岸的河堤下面是一大片高粱田，夏天我们在河里洗澡，曾经到高粱地里吃甜棒。高粱田的那边，就是新修的大马路，一端通到天津，一端通到承德。叔叔每年都是顺着这条路来我家。姐姐问，这么晚不来，叔叔还能来吗？母亲说，是家里有事？是车子坏了？是煤矿没放假？真是急死人了。我坐在灯光的暗影里嗑瓜子，想着在马路上焦急等待的父亲，有点后悔一个人先跑回来。母亲说，你爸就是死心眼儿，等不来就别等了啊，这大冷的天！我抓了把瓜子装到兜里，说我去找他。母亲斥责说，黑灯瞎火的，丫头家家瞎跑啥。冻不起他就回来了，不用你去找！

父亲在灯影下吃饭的场景充满了忧伤，父亲怔怔的，半天才动一下筷子。面条挑了起来，却没往嘴里放。筷子搭在碗上，面条搭在了筷子上。开始还冒着热气，后来便成了冻僵的蚯蚓。叔叔初一没有来，初二也没有来。不知道叔叔为什么不来，那些给叔叔准备的东西都摆放在储藏间，一样一样，筐箩、簸箕、沙斗子，凡是能用上的东西，几乎都派上了用场，就像穆桂英破的天门阵一样。叔叔不来，我们还不只是忧伤，还惶惶不可终日，总是担心着，惦记着，恐惧着。我偷偷对姐姐说，叔叔不会是死了吧？姐姐拍了我一掌，嫌话说得不吉利。可转过脸去，她就把同样的话对母亲说了，母亲却没有拍她。母亲说，我们今年可以多吃几顿烙饼了。

天都大热了，我们接到了叔叔写来的一封信，是写给父亲的。解释他今年正月初一没来的原因，是因为生了场大病。这封信只有半页纸，在我们家每个成员手中传阅。叔叔写的是连笔字，很好看，很大气。大家一起唏嘘，总算解开了心中的疑团。大哥那年新定了对象，脸上总有一层桃色水气。他对母亲说，给叔叔留的花生和芝麻不能过夏天，过了夏天就长虫子了，不如我给丈母娘家送去吧？母亲嗔怪地看了他一眼，答应了。信到我手里时，已经是最后一站了。我读初中二年级，开始对文字和行文敏感。我上下看了一眼，说，这信是三个月之前写的。哥哥姐姐不信，抢过去看，日期果然是二月十二号，若按阴历算，那时应该是年后不久。父亲表扬了我，说哥哥姐姐都是高中毕业，却不如人家初中生能看出门道。姐姐狡辩说，我还没看完呢！事后我们问过叔叔，是不是信写得早，寄出来晚。叔叔说不是。那么这封信就是在路上或我们大队给耽搁了。大队的信箱是一个绿皮桶，各种信件经常散落得到处都是。

经过全家一致协商，由我来给叔叔回信。这是我第一次写信，而且是写如此重要的一封信，我没法不认真对待。有好几天的时间，人在教室上课，脑子里就全是信中想写的内容。信写好以后，给全家念，改了又改，抄了又抄。比《红楼梦》批删的次数都不少，我就是从那年才开始看这部大书的。母猪下崽了，哥哥订婚了，姐姐用一尺布票三尺三的面料自己裁了条裤子。父亲不能出去务工了，因为他当了生产队的队长。林林总总，杂七杂八。总是写不全面，总有新的内容需要补充。信写好后，密密麻麻足足四页纸。我最后一次给全家念时，磕磕绊绊念了足有半个小时。明明是写通顺了，可一念又觉得不通顺了。我着急，父亲比我更着急，他的脸上和手上都替我使劲，我一看他，就更紧张了。信念到一半，我都要虚脱了。那个晚上村里有电影，姐姐陪着我，在看电影之前把信庄重地投到了信箱里。电影看到一半，我突然"哎呀"叫了一声，信封上光注意写地址，忘了写叔叔的名字！我和姐姐赶紧挤出人群，来到了那只邮筒旁，信就在里面，可我们却取不出来。邮筒不知什么时候被人上了锁，过去明明是不上锁的啊！转天我们再来找，发现那些信已经被邮递员老吴取走了。好在老吴是个热心人，他到邮局发现了这封没有收信人名字的信，把信退了回来。这封信开启了我跟叔叔的通信生涯。如果说，写信也可以算创作的话，这无疑是我最早的创作经历，我跟叔叔之间天上地下无话不谈，叔叔写的信，一点也不比我写得短，而且都是鼓励鞭策的内容。看信和写信，成了我那一段生活中最幸福的事。

7

又一个正月初一，叔叔不是一个人来的，后车座上坐了个小丫头，不用问我们也知道，她叫海棠，是我的妹妹。还有另一个更小的妹妹叫腊梅，比这个叫海棠的小了十分钟，她们是双胞胎。即使是双胞胎，叔叔也一定是带海棠来，因为在叔叔的嘴里，提到海棠的次数要比提到腊梅的次数多得多。海棠从大堤上走下来，我们这一条街都轰动了。当然我这样说有点夸张，所谓轰动，是指和我们差不多大的丫头和小子，都从四面飞奔来，要看海棠妹妹长什么样。这个海棠可真是漂亮啊，两条麻花辫又粗又长，刘海弯弯曲曲，是自来卷！一双大眼睛水汪汪，嘴唇红得像点了胭脂。关键是，她的皮肤青白青白的，真的就像鸡蛋青一样。光是这一样，一下子就把我们都比下去了。我们都是上树捉鸟，下河捞虾的野孩子，脸都跟红高粱一个颜色。海棠坐在炕沿上，一只出生不久的小羊羔从柜子底下战战兢兢爬了出来，海棠惊奇地说，这是小狗吧？不怪海棠认错，这只羊羔太像小狗了。身上的底色是白的，却有黑的棕的花斑点，还没长犄角，一张俊秀的小脸毛茸茸，可不就是小狗么？海棠的这个笑话，被我渲染给了很多伙伴听，大家都乐得前仰后合。要说这有什么可笑的呢。许多年以后，女儿跟我出门看见一头牛，女儿说，这是大猪吧！都没有这么好笑。那种好笑一点都不带嘲讽或蔑视，相反，带一种羡慕和景仰。瞧，海棠不认识羊，人家连羊都不认识。这说明了什么，说明了人家的生活的底子跟我们不一样，人家是城市来的！

天知道的，我给这一切打了掩埋。海棠不是不认识羊，只是没认出我家这一只。只要是山区，最不缺的就是羊，因为那里有天然牧场。

海棠不认识羊，成了她身上鲜明的特征。再加上她说话的声音就像小羊羔，更让我喜欢得不得了。我上厕所都要带着她，她实在是太有趣、太迷人了！我把所有的私藏与她分享：没头没尾的书（后来才知道是《青春之歌》，算禁书），灯芯绒的布包，红油漆的羊骨，几块视若珍宝的手绢……海棠妹妹如果提出想要什么，我会毫不犹豫送给她，包括一件新做的花格褂子都舍得。但海棠妹妹什么要求也没提出，她仔细地替我把东西收好，放到了橱子里。母亲正在做饭，喊我去后院拿一把柴禾。别多拿，再有一把就够了。我应了声，拉着海棠妹妹一起去了。所谓的柴垛，早就夷为平地了。只剩下了一些碎的柴草节，一二寸长。海棠妹妹看着我把柴草节装到一只粪筐里，惊异地说，这能烧么？这能做熟饭么？我说，我们一直就烧这个啊！海棠说，我们一直以为大爷家的日子就像天堂一样，没想到烧柴都这么困难。我说，我们烧柴一直困难哪。这些柴还是我们捡来的，要跑十里八里的路呢。在饭桌上，海棠对李海叔叔说，爸，大爷家里没柴烧，你应该给他们拉些煤来。海棠直视着叔叔的眼睛，说起话来像大人一样。叔叔说，要说松山矿啥都缺，就不缺煤。新出的一种大同块比山西的煤好烧。海棠说，那就赶紧拉一车来吧。叔叔说，好，等我回去就操办。我看见爸妈兴奋地彼此看了一眼，我则崇敬地看着海棠，小丫头人不大，说起话来却丁是丁卯是卯。

　　过了不久，一卡车大同块就轰隆轰隆拉来了。叔叔说，他的几个徒弟挑了一晚上，保证里面一块石头也没有。母亲张罗做饭，叔叔说来不及了，他和司机都是偷着出来的，得赶紧回去。两个人连口水都没喝，又把卡车轰隆轰隆开走了。这个晚上，我家没完没了的有人串门子，他们都是来参观的。煤堆在我家院子里，真跟一座山差不多。有人问父亲这车煤有多少，需要多少钱，既然李海在煤矿工作，应该能便宜不少吧？别人无论问什么，父亲都一脸幸福地摇头说不知道。其实连我都知道这车煤是 5 吨，不知道为什么父亲要刻意隐瞒。许多年以后，我终于明白了这里边的机巧。我问母亲李海叔叔是不是送给咱一车煤，母亲说，他送？那车煤一共 200 块钱，李海要走了 220，他说要给司机 20 块好处费。我说，可大家都以为李海叔叔白送了咱一车煤。母亲说，还不是怨你爸。咱花了煤钱的事，你爸不让对别人说。

　　但这车煤还是给叔叔找了麻烦，他在矿上挨批判了，罪名是"倒卖能源"。挨批判的事是叔叔写信告诉我的，他说他一边写信一边写检查。叔叔的信写得很轻松，一点也没因为写检查影响心情。叔叔是个有气度的人，这一点，特别让人崇拜。我特意把那封信藏了起来。没有告诉父母，是怕他们担心。我对自己说，王云丫，你已经长大了，得能扛点事儿了。

8

高三上了多半年，转眼就要面临毕业了。原来一直想脱离学校步入社会写小说，真的要面对这一天了才知道，到哪里去找写小说的门路啊！我们这所乡办中学教育质量差，连续几年没有高考上线的，大家都惶惶的不知所终，我则开始了烦闷和愁肠百结。偶然在《中国青年》杂志上看到署名潘晓的文章：《人生的路啊，怎么越走越窄》。我似乎醍醐灌顶。这不是说我么，我的路就是越走越窄啊！我给叔叔写了封长信，信中散发着少有的悲观甚至绝望。就好像，我还没有踏上人生旅途，所有的路就成了断头路，没有哪条路能带我走向光明。而光明的路什么样，我又不知道。班里的团支书毕业就跟男同学结了婚，男同学是我的邻居，就住在我家前院。我出来进去绕道走，不愿意碰见她。其实是不想碰触她那种生活，仿佛是，那种生活原本是跟我不相关的，一碰触，我就看见了不远处的自己。

可还是有个男同学让我心动了一下。他姓胡，是不远处的柳河套村人。他经常让一个女同学把信捎给我。信是封好的，可我拿到手里一看就知道，封口曾被启开过，因为糨糊还是湿的。这样的结果我一点都不在意，等他的信成了一种慰藉。

过去，我对那个男同学并没有好感，他多少有一点好高骛远。是他信中的一些文字感染了我，他说他希望能遇到这样一个人，和他一起去走天涯。

走天涯的想法，契合了我心底的浪漫和虚无的感觉。

我把这些信息也汇聚到了那封长信里。没想到，一向温和的叔叔突然板起了面孔，给我回了封措辞非常严厉的信，他批评了我。他说你还没有走在路上，怎么就知道路越走越窄？人生的路千条万条，你不走一走，怎么能知道哪条路适合你？叔叔说，我不知道潘晓是谁，但我知道她矫情。人有脚，就是用来走路的。你在雪地上反复沿着自己的脚印走走看，路只能越走越宽，绝不越走越窄！

他把那个男同学说得一无是处，等于兜头给我泼了一盆冷水。冷静下来我好好想了想，高中三年我从来没喜欢过这个男生，眼下对自己妥协，纯粹还是因为觉得无路可走。

信的末尾，叔叔邀请我出去散散心，说也把自贡哥哥叫过来，跟我做个伴。叔叔的这个邀请在我就像久旱甘霖，我太想出去走走了。在这之前，我从没出过远门。

自贡哥哥大我两岁。我们每天除了看电影，就是东游西逛。整座矿山坐落在山环里，附近山上的果子几乎都让我们尝遍了。我第一次知道有种苹果叫美夏，长着红艳艳的脸，个头不大，却很甜。我问自贡哥哥苹果为啥叫这样的名字，自贡哥哥说，夏天来了，它们就美了。我们在树上选最大、最圆、最红的苹果，吃够了，会偷几只装到口袋里。那里的老乡都淳朴，你若是吃，吃多少他都没意见。若是想带了果子出山，如果让他们看见，他们就不乐意了。

9

父亲当了三年的生产队长，生产队解体了。

开始是有风刮了过来，说别处早就包产到户了。我不信。我喜欢生产队，觉得生产队的集体劳动才是生活。我只是以学生的身份到生产队劳动过，大家比着赛地讲笑话，既动口又动手。比着赛地学偷懒，比着赛地占生产队的便宜。那种生活简单快乐有趣。高中毕业后一直想融入他们之中，但就是缺那么点勇气。从叔叔那里回来的路上，心一下就安静下来了。我对自己说，你没有退路了。是时候了，去参加劳动吧。即便是为了体验生活，也应该有行动了。我从大马路上下了车，一个人往家里走。走到家门口，正好碰见母亲牵着一头驴回家。是头好大的灰驴，大概不情愿被人牵着，头总往和缰绳相反的方向挣脱。我帮着母亲把驴轰进了院子，问母亲要干啥活。我以为驴是从生产队借的。可母亲说，驴是咱家分的。那么多人抽勾（抓阄），一下子就让我抓着了。母亲的兴奋溢于言表，说队里一共就有五头驴，又有老，又有小。只有这头驴不老也不小。当然还有牛和马，可那是大牲畜，更不适宜在家饲养。

就像倒憋了一口气，我一下就给闷住了。我刚下决心到生产队参加劳动，没想到这样的机会就永远失去了。我还有一件事百思不得其解，大片的土地被切割，机械化怎么操作？现代化怎么实现？各家各户守着自己的一亩三分地，人心就会散如沙。大家心不往一处想，劲不往一处使，要实现共产主义，还不得猴年马月！我整天瞎想，父亲却早早收拾好行囊出发了。母亲说，父亲一辈子挣的钱能压死一匹骆驼。父亲一生就对两样事有瘾，一是干活，二是挣钱。

终于不要介绍信，也不用请假条。我猜，父亲骑在那辆叮当作响的自行车上，心一定是飞起来的。村里建起了服装厂，我带着家里的缝纫机到厂里做了工人。工资不低，但我工作得不愉快。心里总像长了雾，看不清自己，也看不清别人。每天的工作时间是早晨六点到晚上十点，中间只有各半个小时的吃饭时间，要跑着家去，再跑着回来。我把那些所谓灵感的火花，都随手记录在衣服的卡片上。这年的正月初一叔叔是坐长途车来的，他把我关到了门外，说有重要的事跟我父母商量。叔叔走了以后母亲才告诉我，叔叔想跟我家结亲。我不明白，啥叫结亲？

母亲戳了我一指头："你叔叔看上你了，要你做他家的儿媳妇，你乐意不？"

我立刻心如鹿撞。这样的事，在我还是新鲜的。胡姓同学如春光乍泄，那一段很快就过去了。叔叔喜欢我，让我的心里甜丝丝的。后来我想，假如当时父母答应了叔叔，我可能也不会反对。毕竟，我喜欢叔叔，也喜欢自贡哥。自贡哥是一个漂亮的男孩子，我在他面前，甚至有点自惭形秽。他在山上给我砸野核桃，两只手都像生锈似的变了颜色。他只允许我摸白白净净的核桃仁，说女孩子要保护好自己的手。跟他玩在一起十几天，是我有生以来不一样的生活，那种生活轻松、愉悦、时尚、浪漫，我们赤着脚在小溪里蹚水，鱼儿就在趾缝间钻来钻去。如果我不想脱鞋袜而又想过小溪，自贡哥二话不说就会把我背过去。我不知道自贡哥是怎么想的，我是喜欢跟他在一起的。但这个喜欢，跟想嫁给他肯定是两层意思。

母亲告诉我，叔叔提出这个要求时，父亲斩钉截铁回绝了。叔叔显然没想到父亲会拒绝得这般彻底，伤心得落了泪。他觉得，是父亲瞧不起他。在这之前，父亲一向是有求必应，叔叔就像是被父亲宠坏了的孩子，对父亲的拒绝没有一点心理准备。我也很难过。我的难过有点莫名其妙。我对父亲拒绝叔叔没感觉，仿佛是，父亲拒绝或接受都不关我的事。我的难过是因为叔叔，叔叔的难过让我觉得不能承受。换言之，我为叔叔的难过而难过。这里面的关系，除了我大概没有谁能够捋清楚。因为我是联络两个家庭的桥梁和纽带，所以父亲郑重其事给我谈了一次话，明确表示，我不能嫁到叔叔家，叔叔再喜欢我也不行。"那个地方太穷、太远、太偏僻。现在我们家里的日子刚缓上一点劲儿，我不想你去受那个罪——你明白我的意思吗？"

我点点头，明白了父亲的话。多年后想起这件事，我仍觉得父亲是个了不起的父亲。面对这件事，父亲首先考虑的是事物本质，一点也没有被他与叔叔的感情所迷惑。

父亲可以散尽钱财，却没有舍下女儿。

只是，父亲没有想到的是，这个时代变化得快。有朝一日，叔叔的儿女们全都会走出了穷山沟。

10

这一年的春天，叔叔给父亲写了封信。在这之前，收信人的名字一直是我。我把信打开，草草看了下，转手给了父亲。叔叔说，他家想盖房子，材料都准备得差不多了，但粮食不够，想跟我家借些小麦。父亲赶忙走进储藏室，掀开水泥做的缸盖看了看，父亲说："你叔叔盖房是大事，他家缺粮食，你们赶紧想法子给他送过去。"经过商量，我自告奋勇和哥哥每人一辆单车上了路。哥哥驮了只大口袋，里面大约有百八十斤小麦。我驮的口袋小些，也有五六十斤。那年是包产到户的第二年，我家分了七块地，种了七块麦田，每块地春种秋收的过程都可以写一本书。家里的缸啊囤啊都被小麦挤满了。哥哥做生意去过一次叔叔的老家，而我是第一次骑车走这么远的路。我们没有走通衢大道，而是选择了小路。哥哥说，小路要翻越两道山梁，但比走大路可以节省很多路程。

我刚出了县界，人就累得走样了。从我家到县城 38 里。从县城到县界 25 里。出了县界是遵化，到山里还有十几里的路程。而这些，还远没到翻越山梁。哥哥不得不走走停停，等着我。大概是因为不得法，我大腿内侧似乎是磨破了，火烧火燎地疼。翻越的第一道山梁名叫半壁山，我抬头往上看一眼，都要晕了。别说推着车，车上有重载，就是让我单手徒步走，攀上去大概都会累残。大哥弓着腰推车，一手扶把，一手拽住后车座，一步一步朝上走。走出几步，大哥回头说，你先在下面等着，回头我帮你推。可我不忍心让大哥再攀爬一遍陡坡，我对自己说，你不是想体验生活么，这就是生活啊！我咬咬牙，使出吃奶的力气开始爬坡，无奈腿肚子抖得厉害，掌把的两只手也开始不听使唤，刚走出十几米远，就连人带车摔倒了。自行车压在了粮食口袋上，我躺在自行车上，轮盘在我身下哗啦啦转动。腰处有些硌得慌，可我一动不想动。天近正午，太阳白花花的。山岚叠翠，俊鸟高飞。我此时的感觉，是心脏响若重槌擂鼓，口干唇裂，大脑一片空白。山崖下就是大水库，一池碧水映着蓝天白云。可我是一步都不想再动窝，那种累，实在是连咬牙的力气都没有。

这时候，有辆马车停下了。车把式很响地"吁"了一声，拉动了车闸。他用脚碰了下我的脚，问我怎么了，我把脚收回来，坐起了身。车把式是位上了年纪的大叔，有双和善的眼睛。我说我实在走不动了。我看了看驾辕的那匹马，是栗子皮的颜色，有四条健硕的腿。我鼓了鼓勇气说，我要去苦梨峪，您能让我搭个便车么？车把式看了看前方，吃惊地说，苦梨峪在山旮旯呢，你们到那里去干啥？听说我们是去走亲戚，车把式说，我是本地人，都没去过那个地方，连路都不通。看了看粮食口袋，车把式说，他们还有门好亲戚，不容易呀。说完，把鞭子夹到腋下，弯腰把粮食口袋抱到了车上。

车把式说，前面还有闪坡岭，比这个上坡还陡。你一个小姑娘驮这么重的粮食口袋，家里人可真舍得。我赶紧说，我哥哥还在坡上呢，大叔行行好，让我们一起搭车吧。大叔真是好说话，把车赶到坡顶，帮我们把车和粮食口袋一起搬了上去。我和大哥坐在两厢的车帮上，伸手扶着自行车，两辆自行车叠放在了一起，口袋则竖在车厢里。大叔坐在车辕上，有一搭没一搭地跟我们说话。听说我们去山里送小麦，大叔回望了一眼，羡慕说，这不得有一百多斤哪！你们可真是实在人，这么老远愣能驮着来！大叔说起那个苦梨峪，大姑娘把筛子当镜子照，草帽底下遮住一块地，全家人穷得盖一床被。总之都是笑话山里人的。我们问大叔是哪里人，大叔自豪地说，是梨花镇人。苦梨峪就是属于梨花镇的，难怪大叔说起梨花镇那么有底气。车到闪坡岭，大叔早早跳下了车辕，也让我们从车上下来了。大叔解释说，不是我心疼哑巴牲口，是这坡太撅，多放只鞋牲口都费力。我说，那就把车子搬下来吧，我们推着。大叔说，换了别人我可不就叫他推着了，你这个小姑娘一路走来不容易。得，就让我的牲口受点累吧。我得意地看了眼哥哥，眉里眼里都是笑。哥哥说，你非要逞能来，要不是遇见这位大叔，看你不得哭一路。走到坡顶，累得大汗淋漓。回头看了一眼，顿觉双膝发软。若不是遇见大叔，就那两个粮食口袋能不能运上来，还真是未知数。

我们重又上了车，顿时觉得眼前风景如画。马蹄敲击着地面，像是给画面伴奏一样。这一气大叔就把我们拉到了梨花镇，这里离苦梨峪还有七八里。把路指给我们，他就驾车去了另一个方向了。大叔说，我们都管苦梨峪叫断头村，再往里就没路了。

哥哥指着马车走的方向说，上一次他就是从那边来的。

到了村庄附近，路窄得只能放下一只脚。实在走不动，哥哥让我看着两辆车，他回村去搬救兵。哥哥再回来时，身后跟着一大家子人。自贡哥哥跑在最前边。姉姉的身后跟着海棠、腊梅和自强、自奋两个弟弟。我先看腊梅，发现她跟海棠长得一点都不一样。她没海棠漂亮，也没海棠洋气。神情很拘谨，是一个彻头彻尾的山里丫头。我第一眼见到姉姉，就发现她长得像电影演员李秀明，眉眼都非常像。《春苗》在我们村第一次放映时，半个村的小伙子都因为她睡不好觉。姉姉搂着我，心肝宝贝心疼得不得了。自贡哥接过了我的车，弟弟自强接过了大哥的车，大家热热闹闹往村里走，说起这一路的艰辛，转眼就成了云淡风轻。就连大腿内侧火烧火燎的疼，都可以不在话下。叔叔家住的是石头房，低矮狭窄。院子是窄窄的一个长条，就栖身在一处石崖的下面。屋里没有顶棚，被烟火熏得乌黑皲裂。吃饭的碗要比我家的碗大一号。第一顿饭就把我吃撑了，黄米饭炒倭瓜，婶婶总是在我没防备的时候把我的碗填满，我咬牙吃了第三碗，一个没防备，婶婶一铲子黄米饭盖过来，又把我的碗盖满了。我实在吃不动了，只得剩了碗底儿。婶婶端过我的碗来吃得香甜，我的心里很过意不去。

在婶婶家待了几天，每天三顿饭都是黄米饭炒倭瓜。其实不应该说炒，应该是焖。倭瓜都是半大的，被婶婶切出厚厚的四方块，焖出来面乎乎的。我怀疑除了放点盐，大概连油和葱花也没有。家里除了五个孩子真的是一贫如洗。来时的新鲜和热闹很快就过去了，我从第二天就开始吃不饱饭，总觉得大黄米像沙子一样噎嗓子，倭瓜也难以下咽，闻上去总有一股铁腥气。为了防止婶婶突然给我的碗里添饭，我总要提心吊胆地躲避。有一次，一铲米饭都盖到了我的手腕上，把腕子上的皮肤都烫红了。

又一次吃饭我只吃了小半碗，婶婶忧心忡忡看着，满脸都是愧疚。但转过脸去，那些愧疚就被风吹散了。我跟她去坝台上摘瓜，她操着跟这里人不一样的口音，见了人就热切地介绍我。与叔叔在我家一样，我也成了这里最尊贵的客人。这种角色转换在瞬间就完成了，这让我觉得神奇。一个女人问："这就是你大哥家的丫头？"婶婶说："是呢，来送麦子了。"那女人满是崇敬地看我，说："山外的日月好呢，看人家长得多水灵。麦子送来多少？"婶婶说："满满两口袋呢。"女人说："这下你家可有白面馍馍吃了，羡煞人呢。"婶婶抿着嘴笑，那笑容我至今也找不到合适的言辞形容。不是满足，也不是优渥，就是那样一种从心底漾上来的不是甜蜜胜似甜蜜、不是幸福胜似幸福的感觉令婶婶的整张脸都放出光来。她们的对话我不大懂，但意思还是听得明白。没来由的，我就觉得自己尊贵了许多，再看这山这水这人这石头坝台果树庄稼，不由得脸上就有了淡淡的意味。那种意味不用别人告诉我，我是用自己的嘴角感觉出来的。

坝台上是瘦弱的庄稼秧苗，庄稼的空当栽种了些倭瓜。我对婶婶说，嫩的倭瓜炒了才好吃，用酱爆，或者用花椒油，炒出来都很香。婶婶置若罔闻。她还是摘了半老不老的青瓜让我抱着，用指甲都掐不透皮。手里有了分量我突然明白了，嫩的倭瓜必须养老了才能吃，因为，半只倭瓜就可以吃一大家子人。

走在窄窄的畦埂上，婶婶说："丫头，留下来吧。"

我愣了一下，没听明白。

婶婶那个样子回头朝我笑了一下，说："自贡是个好孩子……就是你得受委屈呢。"

我这回明白了，脸有些烫。我问："婶婶，您嫁到这里后悔么？"

婶婶说："后悔。咋不后悔呢？开始天天哭，天天哭。哭得眼睛起了一层皮。"

我问啥叫起一层皮。

婶婶说："就是看啥也看不清楚。"

晚饭以后，横七竖八摆了一炕的人。婶婶跟我们扯闲篇儿，我说起村里服装厂的事，婶婶眼睛直了：村里都有服装厂？服装厂发工资么？我告诉婶婶，就是因为服装厂按时发工资，母亲总给我做"小锅饭"，她说家里有你挣钱，我们可以顿顿吃烙饼炒鸡蛋。发了工资全交给母亲，但我有用项，会跟母亲讨。比如上个月，我发了七十二块钱。头天交给了母亲，转天停电，我跟伙伴要去县城玩，结果看上了一件呢子大衣，花了七十三块钱……

婶婶有点难以置信，问："买了？"

我说："买了。"

屋子里忽然一阵静默。

哥哥下炕大概是想去解手，插话说："云丫现在是我们家的财主，比我工资都高。"

自贡哥干咳了一声，清了清嗓子才说："要是苦梨峪也有个服装厂就好了。"

婶婶叹了一口气，说："我们就是受穷的命。"

叔叔家的屋后是一处高坎，坎上都是灌木丛。从婶婶的言谈话语中，我知道了这里是宅基地，日后要给自贡哥哥盖房子娶媳妇用。午后哥哥他们打牌，我到附近转了转，没发现叔叔在信中写的建筑材料。也就是说，我没发现叔叔家盖房子的迹象。我家盖过房子，所以我熟悉盖房前的所有准备。自贡哥高考失利了，他正准备来年和两个妹妹一起考。叔叔正在等自贡哥的高考结果也未可知。一想到自己不用参加高考，我就打心眼里觉得逍遥。我特意到坎上看了看，灌木丛结成了篱笆，连脚都插不进去。我心说，这要是在我家门前，父母白天没空黑夜也会把这些灌木拔了去，深翻土地，铺排粪肥，种上蔬菜或庄稼。绝不会任由它们荒芜。这些疑惑我都存在了心里，甚至没有对哥哥谈起。婶婶正在劈劈柴，做饭用。婶婶劈劈柴的动作就像个未成年的孩子，生疏的让人胆战心惊。斧头举得高，却总也落不准地方。柴棒子一拔楞，斧头险些砍在脚面上。许是这个家太缺少劳动力，看在我眼里的都是急就章，没有长久的生活准备或储备。比如，邻家劈好的柴垛捆好了码放，齐齐整整，想要做饭了，伸手就取。婶婶家则像个荒败的临时客栈，随时准备迁徙或闭门谢客。若不是丫头小子一个比一个漂亮的有生机和活力，这户人家简直可以称作惨淡。

最小的弟弟叫自奋，总是怯生生地看我，眼里有一种光放射出来。我清楚，这道光就如同我当初看叔叔一样。叔叔照亮了我，我也愿意照亮他。我招手让他过来，他第一句话说："姐，你当我嫂子吧。"我含笑看着他，摇了摇头。他仰头看着我说："你在这里能吃饱，我们全家都会让着你。"我摸了摸他的脸，这是一张酷似女孩的瓜子脸，有着尖尖的下巴。我没有告诉他"能吃饱"对我不是吸引，我还有别的追求。我拍了拍他的脸，说："你快些长大吧，长大了就到山外去找我。"

说了这话，我莫名有了感伤。想起村里寄身的那个服装厂，其实我并不喜欢。

每次叔叔离开我家，我们说得最多的一句话，就是下次带着婶婶来。我们都想见婶婶，母亲尤其想见，一年不定要念叨多少次。结果是，她们终生都没能相见。母亲现在多少有点小脑萎缩，虽然还能玩小牌，但除了自己的儿女，她已经想不起惦记别人了。眼下婶婶就在我面前烧火做饭，人到中年，仍不失美丽。但婶婶做什么都显得笨手笨脚，灶灰抹上了额头，在锅上忙碌时，灶里的火差点烧到裤脚。婶婶曾在大城市的书店工作，许多年的岁月艰辛，婶婶仍眉目清朗。也许就是因为这一份清朗，才能让婶婶在这闭塞的地方隐忍了这么多年。我悄悄跟婶婶换了下位，别说几十年，我大概一年都很难坚持。

有爱情也不行。

我们回来的那个早晨，家里的母鸡忽然下了一只蛋，婶婶说什么也不让我们走，非得把这只鸡蛋吃了才行。灶下烧着火，鸡蛋打在了碗里，上了蒸锅。我们急着赶路，婶婶急着把这碗蛋羹蒸熟，可越着急蛋羹越不熟。婶婶不时打开锅来看，那只碗里总是稀拉逛汤。最后我也没能把蛋羹吃到嘴里。婶婶一直把我们送到村外，嘴里还在说，再等一会儿就好了。

远远离开了那个村庄，我长长舒了一口气。没想到叔叔家的日子这样艰难，我们家费尽心力帮了他们这么多年，原来什么问题也没解决。自贡哥的神情里有了自卑，我无意中看懂了那种自卑，心里"咯噔"了一下。我想是不是我的炫耀和张扬伤害了这个青年。那个陪我在山上玩了十几天的漂亮男孩，因为自卑而变得形象模糊。

我不愿意他这样。

事隔多年又想起那只鸡蛋，水煮，油煎，都比蒸蛋羹好熟。我没有吃到婶婶的那份心意，在我，是件值得庆幸的事。因为我看见了门帘后面那张眼巴巴的面孔，那是自奋，最小的兄弟。

我所有的关于这次苦梨峪之行的记忆，到这里戛然而止。有一次我跟哥哥偶然聊起这件事，我说："那次给叔叔家去送粮食，怎么去的我有印象，怎么回来的我却一点印象也没有。"哥哥说："我有。自贡不知从哪里借了辆自行车，我们出村才发现他跟了上来，然后一直把我们送出了大山，来到了遵化县城。我们在那里打尖，几个毛头小子总对你指指点点，我们以为他们不怀好意，自贡撸胳膊挽袖子要跟人家动武。后来才弄清楚，你的长头发上系了条花手绢，人家觉得你洋气，是在看稀奇。我们和自贡分手时，自贡嘱咐你把手绢摘下来，免得路上再有麻烦。"

我难以置信："这样重要的事我怎么连一点印象都没有。"

哥哥说："谁知道你都记住了些什么。"

我说："我把手绢摘了么？"

哥哥说："没摘。你那时正臭美，哪里舍得摘。"

我不好意思地笑了笑。年轻时臭美的很多事都记得，却唯独忘了这件事。

11

记不得从哪年开始，叔叔说话的语风语调似乎就变了。到了八十年代末期，我还在苦苦地在那条文学的羊肠小道上求索。村里同龄的姐妹都出嫁了，乡邻们看我的眼神越来越复杂，而父母看我的眼神越来越悲伤。自贡哥哥和他的两个妹妹，都大学毕业以后参加了工作。大妹海棠跟我联系得多些，曾经带了男朋友给我相看，回去不久，他们就结了婚。随着家里经济条件的改善，叔叔明显来我家的次数多了。有时一年能来三四次。叔叔是一个喜欢喝大酒的人，一顿午饭能喝到下午三四点。这样的事情过去其实也发生，但因为是在年关时节，大家都闲，所以不怎么让人在意。有一次，叔叔来的时候正赶上秋收，一顿饭总也吃不完，害得父亲母亲没法下地干活。真正的抱怨就是从那时开始的。父亲第一次没有陪完这顿饭，就黑着脸起身离座了。叔叔醉眼迷离，一个劲地问大哥哪去了，没有人回答他，仿佛叔叔的话根本不值得回答。秋收的忙乱在我家尤其显眼，别人家的活计能拉开空当，我家则是集中在两三天内收完种完。因为窑厂还等着父亲淬火，父亲摔了一辈子砖坯，忽然无师自通地学会了烧窑淬火。淬火是技术活，就是把砖坯烧成熟砖，然后通过淬火变成青砖或者红砖。父亲从没失过手，如果失手，则变成夹生砖，青砖不青，红砖不红。

有一天早晨，霜雪让土地长了一层白毛毛。全家人都起床了，父亲却还在炕上躺着。母亲觉得奇怪，父亲应该是全家起得最早的人。母亲过去喊他吃早饭，父亲没有动静。用手拨拉一下头，父亲还是不动。母亲慌了，赶忙找车把父亲送到了附近的医院。我们那个时候才知道医学上有个名词叫脑溢血，好在父亲病得不重，输了几天液，人就转过来了。姐姐闻讯来住娘家，我们俩商量给父亲做点什么好吃的。姐姐说，父亲爱吃馄饨，我们包些馄饨吧。于是和面剁馅，包了馄饨给父亲送到了医院。父亲吃了一个，说，这是馄饨么？这就是没尖的饺子。说完，把筷子放下了。我和姐姐面面相觑，都不知道怎么办。别说做馄饨，我们甚至都很少见。我们做的馄饨就是比照饺子做的。有一次叔叔到我家来，面条锅里下了几个馄饨，是他教我们包的。当时父亲对馄饨赞不绝口。

父亲在家歇息时，不停地长吁短叹。他一辈子没有这样无所事事过，面对突然出现的大片空白时间很不适应。他总是很烦躁，而烦躁对病情没有好处。母亲跟我商量，要不让你叔叔过来陪陪他？我也觉得这是一个好办法，叔叔会说话，父亲喜欢听他说话。叔叔如果能抽时间过来陪他几天，父亲一高兴，说不定病就好了大半。

我平生第一次到大队去打长途电话。电话机是那种带手摇柄的。先要了乡里的总机，再要松山煤矿，再要机修车间。我坐在排椅上等着。每次电话铃响我都心惊肉跳。拿起来听，是别的电话打进来的。广播喇叭喊谁谁来接电话，我就担心得不行，害怕把我的电话冲没了。大约过了一个多小时，电话又响，我拿起听筒，只听里面有个女声说，机修车间来了。我内心一阵狂跳，听到里面有人喊李海的名字，我激动得都要发抖了。我用很大的力气告诉叔叔，父亲病了，叔叔如果有时间，快过来看看他吧！叔叔问病情重不重，我说是脑溢血。叔叔说，有生命危险吗？我怔了一下，怕叔叔不来，果断地说：有！

可叔叔的到来并没有让父亲哪怕有一点点开心。他让父亲喝酒，父亲不喝。他让父亲吃饭，父亲不吃。他让父亲吃药，父亲也不吃。父亲的厌烦摆在了脸上，他总是把脸朝向里面，侧着身子，把后脑勺对准叔叔。两条腿编着十字花，我甚至能感觉到他赌气般地一动不动。叔叔一个人坐在炕头喝酒，喝得有滋没味。他只在我家住了一宿，就匆匆回去了。母亲送他出了院子，我送他走到了河堤上，堤面上长满了父亲接送他的脚印，可惜那些脚印都被岁月的尘埃埋没了，肉眼看不出来。可那些脚印一趟趟的，都在我心里。从我家到河堤那50米，叔叔没有说什么，我也觉得无话可说。不知为什么，就有一种叫作隔阂的东西自动生了出来，阻碍了我和叔叔的交流。叔叔临走说了两句话：自贡哥哥的工资比他还高。海棠妹妹的一双鞋子花了两百多。我默然。我不知道叔叔说这话是什么意思，不管什么意思，这话茬都让我没法接。

现在想一想，这里面应该有嫉妒吧。

叔叔这次又是空手来的，而且没有撂下一分钱。过去是因为穷，现在叔叔已经富裕了，再这样一毛不拔，连我都有想法了。但我的想法不会对任何人说。我不说，家里人谁都不说，但我相信，谁的心里都是这么想的，包括我父亲。父亲这次态度如此冷淡，我不用猜也知道，原因就在这里。

那天，久不联系的老叔来我家，他是听说父亲有病特意上门来的。老叔给父亲放了二十块钱。一张十块的，两张五块的，都有许多褶皱。二十块钱真是不多，可那是老叔的心意。老叔是庄稼人，两儿一女过得都不好。大儿子信神，每天祷告念经，经常吃了上顿没下顿。女儿嫁在了当庄，年纪轻轻就得了脑血栓。老叔一辈子土里刨食，看上去比父亲还要苍老。老叔坐在炕沿上，几十年的干戈都成了书里的故事。父亲一下子眉目清朗，二十块钱仿佛就是一座桥，连接了以往所有岁月中的坑坑洼洼。那些坑洼原来只值二十块钱，稍稍有点心情就可以填满。那晚老叔想回家吃饭，父亲说啥也不放他走。母亲炒了两个菜，父亲不喝酒，可他看着老叔喝。父亲的眼里都是情愫，似乎老叔是一朵花，怎么看都还嫌不够。老叔喝着喝着就掉了眼泪。爷爷奶奶去世他都没有过来磕头，不知道老叔的心情是不是与这些有关。

12

叔叔就像一个疖子长在了父亲的心里。父亲再也不提他，有时我们不小心谈到他，父亲会非常不耐烦。随之而来的正月初一我们甚至会提心吊胆，担心叔叔来，担心父亲给他难堪。还好，叔叔似乎从我们家的记忆里抹去了，连续几年都没音讯。面对这件事，母亲比父亲心态好。她说父亲傻实诚，宁可自己饿着也要让别人吃饱，这样的傻事你们都不要再做了。母亲说，伤人心呢。

我跟母亲认真地谈了一次叔叔。那些装满了的兜兜袋袋的花生棉花之类的东西不算，只说借钱和借粮，母亲告诉我，叔叔光钱就借了六次！最少的一次借了30块，最多的一次借了280块，差不多是父亲当窑工半年的收入。而且，哪怕是口头上，叔叔永远没提过一个"还"字！我大叫了一声，凭什么啊！叔叔是挣工资的人啊！父亲的钱都是受苦受累的血汗钱啊！我的眼泪不争气地掉了下来，我觉得，就是因为这些钱，我们让叔叔看轻了！叔叔拿到钱太容易了！叔叔拿着这些钱前脚出门，后脚说不定就去买酒了！母亲叹了一口气，说你爸是哑巴吃黄连，有苦都说不出。当年是看你叔叔穷，后来接济他都成了习惯，想停都停不下来。罢了罢了，你叔叔家也确实困难，就他那点工资养活一家六口，自己又好吃好喝，说句不寒碜的话，连你爸的零头都不如。我还是气愤难平，说起唯一的那次去叔叔家送小麦，那么远的路，那么金贵的粮，这样的事情也就我们家能做得出。可叔叔说粮食盖房用，却分明是在撒谎！

母亲平静地说："他撒谎的次数多了，我都不愿意提。"

我追问叔叔还在什么问题上撒过谎。

母亲说："他有一次借钱说给你婶婶治病，后来自己说漏了嘴。"

我说："我爸知道吗？"

母亲说："你爸不信我。他信你叔叔。"

我说："他是不得不信了。就像开弓没有回头箭，他回不来了。"

母亲说："不是，他是真信你叔叔。"

我说："我们跟叔叔交往了那么多年，他当真从没拿过东西么？"

母亲认真地说："怎么没有，他第一次上门拿了一包糖。你那时小，记不得了。那时的一包糖，可真金贵。"

我一下子记起了那股奶香味，甜了我好几年。

有关叔叔的一页就这么翻了过去，三年五年过去了，叔叔没再露面。我们就以为叔叔永远不会露面了。谁知他为了照 CT 竟然来到了我家里，还拿走了我家的一本书。我家的电话号码，是他从老家的大哥那里打听来的。

13

父亲是 1997 年的冬天去世的。父亲去世那天，是他和母亲结婚 50 周年纪念日。

我现在越来越有些迷信，就是从父亲的葬礼上开始的。老话总说生不由人，死不由人，可有些人的死亡日期，会暗合生命中的一些关键节点。这简直是一种明示。

父亲不止一次跟我说，他要存点钱，留给母亲用。他说母亲一辈子也是穷，但从来没有摘摘借借过，不管大钱小钱，手头从没断过。

母亲没有因为钱挨过"瘪"。

父亲的言外之意是，他百年以后，母亲也不要受穷。

每次听到这种话，我都很不以为然。我不耐烦地说："养儿养女是干啥用的，不是还有我们么！"

说这话时，是二十世纪九十年代中期，应该是在李海叔叔出现之后的事。那时孩子小，父母一直住在我家。有一天，父亲出去剃光头，回来摇头晃脑对我说，他要去窑地给人家做帮工。说好了，一个月给800。

我一听就急了。说您没跟人家说得过脑溢血吧？没跟人家说因为干活摔断过一条腿吧？没跟人家说腿里还有三根钉子吧？我把父亲狠狠闹了一顿，总算让他打消了这个念头。父亲孩子样地垂着头坐在沙发里，一脸的闷闷不乐。母亲狠狠白了他一眼，说："你说话他还能听一耳朵。若是我说，他早夹着铺盖卷跑了。"

我说："人都七十多了，还能跑到天上去？"

换来了父亲的一脸苦笑，那脸苦笑里埋藏着很深的寂寞。

我是正在上班时被人通知父亲病危的。我打了一辆出租赶回了家，同族的二娘正往外迈门槛，见了我摆手说，二姑娘快进去看看吧，抬头纹都开了。

我问二娘干啥去。二娘说，招呼人，给你爸穿衣服。

父亲直挺挺地躺在炕上，分明已经是弥留了。我重点看了他的额头，那些皱纹果然平展了，变成了一道道的白印子，脸上虚虚地浮着一层汗水，那汗水却是冰凉。父亲闭着眼，呼吸若有若无。我附在他的耳边说："爸，我回来了，你听得见么？"父亲全无反应。怔了片刻，我又俯下身去，说："爸，我们要通知李海叔叔么？"

父亲的眼球在眼皮底下突然骨碌了一下，随之便有一滴泪水挤出了眼角。父亲的眼泪让我心疼了，我把脸贴在了父亲的脸上，痛哭失声。母亲从另一个房间抱着寿衣赶了过来，一把把我拉开了。刚好，父亲的嘴里扑出了最后一口气。

事后母亲说，人的最后一口气扑到谁的脸上，谁一辈子都是霉运。

父亲的葬礼简朴简单。村里那时都讲究要"吹"儿，唱大出殡，穿白戴白。我们却只是一块黑纱送别了父亲。我绝口不提我跟父亲之间最后的对话，这是我们两个人之间的秘密。没人想起通知叔叔，那时离叔叔最后一次出现在我家，已经过去了五年。

我偷偷对老天说，父亲这一辈子以助人为乐，还不止是资助了叔叔一家。无论谁家有困难，只要求到他头上，他都会尽心竭力。村里那样多的人家，没有哪家的房子父亲没搁过手。父亲是瓦工，还是木匠。

如果老天有眼，就降一场雪送送他吧。

从火化场回来，天空忽然飘起了鹅毛大雪。雪花稀疏单薄，却花朵盛大，在空中且行且舞，像在进行某种仪式一样。我把脸贴在车窗玻璃上，贪婪地看着远处的旷野。灰白的天际，麦苗蛰伏在冻土里，大雪于它是一种温暖。可我相信，大雪就是为父亲降落的，因为在送行的路上，我一直在祷告，老天一定是听见了我来自心底的声音。

去往墓地的路上，6 岁的女儿一直紧紧牵着我的手。我问："你知道什么叫死亡么？"

女儿干脆地说："知道，死亡就是埋坟。"

倒退几年，父母看我的眼神是悲伤的。他们从不抱怨，但心底的一些想法，会通过注视我的神情流露出来。因为我没结婚，又事业无成。虽然各类文字总在发表，但对我的生存状况没有丝毫改善。我在容留我的那个村庄显得越来越古怪。一个偶然的机会，我的小说改成了电视剧，导演在跟县里领导谈协议时信誓旦旦，说这部戏能拿飞天奖。整个外景选在了离县城不远的一个山区，我却一次片场也没去。我不喜欢电视剧，也不喜欢电视剧组。天气突然冷了，他们因为发不发一件军用大衣也能吵得天翻地覆。但县里的领导喜欢，他们专门有负责联系剧组的人。这个戏结束了，我的许多问题都解决了。这许多问题包括，待遇，甚至婚姻。

我得用这些告慰父亲，否则，父亲在另一个世界也会惦记得合不上眼。

日子就是那样不禁过，一转眼，又是很多年过去了。

14

自从家里买了车，每年东一趟西一趟跑高速就成了习惯。听说京承高速风景好，就一直憋着想看看沿路的风景。北京城里的奥运会正如火如荼，我们风驰电掣地与五环擦肩而过，一路飙向承德。去之前，我确实没有其他旅行以外的想法，承德不过是我周边的一座城市，与其他城市没区别。临行前，司机严先生提醒我，想想承德有没有要见的朋友，给人家带份礼物。我当时手头正给一件外套缝纽扣，多少有点不耐烦。我说："就是出去溜达一圈，哪有那么麻烦。"司机严先生就是个不怕麻烦的人，当然，他还有另一个身份，是我丈夫。

我又说："承德对我没有吸引，对于我来说，那就是个从没去过的地方罢了。"

我有一句口头禅：没去过的地方都要去一下，没走过的路都要走一走。

站在承德最繁华的一条大街上，我忽然有些恍惚。这些景物我熟悉，似乎在哪见过。高楼，公园，电影院，点心铺子。时光荏苒了三十几年，它们从我的记忆深处浮现了。似乎是，三十几年前它们已经是这个样子了，不曾有过一丝一毫的改变。没用费力气，我就知道了这种熟悉的感觉来自哪里，这座城市曾经让我做过梦，那些曾与许多小伙伴分享的梦，一直储存在儿时的记忆里。也许她们都忘了，但作为做梦之人，我不但没忘，年龄愈大，记忆反而愈清晰了。

那些梦当然与李海叔叔有关。

当年明明知道李海叔叔的家在深山区，可我却对小伙伴说，叔叔一家住在大城市。有很高的楼，有很大的公园，旁边就是电影院，婶婶在商店卖点心，家里的点心可以当饭吃……那座我梦中的城市，就是承德。眼下我置身在车流人流中，想起了很多遥远的往事，我踢毽子，周围有很多小朋友，他们都对叔叔和叔叔的家人充满了好奇……我想不明白我自己，小小的年纪为什么要撒谎，仿佛是，那种虚荣与生俱来。叔叔一家住在城市或住在山区，与我或我的小伙伴们有什么关系么？用现在流行的话来说，真是一毛钱的关系也没有！

叔叔因为住在城市会更被人额外尊敬？或者因为叔叔住在城市我会被人高看一眼？是的。当那块奶香味的糖被我咬成很多块分发掉，它来自城市或来自山村，给人的感觉是不一样的，这一点我有理由相信。因为首先，它给我的感觉就不一样。一颗来自深山沟的糖果，在大家的嘴里，味道会淡很多。事过多年，我仍然清晰地记得当时的场景，童年的伙伴多头和二灯，分到芝麻那样大的糖块也欣欣然。如果她们知道我在糖果的出身上打了掩埋，就是把整块的糖果含在嘴里，她们也不会觉得多么甜。

是的，一定是这样！

可我们家欢迎叔叔，并不是因为叔叔来自哪里呀！我还记得那个傍晚，我被叔叔牵着手去菜园找父亲，父亲正在给烟叶打尖。我眼疾初好，发现叔叔高身量，白皮肤，重眉大眼，大背头一根不乱。穿一身毛蓝色的中山装，完全是一副干部派头。我的喜欢溢于言表，而那时，我对叔叔的背景还一无所知。

等等，这些表象莫非是在说明，叔叔自己就是自己的背景？我喜欢的不是叔叔，而是叔叔的背景？我是因为喜欢叔叔的背景而喜欢背景中的叔叔？

故事就是在行进的过程中人为地增加了原料和底色。我从自己，想到了父亲。父亲对叔叔的感情，初始肯定源于自然，但往深里走，也添加了自己的元素也未可知。那年复一年的等待和迎接，现在想一想，是过于隆重和热烈。叔叔就像一件展品，或一道大餐，或一个品牌，成了若干年里我们家正月初一的标志。有了这个标志，我们家才在众乡邻中显得不同，甚或，增加了几许荣耀。叔叔也一定从这种标志性的身份中悟到了什么，逐渐偏离了自己的航道也未可知。

于是叔叔之于我们家，或明或暗地成了一个象征。

我突发奇想，这其实更像一个合谋，把一份原本淳朴、纯洁、纯粹的情感扭曲了，变异了。时间是经，故事是纬，所有的人物穿行其中，都在随着经纬度的变化而产生裂变。只是那种裂变不是我们理想的方向，于是众多想法彼此纠结，成了解不开的死疙瘩。叔叔最后一次来我家，喋喋不休地说海棠妹妹一年买了五条裙子，潜意识里除了炫耀，也一定是在校正自己的身份。我们那时还在探讨叔叔有没有带来空兜子，事实上，叔叔早就从那种境遇中走了出来，他执意住在我家，不顾我父亲的冷眼，是不是一种最大限度地表白？甚或，他是蓄谋已久、下定决心来做最后的亮相？

再或者，他根本没有去照 CT，照 CT 只是个借口？

我觉得眼前豁然开朗。

车子停在了马路对面，严先生从驾驶室里探出头来，像风一样朝我招手。我知道他是想让我上车，但我此时有了别的想法。我拦住一个行人问，你知道保安公司在哪里么？隶属公安局分管的保安公司。这是海棠妹妹的单位，叔叔最后一次来提了那么一句，重点强调了公安局。我没想记住，却留在了记忆里。我计划问三个人，只问三个人。如果三个人都摇头，我就上车走人。那人刚从一家手机专卖店里出来，看了看我，一转身，指着身后说，喏，那不是？我说，哪个是？他说，那个蓝牌子……那么大的牌子你看不到？我真看不到，我是不相信事情会是这样巧。我问有多远，他看了看我的脚，说你走十步，走十步就到了。我说，是公安局分管的么……那人大概嫌我啰嗦，转身走了。

我计划走十步试试。朝严先生招了下手，示意他开车跟着我。于是我数着脚下的步子。果真有一块白底蓝字的牌子，大字写的是"保安公司专卖"，边上还有一行小字，写的是"承德市公安局"的字样。我一分神，数乱了脚下的步子，但真没有比十步更远。是一处窄小的门脸，与左右的光鲜比，这里仿佛倒退了20年。门还是旧时的那种门板，塑胶的帘子扭扭捏捏，摸上去冰凉刺手。门脸寒酸，就是觉得寒酸得有气势，因为牌子比左邻右舍都大。我进到里间，是更显狭窄的一方天地，两边都是格子间，码放的是叠得整整齐齐的灰色保安服。原来这里是卖衣服的。一个女人面朝里侧身坐着，端着搪瓷缸喝水。长发，独辫。顶上的头发浓密、卷曲。听见动静，转过身来看我，又顺势站了起来。她的脸上似乎是笑了下，但那笑容有些羞怯，很浅，倏忽就没了。我忍着心潮澎湃，胳膊肘支在柜台上，含笑看她。她不开口我绝不开口。她迟疑地喊了声："二姐？"就愣在那里了。我努力平静着语调说："我从这里过，随便进来看看……没想到你在这里工作。"

生活有时候就是这么有意思。有些寻觅踏破铁鞋，有些铁鞋不用寻觅。

我说:"你都没怎么变,还那样。"

海棠终于找到了话说:"二姐也没变。"

我说:"我们有多久没见了?"

海棠仓促地说:"你和大哥去我家送小麦……有二十年了吧?"

那一刻,我有些感动。她仓促应答的一句话居然是小麦,可见那次我和大哥的苦梨峪之行分量有多重。我特别想一把揽过她,跟她拥抱,跟她亲亲密密,就像小时候一样。可在心底,总有一种声音拒绝我那么做。有一种矜持在心里,在脸上,也爬上了肢体。我觉得,我应该矜持。这种矜持,是王家对李家的矜持。我有权利那么做。那一瞬间,心中涌起的是几十年的风雨波澜。我观察着海棠,她也没有跟我亲密的愿望和打算。这让我失望,很失望。既然她没有,我又何苦自做多情。我心里,淡淡地漾上来一股液体,酸的,涩的,有毒的,把我往事情相反的方向左右。许多年了,她没有主动给我写过信,没有给我打过电话。她是李家人,她是做妹妹的,无论从哪个角度讲,主动的都应该是她……可如今,站在她面前的反而是我,我除了矜持找不到适合的表情。

我说:"送小麦不是最后一次,还有那次你带男朋友去我家……"

海棠有些窘,赶忙说:"忘了忘了。可不是,那回是最后一次。"

我们的对话隔膜到毫无温度,就好像每天都要碰面的陌生人,打不打招呼都不影响彼此之间的距离。但我看出她有些慌,扑过去拿手机时,碰翻了脚下的凳子。电话接通了,她背转过身去,小声说:"大爷家的二姐来了,你还记得吗?是大爷家的二姐,天津的……你快通知腊梅和自强……"这个电话应该是打给她丈夫的,我猜。海棠随后又摁了电话,这次声音放开了。敞亮地说:"哥,大爷家的二姐来了,在我这里呢,你赶快过来吧!"

15

见到自贡哥，那种熟稔的感觉终于回来了。我们甚至抱了抱，是自贡哥主动的。他还开玩笑说："妹夫不吃醋吧？"自贡哥是典型的官员体态。胖了，肚子挺起来了。眼睛让酒精泡浑浊了。自贡哥对严先生说："没有大爷就没有我们一家的现在，我们嘴上不说，心里其实都明白。"严先生自然也知道自贡哥所说的大爷是谁，他见过李海叔叔。曾经因为李海叔叔住在我家里，三更半夜跑到单位找住处。我发自内心地笑了笑，说："过去的事，不提了。"自贡哥说："咋能不提呢？这些年两家来往少，但我们从来没有忘记大爷大娘。"他问大爷大娘身体可好。我说，父亲几年前去世了。母亲在老家跟大哥一起生活，她喜欢住家里的平房。自贡哥说："跟我的老爹老娘一样，死活不肯离开那个穷山沟。"

腊梅和自强都拘谨，他们一个工作在物价局，一个计生委。我问最小的弟弟自奋现在怎么样。自贡哥说，自奋最滋润。当年招工顶替去了松山煤矿，可很快就从那里下岗了。现在自己在老家当老板。去年新盖了一溜大房，给套别墅也不换。

自贡哥问，你们是不是刚到？我说刚到。自贡哥说，海棠赶紧去请假，我们陪他们两口子到处转转。我赶忙说，不用麻烦，我们自己随便走走就行，你忙你们的。自贡哥说，这哪行，到了我的地盘，就得听我的。

自贡哥上了我们的车，坐副驾驶。三辆车浩浩荡荡往避暑山庄走。路上我问自贡哥，叔叔婶婶身体怎么样。自贡哥说，叔叔三年前得了脑血栓，一直瘫痪在床。婶婶就是受累的命，过去家里穷，缺吃少穿。现在家境富裕了，又要伺候瘫子。叔叔身体不行了，脾气却越来越差，不是哭叫就是骂人，吵得四邻不安。

我说："叔叔今年也才七十六岁，跟我母亲同龄，都是属狗的。"

自贡哥说："他总是喝大酒，不把身体喝垮不罢休。"

车内短暂地沉默了会儿。自贡哥扭过身来对我说："二妹，我们从来没有忘记大爷大娘的恩情。真的。"

我的眼圈突然红了。父亲如果听见这句话，应该是个安慰。

严先生是个旅游迷。走进避暑山庄，就把我忘了。两个妹妹和一个弟弟跟在他后面走，不一会儿，就不见了踪影。自贡哥陪着我，我们之间隔着一个人的距离。太阳把我们的身影拉得很长，有好一阵，我们都不知道该说什么。看着气象万千的大园子，我笑了。自贡哥问我笑什么，我说，我从没来过这里，却为这里写过诗，还赚了一块钱的稿费，那是我赚的第一笔稿费。自贡哥问咋写的。我随口吟道：路旁条条翠柳，湖中朵朵荷花。如波深处拢轻纱，湖上漾舟度假。金山巍峨矗立，烟雨楼外生辉，如意洲里青松挺，游客如痴如醉。

哈哈，我自嘲。因为是发表的第一首诗，所以这么多年都还记得。

自贡哥惊奇地说，如波亭，金山，烟雨楼，如意洲，都是里面的景点，你没来过，是怎么知道的？

我说，我是听叔叔说的。他当年坐在我家炕沿上，曾经对避暑山庄如数家珍。后来我买了一块手绢，那上面是避暑山庄的旅游图，我每天晚上都看。后来上面的字都被水洗模糊了。我是没来过这里，可这里的景物，我记了一辈子。

二妹。

哦。

谢谢你。

这是怎么话说的？

当年支撑我们这个家的，除了大爷大娘，其实还有你。

我没做过什么。

那时候家里的那种难，你想象不到。我们唯一的乐趣，就是听我爸讲山外的事情。他走了，那些事情又重复讲，一直讲到他下次来为止。他每次休假回家，都会带一摞你的信，我们轮流念那些信，都被你的文采打动过。那些信装满了一个纸盒子，被我们宝贝似的收藏着。直到后来，里面住进了一只大耗子，那只大耗子又生了一窝小耗子。那些信纸，都被耗子撕碎做棉被了……自贡打开一看，就哭了。

我悲怆了一下，又笑了。信中那些幼稚到让人脸红的句子，那些像蜘蛛爬的字，每行都写不直。有些干脆是用尺子比着写，就像有一道下划线一样。早些年若是知道它们享受了这般待遇，我会无地自容。

如今，一切都云淡风轻了。

我说，时光过得真快。

自贡哥说，那时的时光才真是漫长，我们跋山涉水去梨花镇上学，目的只有一个，能走出穷山沟，能和你平起平坐。腊梅因为不用功，挨了我爸一顿打。是用藤条打的，穿着厚棉袄，颈窝都抽出了血印子。老爸下手狠，打谁都往死里打。老爸对她说，你成绩这样差，以后谁都瞧不起你，山外的二姐也瞧不起你！腊梅说老爸偏向，带着海棠去山外的大爷家，不带她。她说若是带着我去山外的大爷家，我也会跟海棠的成绩一样好！

我扭过头去，没有让自贡哥看见我的眼泪。我们和他们，原来这样相像。一直都相互影响着，互相依存着，又相互错着位，走过了这许多年。若不是这次偶然见面，我再有想象力，也想不到这一点。

　　我们在承德耽搁了三天，李家兄弟几个全程陪同。我和海棠的关系一直很微妙。仿佛是，我矜持，她比我更矜持。我们都是参透了彼此内心的人。吃饭、旅行、住宿，都是她跑前跑后、忙前忙后。可我却感受不到她内心的温度，她更像一个称职的导游员。这一点，让我很别扭。我主动与她攀谈，问起她的丈夫和孩子，她回答得简约而又冷淡：丈夫在人事部门上班，孩子在江南上大学。回答完，转身就去忙别的了。我思忖：莫非自己又居高临下了？那种有恩于人的嘴脸是让人厌烦。我努力调整着自己，心态，神情，脚步。我的心思总围着她在转，不知她是被我起初的矜持所伤，还是这些年形成了这样的性格。或者，她只是以一种报恩者的心态在尽责任和义务。想到后一点，我心里就很不是滋味。

　　我有些后悔，初次见面不该计较太多。

　　我跟严先生交换对海棠的看法，严先生说："海棠是多好的人啊，不温不火，不徐不疾，礼貌周到。是你对人的要求太高了。"

　　我说："我总觉得哪里不对劲。"

　　严先生说："你就爱瞎多心。"

　　谈起这两天所受到的礼遇。严先生说："过去你们总说人家忘恩负义，这次知道种瓜得瓜了吧？"

　　我有些心虚，说："别瞎说，谁说人家忘恩负义了？"

　　严先生说："当年李海叔叔在我们家喝棒子面粥，你忘了？"

　　我有点难为情。

　　我们回家的那个早晨，李家的三辆车都来了。后备厢里放满了东西，似乎是要把这些年的亏欠都补齐。我对自贡哥说，你这是干什么？自贡哥说，没事儿，现在咱有条件了。我无言地看着他们把东西塞进后备厢，又打开了车门，往车座底下塞。自贡哥说，我们这代比父辈强，赶上了好时候，他们一辈子活得太辛苦，太憋闷，太委屈。不怕二妹笑话，我们兄妹几个都参加工作了，老爹还非要跑去你家看究竟，看你们的日子过成了什么样，他这一辈子，算是跟你家摽上了。回到家来就长吁短叹，说你二妹都住上楼房了。我说老爹，你放心，将来咱也住楼房，而且一定要比二妹住的楼房高。为了让他满意，我们兄妹几个买楼都买顶楼。别管楼多高，统统高高在上。你说，这不是有毛病么？

"老爹还说了一句话，二妹你准猜不着。"

我问说什么。

自贡哥说："老爹说二妹虽然住楼房，但生活差。吃饭就吃一盆棒子面粥，还不如二十年前呢。"

我笑得收不住，却又悲从中来。

上车前，我和严先生逐一握手，腊梅跑过来跟我抱了下，因为毫无准备，我们甚至剐蹭了一下脸。海棠就在圈外垂手站着。她没有走过来，想了想，我也没有走过去。严先生跟她握手时，停留了足够长的时间。在车上坐好，扎好安全带，我按下了车窗，重点看了一眼海棠。她真像临风的一株树一样。我挥手时，她也把手举了起来，却没怎么摇，敷衍地晃了下，就转过身走了。

车子要拐弯了，自贡哥还在朝我们望。

16

严先生笑了一下，又笑了一下。我说："你傻笑什么！"

严先生说："当年李海叔叔来咱家，是想看看我们过得怎么样。"

我白了他一眼，纠正说："不是我们，是我。"

严先生说："我说的就是你……演电影都不会有人这么编吧？好歹

也是一百多里的路程呢……他那时也有七十多了吧？"

他看了我一眼，手掌用力拍了一下方向盘："简直比写小说还出人意料！"

我看着前面弯弯曲曲的盘山路，什么也没说。

每年的腊月二十三，我和姐姐都紧着备齐年货给老叔送过去。送晚了怕他自己去市场。老叔住的还是当年二爷爷盖的那层房，屋脊都塌了，瓦楞子上长满了野草。老叔的屋子四处透风，一只蜂窝煤炉子用来取暖，那一点点火光，看上去很可怜。老婶团坐在床上，围着两条被子。她因为腿病下不了床，一双新棉鞋摆放在床头，还是去年我买的。老婶见到我们就拉住手不放，连续几年说同一件事：我小时候在被子里围着，她在外面骗姐姐说，有人把你小妹抱走了，还不回去看看。姐姐就哇哇哭着往家里跑，每天不定要哭多少次。姐姐得意地对我说，那时就怕你丢了，明白吧？

每次从老叔家出来，我们都感叹，人老真是件无奈的事。想老叔年轻的时候，在生产队打头儿，管着全队四十几个劳动力，每天听着河对岸的火车鸣笛，或看着太阳收工。有一天是阴天，火车也没鸣笛，或者鸣笛声被风刮走了，总之老叔没听到。老叔带着这支队伍锄地，一直干到晌午歪。别人都说该收工了，老叔就是不信，老叔只信太阳和火车的鸣笛声。大家都累坏了，老叔一直都强打精神。回家的路上，老叔唱《小拜年》，一会儿男声一会儿女声，给大家解乏。人要是不老该有多好啊！姐姐慨叹。

从老叔家出来，自然就说到了叔叔。那些年，老叔是我们家的伤痛。后来，叔叔也成了这样的角色。父亲如果不是因为他们，说不定能多活些年，父亲去世那年，才七十三岁。父亲对叔叔态度的改变，自己得转多大的弯子！那真是要触及思想和灵魂啊！看到村里的老人在墙根底下晒太阳，我们都很羡慕，不知这是谁家的老人，他们的儿女多有福气啊。

姐姐问："老叔和李海叔叔见过面么？"

我沉默了。

我想起了某一年的正月初一，那时姐姐已经结婚了。老叔特意来看李海叔叔，家里贴了春联，地下都是瓜子皮儿。老叔穿着簇新的蓝布袄过来串门子，进屋就说："我来看看二弟，我来看看二弟。"

他管李海叔叔叫"二弟"。

那时李海叔叔刚进屋不久，一家子的热气都还围着李海叔叔转。因为老叔的到来，骤然就冷了。父亲坐在那里卷烟，叔叔也坐在那里卷烟。母亲、哥嫂和我都在屋里坐着，谁都不看老叔，谁都不跟他搭一句话。老叔靠在门口的墙上，一张脸羞臊得鲜红。他几乎没站稳脚步，自言自语说了句什么，自己转身走了。

老叔走了，家里立刻一片欢欣。叔叔给纸烟点着了火，狠狠吸了一口，对我们说："还来跟我套近乎，没门！"

因为口音的问题，叔叔说不出那个"门"字的儿化音。但叔叔对老叔的态度，像火盆一样烤热了我们，我们觉得叔叔更亲了。

自贡哥经常有电话或短信过来，各种节日更是周到备至。那种殷勤让我觉得不好意思，有时候电话接通了，都不知道应该说些什么。姐姐还记着当年叔叔提到的两家结亲的茬儿，警告我别瞎联系，瞎联系不好。那天自贡哥又来电话，说有件事，不知道该不该说。我豪气地说：你说。自贡哥说，自从知道我和严先生去了承德，叔叔就中了心病，他每天都念叨我，说云丫该去看他了。说我们家兄妹几个，他就喜欢我。

有一天，把婶婶说得不耐烦，婶婶说，你就死了心吧，人家不会来的。叔叔忽然把一碗粥整个扣到了婶婶的脸上，碗边儿把婶婶的眉骨磕了一个大口子，血把眼睛都糊住了。他骂婶婶是乌鸦嘴，说云丫原本是要来的，被你这样一说，人家就不来了。坏事就坏在了你这张臭嘴上！

我默默地听着，没有说什么。我能说什么呢，说什么都觉得不合适。陪着自贡哥叹了回气，就把电话挂了。后来自贡哥又来了三四次电话，都是暗示叔叔如何想我去看他的，我都没有接话茬。

我和姐姐住在一个小区里，三天到有两头能碰面。有时候，我跟姐姐说闲话会说起这件事。眼下家里有车，交通这么方便，去看一下叔叔真不算回事呢。姐姐比我记仇，斩钉截铁说，不去。谁都不许去。这么多年没来往，断了就断了，还拉扯什么。姐姐埋怨我，你去承德就罢了，干啥非要找李家的人呢。如果李海不知道你去承德，也就不会有这些麻烦了。

我不得不承认，姐姐说得对。

每天的午后，隔壁都有一张小牌桌。我每个月都会过去跟人玩一两把，玩多了会有罪恶感。这天是周末，已经到了上班的时间，大家都没有结束战斗的意思。于是看热闹的拉下了窗帘，把这里变成了一个封闭的世界。就在这个时候，我的电话响了。自贡哥吞吞吐吐说："二妹，想求你个事呢。眼看就要放十一长假了，不知你有啥打算。"我脑子里转了个弯儿，把手机夹到了肩窝里，边抓牌边决定先发制人："肯定要出门的……跟人定好了先去上海看世博会，然后再走苏杭。怎么，你有事么？"自贡哥说："是这样……你跟老爹说吧。"就听自贡哥在那端说："爸，二妹在那边跟你说话呢。你说，你说话。"电话里突然发出了"嗷"的一声叫，很瘆人，把周围的人都吓了一跳。我愣住了，喊了声叔叔。李海叔叔颤抖的高音似乎是哭出来的："云丫，你啥时来？我想你啊!"我说:"有空就去看您。"叔叔像小孩子那样急迫,说:"你定,现在就定。是明天,还是后天?"我脑海里出现了叔叔眼巴巴的样子,可我没法接他的话荏,只能假装听不见。我说:"叔叔你好好的,我改天再给你打电话,我现在正在开会不方便跟你多说。"说完,把手机关上了。大家都在等我出牌,我说了声"不好意思"。牌友问我家里是不是有什么事,我遮掩说,啥事也不如玩牌打紧。

牌一直打到了晚上,然后又去喝酒,又去唱歌。回到家已经很晚了。因为在歌厅又喝了些啤酒,身上难免有酒气。严先生素来不喜欢我在外喝酒,此刻冷着脸说,你越来越像官员了。我打着哈哈说,像官员好啊,我好想像官员。严先生厉声说:"你为啥关手机?自贡哥打不通你的电话,还以为你遭谁绑架了!"我点着他的脑袋,借着酒劲说,你态度不好,我拒绝跟你说话。说完,我去洗澡,把水量开到最大。蒸腾的雾气很快把我淹没了。耳边突然响起一声瘆人的叫,那是李海叔叔,隔着时空突然像警报一样回响,让我毛骨悚然。我怕冷一样抱紧了自己的肩,瞳孔慢慢渗出了水。过了好半天,我兀自叹了一口气,对着虚空说:真应该去看看他,可也真没什么动力。叔叔,原谅我。

17

姐夫从工作岗位上退了下来,整天一副郁郁寡欢的样子。姐姐对我说,我们开车到哪里去转转吧,散散心。我说,想去哪里?姐姐说,去哪里都行。你们把车开到哪,我们就坐到哪。过了几天,姐姐突然给我打电话说,你不是想去看李海叔叔么?去好了。我问她为啥改变了主意。姐姐答非所问:"李海吃了我多少面条啊!"

可不是。姐姐都出嫁了,有时候李海叔叔来,我也要把她接回来,就为了擀面条。李海叔叔总说姐姐擀的面条好吃。

那时姐姐的婆家离我家，足有 20 里。

还是严先生开车，姐夫坐副驾驶，我们一行四人出发了。出发前，我给自贡哥打了个电话，说最近手里的工作终于告一段落，我们过去看看叔叔。说这话时，我一副完全放松的语调，不是刻意，是情不自禁。严先生批评我说话太过随意，我回敬说："你懂什么，随意才显得亲近。"这话当然言不由衷，严先生知道我此刻心里想些什么。感觉中，自贡哥应该对我们的即将出行惊喜交加，这毕竟是他期待很久的。可他却支吾了，连着说，你们到承德来，到承德来吧。我从这话听出了推诿，不高兴地说，我们是去看叔婶，到承德干什么？你们有事就忙你们的，都不用回去。

自贡哥说："不是，二妹……"

我说："如果不方便，我们不进家，就在村头转转。"

我的话说得有点赶尽杀绝。

自贡哥无奈地说："二妹误会了，我们哪能不回去呢。我们都回去，在家等着你们。"

很多年前的记忆轻而易举就回来了。我和哥哥每人一辆单车来送小麦。那时还是沙土路，到处坑坑洼洼。我们早晨四点从家里出发，足足走到了天大黑。若不是路上好心人让搭马车，真不知道会不会被累死。姐夫惊呼，这样陡的坡你们能上来？我打开了车窗，石崖上正好闪出"半壁山"三个红色的大字，想是最近几年新刻上去的。我说，这里的坡不是最陡的，前面的闪坡岭更陡。

在车轮下，感受不到多少坡度，许是修路的时候路基抬高了。虽是九曲十八盘，但路面平整，几乎没有对头车。当年千辛万苦的奔波，如今就是踩几脚油门的事。我心里有淡淡的感伤，当年走这条路刚满十八岁，一晃就过去了三十年，可在我的感觉中，却像发生在昨天一样。沿路的村庄和景物，有的还有印象。这里没有过度开发，很多地方保持着原貌。只是闪坡岭上削掉了半座山，留出了把路拓宽的痕迹。姐夫一个劲地夸这条路修得好，空气没有污染。天蓝水绿林木森森，车在路上走，犹如在森林氧吧里穿行。

那座叫苦梨峪的村庄确实不认识了，有许多高大的房屋，还有不少别墅。整个村庄坐落在武烈河边，下面就是河床，溪水淙淙流过，是一处优雅的所在。自奋的七间大房盖得富丽堂皇，我们站在院子里，都有点被那种气势镇住了。右手第一间就是厨房，比我家的客厅还大，足有30平米。长条案上，摆放着不知多少盘碗，里面都是满满的内容。我吃惊地说：我们才来四个人……你们这是要做席面哪！自贡哥说，我们还有一大家子人呢，也不是光为你们准备的。腊梅和自强都带爱人和孩子来了，但没看见海棠。自贡哥没说海棠为啥没来，我也没问。房子有气势，居然还有几件硬木家具。严先生看见一只五斗橱就挪不动步了，他用指背敲了敲，说这是老的安梨木，不老根本出不来这么精细的花纹。我小声说，咱别小家子气好不好，好歹咱也是见过世面的。

我问自奋是怎么发的家。自奋从外窗台上拿来一块石头举给我说，二姐认识么？我接过来仔细看了下，像铁矿石一样是黑色的，但那种沉郁的黑色中，有金属的光泽。我说，这里是不是有金子？自奋说，二姐就是聪明，这就是含金矿石。我说，原来你是淘金人啊。自奋说，严格说淘金的是别人，我是管理矿山的。我说，给淘金人当老板？自奋点了点头。我问矿山在哪里，他朝北一指，说如果用脚走，得走溜溜一天。

我说，真想去看看哪。

自奋说，那就住下来吧。二姐也好好体验一下淘金人的生活。

几个房间参观完了，我才突然感到缺了点儿什么。我问自贡哥，叔叔婶婶呢？

自贡哥说："还没来得及告诉你，老爹一年前已经去世了。"

我"哎呀"了一声，刚要说"你怎么不早说"，才想起我一直没有给他机会。"婶婶呢？"我问得特别羞愧。

自贡哥迟疑了一下才说："老娘去石家庄了，回娘家了。要不打个电话请她回来？"

我赶忙说："别。"

腊梅说："上周走的，下周就回来了。大姐二姐多住几天，就赶上了。"

姐姐失望地叹息一声，说早知道这样，我们下周再来就好了。

她还没见过婶婶呢。

李家三兄弟都遗传了叔叔的喝酒基因。我们这边没人喝，三兄弟却自己斗酒闹得厉害。自奋因为是纯粹的东道主，英雄一样一口就是一大杯。自奋坐在我身边，搂着我的肩膀说，我可想二姐了，二姐是我的亲人。当年二姐临走时把蒸好的蛋羹留给了我，我多会儿想起来，心里都暖和和的。我说，我可不是故意留给你，是鸡蛋羹没蒸熟。自奋说，二姐的心思我明白，老嫌蛋羹不熟，其实就是想留给我吃。那哪里是一碗蛋羹啊，是二姐的一片心啊！我想了想，确认他说的是心里话。否则一碗鸡蛋的蛋羹不足以让人记三十年。

自奋举起酒杯来跟我碰："来，二姐，兄弟敬你！"

说完，一杯酒又一饮而尽。

我劝他少喝点，自奋说，二姐三十年才来家这一次，我喝死都是应该的。说完，往后面的沙发上一靠，就打鼾了。

下午我们想打道回府，自贡哥仗着点酒劲伸开双臂挡在车前，说啥也不放我们走。姐姐姐夫跟我们商量说，大老远来的，要不就住一晚吧。严先生说，应该住两晚，这小地方山清水秀的真不错。结果晚饭又喝了起来。因为彼此熟络了，晚上的酒反而喝得轻松愉悦，姐夫和严先生都端起了酒杯。大家热闹的时候，我起身离席，站到了院子里。山里的夜空没有光污染，星星都称得上璀璨。我仰头看着它们，不知道哪颗是父亲，哪颗是叔叔。现在他们老哥俩到了同一个世界，不知道是不是已经碰面，碰面了是不是彼此已经宽谅。屋里大概摔了一只茶杯，那种尖锐的声音很刺耳。我朝外走去。门口是一个下坡道，我深一脚浅一脚地走出来，突然有人喊了声：丫头。我一惊，循声望去，一个高高大大的女人在黑暗中走了过来，旋即，捉住了我的手腕。我借着星光看那人，那人一口侉侉的口音说："丫头，是我。"

我吃惊地说："是婶婶？"

天底下只有婶婶曾经叫过我丫头。

婶婶拉着我往前走，拐进一个胡同。手腕始终被婶婶捏着，我走得很不舒服。我说，我们这是要去哪儿？您不是去石家庄了么？婶婶气愤地说，我哪里去石家庄了，他们不就是嫌我丢人么？我说，您丢啥人？婶婶说，一群白眼狼，一个有良心的也没有。说着话，走进了一所院子。这里明显是个老宅院，窗子很小，屋檐下吊着许多红辣椒。走到屋里，一个年老的男人正在地下砸核桃，核桃仁已经装满了一只大海碗，看见我进来，那人顺便把碗端了起来，放到了炕上，说你吃。

地上躺了老大一片核桃皮子，看得出，那人已经砸了好一会儿了。

婶婶用笤帚扫了扫炕，说你吃，专门为你砸的。

屋里悬着一个大灯泡，亮如白昼。我周围环视了一眼，就觉得屋里的陈设仿佛让我走回了三十年前，那些个物件儿似乎都在记忆里。

那个年老的男人矮个儿，秃头，大圆脸。脸盘像熟透了的向日葵。有一种温暖的气息。婶婶介绍说，这是你新叔，你叔死了以后，我就嫁给他了。

　　我张口结舌看姊姊，发现姊姊一点都不怎么显老，与我记忆的样子没多少分别。只是鬓边的头发白了，眼神里多了许多慈祥。可也多了凌厉。姊姊右边的眉骨有一道显眼的疤痕。我指着说，是不是碗碴的？

　　姊姊用手摸了摸，说是你叔碴的。几句话不顺他就发疯，他可是好不容易死了。他再不死，我就要熬死了。

　　姊姊坐到炕沿上，抓一把核桃仁给我。姊姊说："从年轻的时候嫁过来，就没过过一天好日子。不是缺吃就是少穿，大过年连顿饺子都吃不上，眼巴巴地等着从你家带回来白面。你叔晚上到，我们晚上包饺子。半夜到，我们半夜包饺子。孩子们馋啊，一年到头难得吃上一顿白面。有一次，遇上大雪天，车子骑不动，你叔一直走到大天亮，到家就像个冰人儿……一大家子人，那样多的活计，从来也没有人帮帮我……你叔不会干家务活，到死都不会……现在好了，你新叔，啥活都不让我干，我每天早晨一睁眼，饭做好了给我端到被窝来，我不想起来就躺到九十点钟。孩子们看见我就像看见仇人……丫头小子都想让我跟他们过，我现在还能当老妈子，就这也得看人家的脸色……现在好了，我就是个福老太太，谁也别想挡住我享清福！"

　　姊姊在炕沿上盘起了腿。一伸手，一支烟递了过来。随后，蓝色的一簇火苗凑到了鼻子底下。新叔用圆滚滚的一只手环住火机，然后又甩了甩。

　　我说："记得您过去不吸烟。"

　　姊姊说："还不是伺候你叔那几年愁的么？"姊姊使劲嘬了一口烟，把烟圈吐了出来。又说："丫头，你说我嫁人丑不丑？"

　　我说："这是好事啊，自贡哥应该支持。"

　　姊姊说："他支持？他把人家的门牙都打掉了。"

男人张开嘴，把牙上的一个豁口亮给我看。

我下炕，拉着婶婶说："走，婶婶跟我回家。他们不能这样对待您。"

婶婶说："那不是我的家，我不去。"

我说："您的儿女，您不想他们？"

婶婶说："不想。他们不想我，我也不犯贱。"

我想了想，说："要不这样，您二老今天就早点歇着。明天一早，我和姐姐姐夫一起来看你们。"

婶婶说："不用过来了，我在街上偷偷看你们一眼就行了。"

我说："不行。"

18

炕太暖和。我和姐姐一个在里、一个在外躲开了烟道，还是热得睡不着。见了婶婶的事，我和姐姐说了。姐姐和我一样，心中许多块垒一下子就被婶婶关于饺子的话冲没了。婶婶当年放弃大城市的工作来这个山旮旯，这一辈子的艰辛谁能体会，连叔叔都不能。我们商量明天怎么办。姐姐主张偷偷去看婶婶，给婶婶放些钱。我说，不行。婶婶不丢人，我们也不丢人，凭啥偷偷摸摸呢！我们就要大大方方去看。姐姐说，就怕因此让婶婶为难。我说，婶婶为难的日子已经过去了，自贡哥把那个老新郎官的门牙都敲掉了。我说得怒气冲冲，从被子里坐了起来。"自贡哥是政府官员，居然能做出这么没品的事，气死我了！"姐姐也坐起了身，说自贡是不怎么样。最不该把婶婶藏起来，让我们大老远来见不上面。我说，婶婶还是有勇气的人，敢于把事情说出来。姐姐说，她就是勇气太大了，否则当年怎么会跟李海叔叔跑到这个兔子都不拉屎的地方。我说，现在可不是兔子不拉屎，是兔子爱拉屎了。不信明天早晨到武烈河边看看，保准到处都是兔子屎。

悲伤的氛围一下子就被几句戏谑冲淡了。我问姐姐："爱情到底是个什么东西，婶婶这一辈子，似乎就是为了爱情活着的人。"

姐姐说："屁爱情。她就是傻，被人骗了还帮人家生孩子。"

我"扑哧"一声笑了。说："现在可是生不出来了。"

晚上睡得晚，早上都起不来。太阳出来老高了，一幢房子里还静悄悄的。我和姐姐几乎一宿没睡。姐姐想出去转转，我说，千万不能出去，婶婶肯定在外面候着呢。姐姐说，那不正好？我说，等自贡哥起来，我们大大方方去看婶婶，看他怎么说。听见院子里有动静，我和姐姐穿戴整齐出去了。自贡哥在院子里伸懒腰，腰向后闪，更显得前边像扣了一口锅。

自贡哥热切地说："这么早就起来啦，怎么不多睡一会儿？"

我含笑看着他："我昨晚碰到婶婶了，我们先去看看她。"

自贡哥脸上的肉突然痉挛了一下，整体往下拉了一公分。他梗着脖子喊："自奋，自奋！"自奋应了一声出来了，边走边往衬衣里伸袖子。自贡哥说："你陪大姐她们到前院去。"自奋还想装傻："前院……"看到自贡的脸阴得要下雨，一拧脖子："我不去。"我说："不要你们陪，我认识路。"说完，拉着姐姐走出了院子。

来到了外面，我用电话摇通了严先生，告诉他喊姐夫一起出来，我们去看婶婶。严先生说，婶婶不是去石家庄了吗？我说别废话，快点出来。我们四个人走进那间屋子，就像罐头一样把里面装满了。婶婶慌得不知拿点啥东西给大家吃好，那种感觉，真是像极了三十年前。

婶婶一直都在跟我们说叔叔。在她的嘴里，叔叔简直是个混世魔王。尤其是有病瘫痪的那几年，他唯一的乐趣就是折磨婶婶，每天伺候他吃饭，婶婶就伤透了脑筋。婶婶做了什么，他不吃什么。然后就嫌婶婶不好好伺候他，敞着嗓门骂，半个村庄的人都能听得到。婶婶还得提防他什么时候动手伤人，掐一把，杵一拳，或者随手拿到什么东西就朝婶婶的头上砸。伤不到婶婶，他就几天不出好气。如果伤到了，让他见着了血，他会得意得高兴大半天，就好像自己很有作为一样。

姐姐说，叔叔这样不正常，还是因为有病吧？

那个新叔叔插话说，他就是成心的。

我看了他一眼，他说的话我不爱听。我推心置腹地说："自贡哥给我打了几次电话，我都抽不出时间来看叔叔。唉，不知道叔叔的病情这么严重，否则，我说啥也要过来看看他。"

说完这话，仿佛有谁在揪我的后脖筋，我突然有些心慌气短。

婶婶说："对了，他就是天天念叨你，一天到晚说云丫头要来了，云丫头要来了。那天自贡说让他跟你通电话，可只通了一下，就再也不通了。自贡说你那里有事，可他不信，说自贡和手机合伙骗他，愣是把手机要过来，朝着玻璃窗砸了过去。结果手机摔坏了，玻璃窗也砸碎了。自贡一生气回承德了。他就整天哭啊闹啊不吃饭……"

我想起了那天的午后玩牌，听到了叔叔的一声叫，很瘆人。叔叔叮问我什么时候来看他，我匆匆说了几句谎，就关了手机。现在想来，连我那几句谎话叔叔也未必听到。此刻我的脸一定很红，可我淡定地问："叔叔到底是什么时候去世的？"

婶婶说："你先听我说……有一天晚上，他突然说想吃元宵了。我说这不年不节的上哪里去弄元宵？找了几家都没有黏面，你叔说，天津大哥家有，你去他家拿。我说你这是扯疯呢。天津离这里一百多里地，我咋去拿？我从来也没去过那里，也不认识道儿哇！他就不依不饶地又哭又骂，足足折腾了一宿。转天，我只得让自贡从承德送过来。第一个元宵，他吃得好好的。炉子上的水开了，我把元宵碗放到了炕沿上，转身去倒水。我倒水的空儿，他抓了两个元宵一下子都放进了嘴里，伸着脖子往下咽，我灌完水一看，他脸都憋青了，连话都说不出来。我一看事情不好，扔了水壶就跑过来，把他抱住了。我想把元宵给他掏出来，可哪儿掏得出来啊……就这么眼瞅着人就不行了……苦命的男人啊，我还没伺候够你啊……"

婶婶忽然放声大哭。

我和姐姐也都抹了眼泪。没想到叔叔的结局这么悲惨，被两只元宵要了性命。婶婶骂了半天叔叔，这一刻的感情流露，应该是最真实的。

叔叔在生命的最后时刻没有忘记我的父亲以及曾拿过来的黏面。那些黏面是高粱的，黏高粱。因为分得少，不值得去加工厂，加工厂碾出的面也不黏。一遍一遍推碾子碾轧是我童年悲惨的回忆，我总会想起磨道里的驴。它们可不像玉米那么好碾轧，不定要轧多少次，用箩筛多少回，比白面讲究的不是一星半点。每年春节母亲都蒸一锅黏饽饽头，里面装满了豆沙馅。剩多剩少给叔叔打包，一起打包的还有红小豆。

那些个日子原来都沉淀在了叔叔的记忆里。

我们在屋子里说话，那位新叔叔就在院子里劈劈柴，手法娴熟，举重若轻。我忽然想起了第一次来叔叔家，婶婶笨手笨脚劈劈柴的样子。眼下这些的活计，终于有人替她干了。

只是，岁月走得太深了。

19

我们从婶婶家出来，不知怎么的，气氛就觉得不对了，眼神就觉得不对了。一家人到处散落着，却没有谁看我们。自贡哥的笑脸非常勉强，说你们再住一宿吧。我和姐姐赶紧说，不了不了。我们从住的房间迅速拎出几件衣物扔进车里，然后告别。那种叫热情的情感不见了，一切都显得程式化、程序化。连告别的言辞似乎都是提前拟好的，显得特别机械。我们离开时，自己都觉得讪讪的，仿佛是，人家一直都好心待你，你却做了对不起人家的事。世界上没有比你们更差劲的了。关上车门，姐夫激愤地骂了句："连娘亲都不认，什么东西！快走快走！"可我还想看一眼这一家人，这一所宅院……我把脑袋伸到了车窗外，自贡哥虚浮的白脸在我眼前一晃而过。车子风驰电掣抛开了这座纠结了我们两代人的村庄，严先生是厚道人，嘟囔了句："我们去看婶婶，还是应该跟自贡哥讲清楚。这样私自行事，就太不给他们面子了。"

姐夫不以为然："都是姥姥、姥爷（我父母）养大的，他们有什么面子。"

严先生说："我们这次来得这么仓促，说真的是对人家欠尊重……"

严先生摇摇头，脸上写满了遗憾。

姐姐显然不同意严先生的看法，从鼻子里"哼"了一声。

关于他们，关于我们自己，我什么也不想说了，因为说什么都于事无补。所有的事情看上去都符合程序甚至正义。但只有我自己清楚，这里面有太多的微妙不能对人言。我们这代人，到底跟父辈有着不小的差距。他们能把友谊保持几十年，我们却要通过计算才能得出结论。还不只是心态问题，应该说，骨子里已经成了一种习惯。

我主动坐到了副驾驶，是想好好看一看来时的路。这条承载了我们两家万千情感的路，如今彻底走到头了。姐姐姐夫都发出了鼾声。我睡不着，我怎么可能睡着呢！我在想那些年的叔叔，和那些年的我们。叔叔年复一年地往我家跑，我们年复一年地焦急等待，现在回头看，感觉一切都值得回味和纪念。这样的等待，在人生中都不可复制。眼泪悄悄从眼角滑落。我想起了叔叔最后也是唯一的一次去我家，父亲给他冷眼能够理解，我有什么资格那么对待一位远道而来的老人呢？还别说他是我的长辈，曾经比亲叔叔还亲。他陪我走过了惶惑的青春时代，写的信如果汇集成册，可以出不知多少本书……我是两个家庭交往的最大受益者，自诩天生具有悲悯情怀……我到底是怎么了？

叔叔临终前最大的愿望就是见我一面，可我面对叔叔的这个愿望，表现得足够自私和冷酷。这次的苦梨峪之行成了一面镜子，我一下看清了我自己。

难道虚荣与虚伪是一对孪生姐妹？

天空灰白，像是有雨似下非下。车到闪坡岭，我无意中朝车窗外看了一眼。见有个人骑辆老旧的自行车顺着路边走。那是个大个子男人，穿一件蓝工装制服。后车座上，夹了个空蛇皮袋子，被风刮得猎猎飘动。我突发奇想，倒退几十年，这不就是李海叔叔么！我按下了车窗玻璃，见那人不紧不慢蹬着自行车。到了坡顶，突然飞也似的滑了下去。

红翠传

1

　　如你所知道的，尹是小姓。在新编百家姓中，排第九十一位。前边是钱姓，后边是黎姓。小时候以为世界上的姓氏只有一百个，所以才有"百家姓"这样一本小册子，让爷爷蘸了唾沫在手里翻，在嘴边随口背出来。后来知道不是这样的，甚至可以说，能排上位的姓氏就不只满足一个一百。边，排在第二百个。蔺，排在第三百个。

　　不知别人怎样想。我是觉得尹是个金贵的姓。这当然也与爷爷的教诲有关。爷爷是我们家的文化人，会看话本，会唱戏文。早年当货郎去过山海关，是村里人走得最远的地方。货郎是普通话的发音，我们家乡管这种职业叫"火愣子"。我就曾经管爷爷叫过"火愣子"，说你摇过拨浪鼓么？我女儿出生的时候，我母亲就曾买了一个拨浪鼓送给她，鼓面有彩绘装饰，沿鼓身是一圈花纹。我特意查过它的历史，据说起源于战国。用途有三，一为礼乐之乐，二是商业用途，三是儿童玩具。母亲告诉我，爷爷年轻的时候就摇这个。爷爷怎么回答的我忘了，爷爷去世早，有关他的记忆只剩下了一些边角。那年我才八岁，还不太明白死亡是怎么回事。我和小伙伴连续几个早晨守在坟前，想在他出来时拉他一把——这是红翠告诉我的，死人有可能从坟里爬出来，如果他运气好的话，地下的湿土能让一个人还阳，就像蛰伏的一粒种子，能自然而然地从土里钻出来。我这件事做得隐秘，是想给父母一个惊喜。想想吧，某一个太阳升起的早晨，我在前面走，身后跟着刚从土里爬出来的爷爷，穿着簇新的装老衣服，脸上是难为情的笑。爷爷相当于是我救出来的——一个大人被一个小孩子从土里救出来，这有多么不好意思！后来的事情就忘了，这一年，红翠的妈死了，红翠被远处的三姨领走了。她爸续了弦，后娘对她的哥哥和弟弟并不好。她爸后来上吊了。后娘用推车推走了她家的粮食和铺盖，总之，他们一家人都很悲惨。

不知红翠有没有想我，我可是悲伤寂寞了很长时间。在村里，再没有像红翠这么有趣的玩伴了。

能被我记住的属于爷爷的精神遗产有两个，是两个传说。一个是关于孟姜女的故事。说一只燕子衔来一粒种子丢在了墙根，在两家的隔断墙上长出了一只葫芦，剖开，里面坐着一个小女孩。这两家人一个姓孟，一个姓姜，都需要这个小女孩做闺女，争执不下，便取了孟姜女这个名字。孟姜女今天在这家吃饭，明天在那家吃饭，两家都争着给她做好吃的，让我好生羡慕，恨不得自己也能有这待遇。这样的口腹之欲，能让人记得长久。另一个是关于姓氏源流的，爷爷说，我们这个姓氏是观音赐下的，因为观音娘娘也姓尹，名喜，道号慈航。起初，她是跟一个跛脚道人出家的，路遇一户柴棚，舍下一碗饭食，观音便容许那家人姓自己的姓。爷爷还有一个说法，尹姓的人祖祖辈辈都做不了皇帝，只能做宰相——这是视野决定的吧，真是皇帝不成，宰相也中。不知哪辈暗箱流传，也许就是个玩笑，被传实了。

这样的话，爷爷说了百遍都不止，我跟人说了百遍都不止，所以不单记得牢固，而且不带走样。摇辘轳井的时候，给黄瓜掐花打尖的时候，坐墙根晒阳干儿的时候，爷爷都会眯起眼，倒粪。我们管说车轱辘话就叫倒粪，有来有回的意思。有一次，我摘了个葫芦问爷爷，如果里面有个小姑娘叫啥名儿？爷爷把葫芦举起来端详，仿佛他能隔皮看瓤。爷爷说，它是我家园子里长的，理应姓尹，我们就叫她尹凤仙吧。

后来尹凤仙来到了我的梦里，身子是一只葫芦或一只倭瓜，蒂上结出个脑袋。脸白净透明，头上戴着黄花或白花。两只大眼睛，长睫毛像向日葵的缨须一样。太阳从她身后射过来，头上的白花或黄花像万花筒，都变得姹紫嫣红。那时的梦，能做成连续剧，今天做一集，明晚还能续上一集。尹凤仙的名字也让我记了许多年。如果那个葫芦里真的有个小姑娘，也只比我小八岁而已。

所以每每遇见同姓的人我总是习惯打探：哪的尹？是山东的还是山西的？河南的还是河北的？如果在酒桌上遇见，还少不得要喝一杯酒，哥哥姐姐的乱叫一通。网络兴起以后，有人搞起了"全球尹氏一家亲"族谱，我见过会长，是一个温文尔雅的商界精英。他的会馆专门接待同宗同族的尹姓门人，我参加过一次他们的聚会，有从美国和新加坡赶来的，大家像兄弟姐妹一样亲热。

别的姓氏，我还真没见过这种效应。

2

机关的办公楼在一片丘陵地貌上，前面是老乡的一大片果园，土地征过来时，老乡以拾掇果树为名，经常钻进来栽葱种蒜。处长决定把那些果树伐了，园子里铺甬路，种上草，栽些只开花不结果的树木，老乡就不往里钻了。

　　办公室就我和宋大姐两个女性，我不是很喜欢她。她嘴有点碎，也有点刁。哪天我若是穿了件新衣服，她会不屑地斜一眼，刻薄说，你们家的钱是不是都让你买衣服穿了？

　　宋大姐是五十年代生人，过惯了苦日子。年轻的时候在县文工团演过小节目，总说那时为了搞宣传把功课耽误了。她有时候会拿生僻字给人认，先给老侯，再给老刘，最后才给我。我若不认得，宋大姐会开心得像只仙鹤，乐得针儿针儿的。"我小学毕业不认识，你个中专生怎么也不认识？"有一回，她还问我什么叫"和明"，我说不知道。她嘲笑了我半天，把字写出来，我才发现那个词是"和睦"。老侯是办公室主任，老刘是农水科科长，我们曾在一个大屋子办公。后来队伍壮大了，楼上又接出来一层，农水科搬走了。

　　农水科搬出去那年，单位招进三个本科生。老侯每天去找处长磨叨，终于给办公室要来一个名额。宋大姐欢呼说："啊，我们办公室终于要提高层次了，我们要上水平了！老侯你说是不是？"

　　老侯看了我一眼，敷衍说："就算是吧。"

　　宋大姐说："啥叫就算是？云丫有文采，但写公文总是差点。我们工作做得不错，可年终总结没有农水科写得好。"

　　老侯是老实人，说新人也不一定就能写。

　　宋大姐说："人家是大本生，怎么也比中专生强。我就爱实话实说，老侯你说是不是？"

　　宋大姐的这句"是不是"是口头禅，你大概也听出来了。她口气谦和，却不是征求谁的意见。她就是愿意那么表示一下，你要认真你就傻了。是一种做出来的姿态，其实她主观得很。我端着杯子喝水，杯口遮住多半个鼻子，谁说话我转着眼球看谁。宋大姐的语言风格我早听惯了，所以我不以为意。她说我公文写不好也是实情。孙处长去市里开会，让我给他写发言稿，我写一页，孙处长改成三页。我写一页还搜肠刮肚，孙处长的三页人家还没展开说，这在机关都是笑话。可老侯护着我，活儿我是替他干的。我不写，他就得写，他知道哪头炕热。

我那个时候兼着打字员，吭哧吭哧地用一部四通打字机。我一打字老侯就夸，说云丫的小手真麻利，炒豆子似的。他可知道好员工都是夸出来的。

"快去看看，大本生来了！"

宋大姐拉着我往门厅跑，兴高采烈，就像去看唱戏的。宋大姐说："两个女的一个男的，云丫你愿意要女的还是愿意要男的？"

我说："我说了不算吧？"

宋大姐说："我愿意要男的，小伙子，好能干点力气活。跑跑颠颠的事都归他，也没怨言。女孩子不行，事儿多，娇气，好吃懒做还爱无中生有。"回过头来，声音变小了。"再来个女的我没什么，我岁数大了。云丫你可得警惕点，别让她把你顶了。"

我说："我有什么好顶的？"

宋大姐说："话不能这么说。她虽然学历比你高，但资历比你浅，有什么好事得先尽着你。"

我嘀咕了句："机关能有什么好事。"

宋大姐不满地看了我一眼，突然伸手戳了我一指头，咬牙说："你啊！吃亏是早晚的事，不信你等着瞧！"

那个小伙子是细高挑，很显然去了农水科。老刘倒背着手在前边走，小伙子捯着小步跟在后，就像老刘手里牵了头驴——这也是宋大姐的原话。她很有语言天赋，话说出来朴实而又生动。一个又高又白的女生去了行政科，她长发披散着，提一个花布兜，走起路来怯怯生生，这样的人容易让人有好感，最起码知道自己是新来乍到。老侯跟我们走对脸，站下身来等女生走过来，老侯说，我来介绍一下，这是咱办公室的宋大姐，这位是云丫。你俩干啥去？宋大姐扯了我一下，说我们干活干累了，到外面透透风。我们朝女生点个头，擦着他俩往外走。刚一出门厅，宋大姐就牵住了我的手，在我耳边叽咕说，咋给咱分来这么个人，皮肤还黑，脸上还都是疙瘩。

"大眼睛挺漂亮的。"我回味着刚才那一瞥，"还是黄头发，那头发不像染的。"

"染头发的也进不了机关呀。"宋大姐振振有词。

"老侯也没介绍她，不知姓啥叫啥。"我说。

宋大姐说："老侯可能也败气了……去行政科的女生多漂亮啊！"

"我叫尹凤仙，南大毕业的。你们都是哪所大学毕业的？"

"你是南方的南大，还是北方的南大？"

"南方的南大。"

"我还以为是北方的南大呢。北方的南大比南方的南大好，排名靠前。"

"排名靠前有什么意思，我们学校不看重这个。"尹凤仙咬了口煎饼，办公室里都是葱花的气味。

人家学校不看重这个，你咋排名也没用！我偷着乐，这话说得可真有劲道，宋大姐哑口无言。尹凤仙坐在椅子上，背对着宋大姐。两个人看似漫不经心，却都是夹枪带棒。宋大姐跟我对了下眼神，使劲剐了尹凤仙一眼。

尹凤仙一点也不像新来的，眼神举止都不像，大眼睛毫不遮掩地来回扫，把我和宋大姐扫得无地自容。我们俩的学历都是白骨精，不敢现原形。平时就怕填表，恨不得找个地缝钻进去。事后宋大姐对我说，这可不是个省油灯。大本生就这点素质，一点也不知道尊重人。宋大姐的意思是，学历问题属于隐私，不应该随便问别人。

有这一个回合，我一点也不想问她是哪的尹。

宋大姐打听齐全了，农水科的小伙子、行政科的大美姐，第二天就进入了角色。扫地、打水、倒垃圾，人影在楼道里窜来窜去，全机关就数他们忙。我们这一位像娘娘似的坐在办公桌前就不挪动屁股，抽屉里也不知有多少零食，她离垃圾筐近，那个垃圾筐不小，一天能让它满载，周遭还能溢出一个圆。当然她也让我们吃，我和宋大姐都说不吃不吃，摸都没摸过她的东西。老侯嘴馋，一会儿吃点花生瓜子，一会剥个香蕉。假装不用心，其实吃得很用心。我和宋大姐心里都鄙夷，挺大个老爷们儿，怎么那么嘴馋？

宋大姐上厕所也要拽着我，跟我说悄悄话。这个姓尹的，怎么一点也不像你，老尹家怎么出了这么个玩意儿！

这话我不爱听。谁知她是哪的尹，怎么就成老尹家的了？

我来机关的时候是 1993 年，楼里还没装暖气，办公室生个大铁炉子，我每天提前来，边打扫卫生边给大家烤白薯。白薯头天下班的时候煨到炉壁四周，转天翻个个儿，很爱熟。一进办公室，香气扑鼻。

尹凤仙的到来，除了改变了办公桌的摆放格局，其他什么也没有改变。打水扫地的活计还是我干，我哪天不干，大家就都喝剩水。

打字和文秘这块工作总算移交了，这是每一个新人的待遇。打字和文秘是办公室工作的苦差，都是新人干。孙处长要去市局汇报，老侯对尹凤仙说，这回该着你大显身手了，好好写，争取让孙处长一眼看上。写材料专门有机房，可以上网。老侯一再叮嘱，网页打开以后迅速断掉连接，上网费贵着呢。三天以后，尹凤仙把材料交了上去，孙处长怒气冲冲来到办公室，把材料摔到桌子上。说尹凤仙，你抄也要抄得不留痕迹才好——是你抄的还是毕果抄的？你把陕西农水局的材料搬过来就没事了，可咱这儿是黄土高原么？

宋大姐诡秘地说："你不知道毕果是谁吧？是尹凤仙的爱人，人家悄没声地毕业就结婚了。毕果是她从南方带来的，在宏远超市做保安部经理。本科毕业去超市工作，我听着咋这不着调呢？"

这信息量有点大。我拣要紧的问："孙处认识毕果？"

宋大姐说："孙处家新装修了房子，家电都是从宏远超市买的，省不少钱呢。"

嗯。我心里想，他们是啥时搭上的关系，可真快。

我忽然想起一件事，尹凤仙刚来的时候，摆弄复印机复印东西，可她不会操作。我过去给她帮忙，顺便斜了一眼。发现她是在复印毕业证，一个男人的照片压在了她的照片上面，名字明显是涂改过的，那名字就叫毕果。

也就是说，男人用她的毕业证谋职，这可真够新鲜。

文秘那份工作又回到了我手里。老侯不好意思地说，早知这样，不如不要大本生了。

春天，是万物复苏的季节。蛰伏了一个冬天的虫子也要出来伸个懒腰了。我觉得尹凤仙就有点类似。在这之前她一直很沉默，有点郁郁寡欢。大眼睛经常呆呆望着窗外，双手托腮，微蹙着眉头，特别有镜头感。她还是零食不离嘴，可她总是瘦丁丁，腰围是盈盈一握，用腰带紧束，更显得胸部饱满。宋大姐挑了一眼，说比你喂奶的时候都大。这话连带着表情，近乎情色，我没接话茬，我不喜欢宋大姐这副鬼眉眼道。某一天，尹凤仙突然围了个大红的纱巾串每一个办公室，见人就说，我这条纱巾漂亮么？

宋大姐请假出去了。尹凤仙坐到了宋大姐的椅子上，跟我面对面。新纹的眉毛像条大青虫，愣愣地挑了起来。她撒娇似的说，云丫，你把我忘了。

我看了她一眼。心说撒娇你也得找对人，这种说话方式不会让我来电。

尹凤仙往前凑了凑，脖子伸过了办公桌的中心："你真不知道我是谁？"

我都要起鸡皮疙瘩了，她怎么那么磨缠人啊。再不搭话也不好意思，我眼睛看报纸，潦草地打发了她一眼，说你不是小凤仙么？

我说这话，多少带一点讽刺。有一段，她整天"高山流水韵依依"，用的是南方人的咬字方式，唱得人不断想吸气，倒好像，那首歌专门是为她写的，就不提她多投入了。也不是因为文秘那摊子活又落到了我手上，需要打字的时候老侯经常逮不到她。老侯却夸尹凤仙有眼力见儿，跟他一起下楼，跑前两步去给他打帘子。

这都哪跟哪！我没好气地说，打个帘子就把你收买了？

老侯呵呵地笑，说她正是特殊时期，她怀孕了。

我愣了一下，说我都不知道，你个糙老爷们咋知道的？

老侯爱跟我开玩笑，所以我跟他说话从来也不客气。

老侯嘴里"哑哑"的，说她跟你同年，你儿子都上幼儿园了，就别跟她一般见识了。

这话把我闷的，真像挨了一锤子。儿子是我养的，与他人何干。一口气憋在心里，我却无话可说。在这个问题上，我不得不承认，老侯说得在理。

尹凤仙却不计较我的态度，她把两只手叠在桌子上，上面放着下巴。她笑眯眯地看着我，模样像一只好心肠的黄鼠狼。她说："云丫，你不记得红翠了。"

我吓了一跳，俩眼瞪圆了看那张脸。真的，我没看出所以然。

尹凤仙说，我三姨非要给我改名，说红翠这个名字难听。她改的名字我又嫌不好听，后来折中了一下，我说，我干脆就叫尹凤仙吧。

"这个名字与你爷爷有关，你也忘了？"她那个德行就像在逗弄小孩子。

我要激动了。不行，我真的要激动了。童年的许多场景倏忽闪现，记忆中的那个玩伴轻易就回来了。对，她叫红翠，跟我同年，比我小两个半月，点子却比鬼都多。她告诉我死人能从棺材里爬出来，害得我很多个早晨去坟前等。后来我妈说我，你是当姐的，怎么那么容易被红翠糊弄！我们一起采猪草，掏鸟窝，偷鸡摸狗，一起做的坏事海了去了。那可真是，一起趴过瓜，一起擞甜棒……那些事情都记得，可眼前这个人，会是红翠么？我怎么看都觉得她就是一个陌生人，一点小时候的轮廓也没有。关键是，她小时候长什么样，我也有点也想不起来。碎花厚棉袄，狗尾巴小辫，两道黄浓鼻涕要过河……我能想到的就是这些。生娃蠢三年，我儿子正好三岁了……好吧，许多事情不以我的意志为转移。红翠走了过来，一只胳膊蛇样地缠在我的脖子上，往前一拉，搂住了我的脑袋。

一股暖流。真的有一股暖流，实实在在地存在，从心间一直通到脚后跟，连脚后跟都是热的……我挣巴了一下，突然有点硌生——原来她早知道我是我，我却不知道她是她。她上班也有两个月了，真是太沉得住气了。这份耐心，跟想偷鸡的黄鼠狼真是没区别。

尹凤仙幽怨地说："我就看你认不认得我，你怎么还是那样笨。"

他奶奶的，我心说，还是！

3

宋大姐管自己叫老更，更年期的更。其实她才四十出头，经血旺着呢，经常看见她裤子上粘一片红，炫耀似的。她不使卫生巾，说那种小棉被样放在身底下不舒服，其实我们都知道，她舍不得花钱买。如果还烧火，估计她会是使草木灰。她不止一次说，草木灰又消毒又吸水又有弹性，她妈用了一辈子，连阴道炎都没得过。宋大姐说话，她在城西说，你要到城东去等。这是老侯的口头禅，当然是私下说，这要是让宋大姐听到，能撕烂老侯的嘴。宋大姐也厉害着呢。宋大姐还用过旧报纸、文件纸，这些都瞒不过我的眼。但你不能问，问她也不会承认。自从更年期变成流行语，就成了一个筐，什么都能往里装。嘴碎了，胸闷了，心情差了，不爱干活了，都是更年期的理由。关键是，谁爱干活，连我都恨不得更年期一回呢。

尹凤仙总有忙不完的事，从一楼到四楼打油飞。宋大姐背后叫她"鞋底光"，这个我懂。村里的媳妇爱串门子生是非，就叫这个雅号。只要尹凤仙不在办公室，宋大姐一准在说她。关键是，尹凤仙有充分的谈资让宋大姐说小话，自从宋大姐知道我和尹凤仙是发小，她反而更来劲了。

她的男人原来是南京的。你知道是干什么的么？原来是学校食堂卖饭的，四年大学让她多吃了不少便宜饭，毕业甩不脱了，只得带了来。这就知道他为啥去超市当保安了，也许就是个初中没毕业的……你知道她昨天去跟谁打保龄球了么？孙处两口子打羽毛球她去陪练了。人家两口子，她跟着算怎么回事啊……老侯跟人搓麻带着她，三天就把她教会了。她去地下舞厅跳贴面舞了，据说衣服不准穿两层，穿多了擦不出……肉感。又一辆桑塔纳接她去喝酒了，上次是白色的，这次是红色的……各种各样的信息从宋大姐嘴里源源不断往外冒，就像坏了的自来水龙头。我闭着眼听。睁着眼我怕宋大姐会噎着，她说话的时候连停顿都没有，我偶尔睁下眼，看见了宋大姐嘴角酿出的白沫，我又赶忙闭上了。宋大姐从不告诉我信息来源，我也不问，因为我知道，问也问不出所以然。你越问，宋大姐越不告诉你。宋大姐也神秘着呢，知道怎么把控信息渠道。

我在办公室吭哧吭哧打字的时候，经常心烦意乱。我想我怎么就该累死累活干这么多活，老侯一句"云丫小手真麻利"就是最高奖赏，没有比我更悲催的了。尹凤仙咯嘣咯嘣磕松子，神情专注地像只耗子。那种声音很刺耳，可有什么办法呢，她就是享受的命。尹凤仙居然剥出了一把松子仁，用一张白纸包着放到了我面前，那些松子仁明明有她手上的香脂味，还是化解了我心里所有的块垒。唉，人有时就是这么贱，受不得别人一点好。况且尹凤仙是谁，尹凤仙就是红翠啊！有时候尹凤仙会把肚子贴过来让我摸，说是女的。"将来我们两家要做亲家，你家的小帅哥，记住谁也不许给，我跟亲家说好了。"

她只跟我家严先生见过一次面，就亲家亲家的不离口。"你现在替我干活，就是替你儿子的丈母娘在干，云丫，我要让你儿媳妇记住这份好，等你老了孝顺你。"

这话若是别人说，恨不得抽她一脖儿拐。可你拿眼前这个人怎么办，你没办法呀。

她果真生了个大胖丫头，足足七斤四两。看来那些零食没白吃，用我家严先生的话说，她就像个薄薄的包装盒子，里面却孕育了个暄腾的大白馒头。我和严先生去医院看她，她拉着我的手说，我说生丫头就生丫头，有本事吧？你把姑爷给我留好了，到时我朝你要人。说完，朝严先生挤了下眼睛。我看了他们一眼，心里一阵别扭。心说，怎么像在我面前演戏？

有一天，宋大姐出去倒凉茶，突然在楼道里摔倒了。天气乍热，衣衫单薄，宋大姐凄惨的叫声贯穿了整条楼道，久久都不能挥发。各科室的门都开了，大家一起朝这里跑。宋大姐面部扭曲，嘴唇哆嗦，一瞬间，身上就像水洗的一样。我第一个跑到她身边，不敢摸也不敢碰，生怕把她的骨头碰错位。有人喊，快打电话叫120。尹凤仙站在办公室的门口说，已经打了，一会儿骨科主任一起来。时间不长，就有人抬着担架上门了，果然还有一个中年人，穿着白大褂，是主任模样。我想跟着去医院，老侯说，你在办公室听电话吧，让尹凤仙去就行了。

这件事，简直成了传奇。后来老侯经常提起在医院的种种，说尹凤仙怎么谁都认识啊。做各种检查，到哪里都是一路绿灯，连费都不用交。手术是骨科主任亲自做的，那个人傲得很，连当官的也不放眼里。可尹凤仙一个电话就来了，他们其实只是麻友。

这以后，就有意思了。凤仙好像不姓尹了。我听孙处在电话里说，小凤仙，去医院给我拿点药，安宫丸要金盒子的。地黄丸要北京达仁堂的。

大家都小凤仙、小凤仙的不离口，不叫几声就仿佛自己落潮了。

我单独去看宋大姐，宋大姐拉我在床边坐下，难为情地说，没想到小凤仙这么有本事……跟她相比，你我都是废物人啊。过去是错怪她了。你能代我跟她……宋大姐一歪头，不想说了。我估计，她是想起了曾经说过尹凤仙那么多的坏话，她自己觉得不好意思了。

宋大姐不在办公室，我和尹凤仙交流的机会就多了。她说打八岁离开罕村，就一次也没回去过。我问："你不想家么？"尹凤仙说："家有啥好想的，破破烂烂，做疙瘩汤连一滴油都不搁。要说想，云丫，我还就是想你。玩藏猫猫，你总找不着我。"我说："你不守规则。那次在场院，我问你藏好了么？你说藏好了。我瞎子摸鱼摸半天，直到我妈来找我，说你早回家去吃饭去了。"尹凤仙咶咶地笑，说我打小就爱捉弄人，也不知道跟谁学的。你从小就傻实诚，给个棒槌就当针。

我好奇她三姨家是怎样一个家庭。尹凤仙说，三姨家只有一个儿子，是个麻痹症患者，两条腿拐得不行。三姨夫在镇上的中学当校长，每次回家都买好吃的。那个年月，我回头想了想，是改革开放之初，父母卖粮卖猪给我交学费。家里有人挣工资，是件不得了的事。

红翠的命运真不赖。

她又跟我说起毕果这个人，是家里的独生子，他们是在玄武湖畔认识的，正是荷花开放的季节，两人都去赏荷，却拿了同一本书。恋爱三年，毕果舍弃了公司高管的职位跟她来到了北方。为此，他跟家里决裂了。话听到这里，我打了个愣，宋大姐说毕果是食堂卖饭的，不知从哪听来的。

我只在医院见过毕果一面，还是尹凤仙生孩子的时候。他站在床边畏手畏脚，像一个乡下来的亲戚，赔着笑脸。尹凤仙并没介绍他，毕果自己主动过来跟我们握手。毕果是一个小个子，很瘦弱。想起当初我帮尹凤仙复印毕业证——毕果为啥没有自己的毕业证呢？

也许是弄丢了。我当时这样想。

回家我说起红翠这个人，严先生感慨得不得了。说她漂亮，活力四射，看着不显山露水，却到哪都能打开局面。没想到她还是你的发小，啧啧……我冷眼看着他，嘚啥牙花子？红翠是漂亮女人？打哪看出来的？我逮着这句话，不依不饶。严先生说我小心眼，可我觉得，红翠漂亮与否跟心眼大小没关系。但严先生说，女人看女人，跟男人看女人不一样。女人看衣着。男人不单靠眼睛，还凭嗅觉。说起嗅觉，我就更堵心了。话在嘴里尚且说不清楚，我是个大鼻炎，很多时候连香臭都分不出。"都闻出啥来了？说说也让我知道。"严先生讪讪的，他知道自己把话说冒了。

靠在床头翻书，脑子里却在想红翠，一项一项去想她脸上的器官，鼻子、眼睛、嘴巴，都适合而合适。嘴角还有豆粒大的窝，笑起来就往深里旋。她的头发也好，锦缎一样披散着。嗯，她还爱修指甲，衣服穿得也别致。她还出手大方，那次给灾区捐款，我们都捐50，她捐了100。这样一路想下来，红翠几乎没有缺点。我突然有点自卑，想刚才生出的情绪，是不是算嫉妒？我假装推心置腹问，你们男人，是不是都想娶红翠这样的人做老婆？严先生警惕地看了我一眼，人朝外走，甩进来一个字：去。

快下班时，老侯让我晚几分钟走。我收拾了桌子，把罐头瓶杯子里的水喝净，把杯盖拧紧，靠窗放好。老侯神秘地问我，今天上午都跟谁聊天了？没跟谁啊，我说。啥事？我顺手拎起大绿铁壶，给窗台上的几盆花浇水。一盆吊兰，一盆玻璃翠，一盆粉绣球，还有一大盆君子兰，是老侯从家里搬来的。早些年君子兰贵得邪乎，老侯育了几百株，几年过去，君子兰从贵妃变成了贫民，老侯各科室都送，说家里没地方放。

为了配上他的君子兰，单位用130去拉青花瓷的花盆。有老侯这样一个免费园丁，各科室开得争奇斗艳。

"尹凤仙家里有点事。"老侯开始嘬牙花子，一副难出口的模样。我敏感地看了眼尹凤仙的桌子，她一个上午没踪影。因为习以为常，我也没把这当回事。可老侯的牙花子让我腻歪，我顶烦大老爷们有话不直说。"我知道你们俩是好朋友，所以这件事得先告诉你。"

我把大铁壶"咚"地放在地上，我说你别这样神魔鬼样好不好。有话快说，我还得回家做饭呢。

老侯咂了一下嘴，说你这是跟领导说话的态度么？我现在可是代表孙处找你。

我嘟囔，你代表中央找我我也这样。可还是在椅子上坐下了。

老侯说，她丈夫毕果，知道吧？我说，不就在超市当保安部经理么？老侯说，他倒卖超市的大宗商品，超市报警了，现在正在接受调查。孙处的意思是，公安肯定会来单位了解尹凤仙的情况，特意让我嘱咐你，了解啥说啥，不了解的别乱说。

我愣了一下。啥是乱说？我没好气。孙处这么说是啥意思？我什么时候乱说话了？

老侯赶紧说，孙处还能有什么意思，保护员工呗。他也没说你乱说话，你别多想。员工出事领导脸上无光，如果出事的是你丈夫，孙处也会这么做。

喊。我说，甭用好话甜哄人……我家严先生才不会犯这样的错，他能把家里的大宗商品送人……再说，员工的丈夫不是员工，孙处犯不上自作多情。

老侯气咻咻地说，啥话非要说透，云丫你咋这拧呢！

我心虚了一下，是觉得自己有些好歹不知、油盐不进。

老侯却是一副赶尽杀绝的样儿，陡然往外走，站到门边又说了句："事情传达给你，我的任务也算完成了……我知道你跟凤仙是发小，有些话就不该外人说。"

"多余说。"我从衣架上摘下包背在肩上，嘴上还是硬了一句。

等了足足半天，公安并没有上门。老侯一个劲地到办公室来打晃，仿佛是，公安不来他就坐卧不宁。我从家里带来一本书摊在桌子上，名叫《素书》，是我家书橱里的书中最厚的。我就是想边看书边回答公安的提问，哪怕是假装的——我凭啥被你们盘问哪。离下班还有十几分钟，老侯进来说，看来今天公安不来了，你该下班下班吧。我端着杯子喝水，没理老侯。老侯偏心偏得我对他失望，老侯讨了个没趣，说完这话就走了。我关灯、关窗，也准备下班了，突然，电话响了。

你方便说话么？

是宋大姐，声音很诡秘。

您说。

办公室就你一个人？

就我一个。

公安来找我了。

什么？

我吓了一跳。公安可真是神出鬼没，我们等了半天连影子都不见，敢情去了宋大姐那里，而且知道宋大姐在家休病假。

"是为尹凤仙的丈夫而来的，他当了几年保卫部经理，据说偷了超市几万块钱的东西，胆子可真大！难怪尹凤仙总有零食吃，活得像个有钱人，敢情那零食都是毕果从超市顺出来的！"

我是有些震撼，但我没表现出来。我抚了半天胸口，才让那颗心跳平稳。我说尹凤仙家境好，婆家好，娘家也好，她有条件吃得好穿得也好，这些不一定与毕果有关。此时我的确感到了来自罕村的力量，她是我发小，我不可能像宋大姐那样幸灾乐祸。我问公安都问了些什么，宋大姐是如何回答的。宋大姐说，知无不言，言无不尽。涉及到法律问题，咱不能欺骗组织啊。我说，毕果会被抓起来么？宋大姐说，他把人家送货的车截在城外，顺便就给低价倒卖了，属情节特别恶劣。这样的人不判刑，真是没有王法了！

我说，属实么？

宋大姐说，千真万确。

再见到尹凤仙，是几天后了。我有些难为情，不知该用什么神情面对她，是同情，还是怜悯。我爷爷说，男怕入错行女怕嫁错郎。她这就属于嫁错了吧。我偷眼看她的脸。尹凤仙稍稍有一点灰，但不是很明显。她凑到镜子前抹口红，口红居然像甜饼，散发着一股香气。她端详着自己说，云丫，你看出我憔悴了么？我这才走过去打量她，是从镜子里看，发现她新纹了眼线，眉毛也是处理过的，又细又弯。我认真地说，挺好的，看不出来。接下来我以为她会诉苦，说些毕果的事，我安慰的话都想好了。可尹凤仙说，她与孙处和他的同学打了半宿麻将，凌晨两点才回家。

我吃惊地说，孩子呢？你夜里不带孩子？

尹凤仙说，咋不带，这不是有事情脱不开身么？再说，毕果比我带得好，小丫头还不到两岁，就会用白眼看人了。

会翻白眼算什么本事，打麻将叫脱不开身？这可真是太开脑洞了，我张口结舌不知说什么好。

还是我没有忍住。我想我是做姐姐的，虽然只大那两个半月，她牙牙学语的时候也许叫过我，只是我没记住。我问毕果的事情怎么样了。尹凤仙若无其事说，什么事怎么样了？我突然口吃了一下，像自己偷了人被捉一样。那个，那个事……尹凤仙不以为意说，你说他生意上的事吧？没从单位辞职之前，我们就一直在做生意，毕果参股跟人做卫星转播，与 CCTV 有关，这可是大买卖……对了，你家安"锅"了么？我有些跟不上趟，原本我想问毕果与超市的事是怎么解决的，这几天，我一直心有惴惴。我跟红翠毕竟关系不一般，她有事了我不能装聋作哑，这样欠厚道。我就是因为这样想，所以才下决心开口。尹凤仙突如其来地捋了下我的后脑勺，说毕果原本也不是当保安的料，他早就该辞职了。我问毕果怎么想起做卫星转播，尹凤仙郑重其事说，他要当名副其实的总经理，而不是保安部经理……这下你明白了吧？

4

那天下班已经晚了，是节前的最后一个工作日。往外走，我们一起去推自行车。宋大姐掉过车头时说，我家有箱八宝粥，小凤仙，送给你家宝宝吧。小凤仙看了我一眼，说一箱我们也吃不了，不如我和云丫一人一半吧。宋大姐说，也行，你俩都跟我走。我推说有事，走了她俩相反的方向，让宋大姐抻扯了半天。小凤仙喊，别忘了晚上听新年音乐会。宋大姐说，你不提醒云丫也忘不了，她浪漫着呢。

新年音乐会的事，只是个话题，其实我们都不是发烧友，孙处的女儿才是。在年终总结会上孙处说起女儿迷卡拉扬，每年追看维也纳新年音乐会，一下就在机关成了风靡。

转天是一个雨雪天，严先生还在睡大觉，我去登山了。四野空茫，雪糜纷飞，我一个人走得很寥落。生活没有什么不如意，可也没有什么如意。就像办公室的这份工作一样，食之无味弃之可惜，鸡肋，都是鸡肋。我发现，我和严先生越来越说不到一起，我说东他准说西。比如，宋大姐的那箱八宝粥昨晚搅乱了我的心绪。我的意思是，宋大姐可以送小凤仙东西，但最好别当着我的面送。可严先生说，当着你的面又怎么啦？你的面子难道就值一箱八宝粥？从心里说，我清楚严先生说得有道理，可有道理不意味着能消解我的情绪，我也不认为宋大姐送八宝粥不对，可就是觉得她那样当着我的面做事是给我难堪。虽说她后面一直在补救，可这种补救有意义么？

当然还有别的。宋大姐原先一直跟我在一个阵营啊。

她那么抠唆的人，这件事的动静委实有些大。我甚至觉得她那么做是故意的。

我选择了一条羊肠小路上山。雪路很滑，我一脚一脚用力蹬，希望能蹬掉生活苍白的底色，让心情澄澈起来。若是寻常天气，登山的人会很多。可今天因为天气差和过节的缘故，整座山似乎只有我一个人，只有我一个人的喘息声。偶尔有只飞鸟抖落雪，那地方的雪就比别处密度大。这样空旷、空阔的地方我就想大喊一嗓子，把满腔的积郁化成雪糜抖落干净，可声音似乎都被冻裂了，根本传不远。

前边是一个拐弯。拐弯的地方正好长着一棵松树，像是被一堆乱石挤出了局。我刚走到那里，尹凤仙就从树后跳了出来，两只手往我的脸上捂，冰得人心惊肉跳。她大声嚷嚷说，早就看见你了，早就看见你了！宋大姐在她身后说，你刚才那一嗓子可是瘆人，像狼似的。我脸一红，本能地想否认，却无言以对。尹凤仙上来就挎我的胳膊，说我陪你往上走，宋大姐，你一个人下山吧。宋大姐不乐意了，说你刚从山上下来，再走还有什么意思啊。尹凤仙说，山上没人，云丫一个人上去我不放心。说完，捋着我就往前边走。险些惹出我的眼泪。从心里说，我不愿意让她陪，一个人登山我不害怕，我想一个人静静地走走。可她这样做，还是让我生出了感动。天地万物，能让人感动的瞬间不多，所以弥足珍贵。

莫名地，我喜欢红翠待在办公室。对，我喜欢叫她红翠，越在宋大姐面前我越喜欢这样叫。我叫的时候，宋大姐总是不自在，经常借故端着杯子出去，或站窗前往外看风景。宋大姐则爱打听毕总的事。起初，我没想起毕总是谁，后来老侯也这样叫，隔壁的老刘也这样叫。我脑子才"轰"地开了二寸窍，毕总原来是毕果。有一天，红翠说毕果请全机关的人去泰丰楼，那里的海鲜在埙城闻名。我以为我脑子进水了，在厕所正好遇见行政科的大美妞，她姓单。小单说，他们行政科的人中午都没怎么吃饭，就等着晚上吃海鲜呢。听说还发纪念品，一人一口"锅"。那得多少钱啊！我几乎要呻吟了。可小单说，统共六桌海鲜，对我们叫钱，对生意人不叫钱。听着隔壁哗哗的冲水声，我还是有些郁闷。昨晚儿子跟我要小霸王学习机，我还得协调资金呢。自从住进了新小区，房贷总像个大包袱，压得人难受。是该银行那么多的钱睡觉都不踏实，恨不得连饭也省了，我已经连续几个早晨擀面条了。我不想起来，我想多蹲一会儿。我觉得同样是过日子，我好像被日子落下了。小单站在我面前系裤子，刚进机关时的大美妞，自从生了对双胞胎儿子，也有些顾前不顾后了，裆那里开线了都不知道。小单看了看门口，把门掩上了。回来说，云丫姐甭替小凤仙省着，她本事着呢。当初毕果倒卖超市大宗商品的事你忘了？孙处亲自出马去找商场的经理，他们把案子撤了，我们单位出了几万块钱，把事儿了了。

"你听谁说的？"我不是一般的吃惊。

"咳，这事哪瞒得了人啊，地球人都知道。"

"我难道不是地球人？"我陷入了深深的沉思。

小单哈哈笑了通。说云丫姐就是太老实了，你和小凤仙是发小，可你们真是太不一样了……就像晚上的六桌海鲜，你以为小凤仙会自己花钱？不过是羊毛出在羊身上，包括发的那口"锅"转几圈准是单位出血，不信你走着瞧。

我说，单位能出？怎么出？

小单说，都什么年代了，你怎么像外星人啊！这手续也太好出了，就说上级来了检查团，吃住都在泰丰楼，临走还拿了纪念品。总共花了多少钱，签字、入账、盖章，就齐活了。再不，就说单位发福利了，反正有的是办法。

小单走了。留下我一个人蹲得腿脚酸麻，再不起来就要晕倒了。都是在这幢楼里上班，我怎么像个傻子。

年底，机关选了俩劳模，孙处和小凤仙得票最多。他们的奖金没有拿回家，买了很多好吃的堆在办公桌上，开口栗子油乎乎的，把桌子烫出了黑印子。大家都喜气洋洋，宋大姐又有点眼神复杂，眼风不时飘向我，我没接。我记得她当年说的话，让我防着尹凤仙。我觉得，以前听宋大姐说闲话有些像沆瀣一气，我不能再这样没心没肺了。

那口"锅"我家放在空调的外机上，一直没用上。眼下电视有三十几个台，据说用上那口"锅"能看到七十几个。关键是，能看到境外的。严先生想换上的时候，我不乐意。我说，再多的台你不也看一个？再说，儿子写作业的时候不能看。他偷偷把门留缝儿，听声音。他写完作业看动画片，三十几个台都显得太多了。过了一阵，听说安上"锅"能看凤凰台，我自己转了弯子，我喜欢凤凰台的吴小莉。把"锅"安上了，电视却一片雪花，我问小单是怎么回事，小单抿嘴不停地笑，说，能看的时候你们不安，现在上面给屏蔽了，安小锅一个台也看不见。

唉！人若倒霉喝口凉水也塞牙。我有些遗憾，说那锅白在我家待那么久，我一眼都没看见节目。

小单说，小凤仙家才倒霉呢。他们按城市户口的数量订了好多产品，现在都成了废品，堆得到处都是。

我问她是咋知道的。小单说，她婆婆跟小凤仙住一个小区，她家住一楼，院子里堆满了锅，像是要上演星球大战一样。

难怪小凤仙最近有些焦灼，经常坐在办公桌前发呆。

机关党办有个主任名额，在我和尹凤仙之间择一人。因为很明显，党办和机关办公室的业务有交叉，人员也应该有交叉才对。我是在学校入的党，已经是有十多年党龄的老党员了。尹凤仙是在机关入的党，满打满算还不到五年。这件事敏感，宋大姐那么爱说闲话也没跟我叨咕过。但老侯跟我暗示了下。老侯望着天花板说，云丫最近说不定得请客。增加了我心中筹码。机关就像一部机器，这边进原料，那边出产品，都是按部就班，有个排序问题。像宋大姐那样的纯属意外，她根本没机会。资历也算硬件，况且论工作态度，论能力，我自信不比任何人差。年底的大报告是出自我的手，孙处长在年终总结表彰会上说，跟其他十五个区县比，我们的报告水准能排进前三。

喝庆功酒的时候孙处特意敬了我一杯，说王云丫为单位立功了。

那几天我总是处于亢奋状态。下班的路上哼歌，回家洗碗的水流声都像是音乐，走路踩着节拍。儿子上五年级了，是一个善于观察的孩子，他说妈妈一准有高兴的事，是不是涨工资了？严先生说，你妈视金钱如粪土，一定有比涨工资更重要的事。我努力憋住笑意，给他俩削萝卜。那种大青萝卜是新品种，比苹果都脆都甜。电视里正在播放电视连续剧《水浒传》，家里到处都是"该出手时就出手，风风火火闯九州"的旋律。儿子写完作业就凑到了电视机前。我说，一个大膏药一个小膏药。儿子回过头来说，爸爸是大膏药妈妈是小膏药。

老侯去北京出差，临走把钥匙给了我，让我给他宿舍的花浇水。一份文件就在桌子上摆着，却是一份作废了的，被整个撕去了一大块。上面套红的一号字，是党办主任人员推荐名单，空格里就剩下了半个名字：尹凤。我被雷得外焦里嫩，好半天，拿起纸来端详，意识到是故意撕成这样的，因为上面的标题只缺了半个字。我一屁股坐下了。这是老侯在点化我，一定是老侯在点化我，这之前他经常出差，却从没让我浇过花。我给老侯打电话，他刚换了一部 TCL 手机，墨绿色，像小砖头一样厚。手机通了下，却被掐断了。他不愿意跟我说话。是啊，还有什么好说的。他不会因为我的事去找孙处，他正好借出差躲了出去。他能做到这样已经不错了。我没有动作就对不起他，也对不起我自己。这不是职务的事，这是脸面的事。或者，这是局党组对你的工作认不认同、你有没有相应水准和能力的事。孙处大会小会表扬我原来是在玩花活儿，耍人也不能这样。我越想越生气，想给严先生打电话商量一下，可商量能有什么结果呢，我几乎能想出来他会说什么，不外乎不缺这一官半职之类。心态要放平，态度要端正。他对自己的问题都退避三舍，何况关乎到我。想来想去，我只能自己去找孙处，我不能这样任由欺负。

我从没因为自己的事情找过领导，这次只能厚颜无耻一回。我就厚颜无耻了，你能把我怎么样？不住地给自己打气，我推开了办公室的门，孙处正仰在椅子上看报纸。我没说话，眼泪先掉了下来。都是长毛比猴还精的人，我不用多费唇舌，直截了当问为什么。我说我比尹凤仙来机关早，入党早，担负的任务重，为什么提职的是她而不是我。孙处冷冷地看了我一眼，问是听谁说的。我说这个你别管，你就说是不是这么回事吧？孙处和缓了一下态度，说这不是他个人的意见，是局党组的决定。我说不管是谁的决定，我都保持上诉的权利。处上面有局，局上面还有市，我就不信我没处说理去。这个时候我真豁出去了，我甚至在给上诉打腹稿。12345，我有的是话说。过河拆桥，卸磨杀驴，过去只当是传说，原来生活中都应验了。我来机关这么多年，错过机会我就成了宋大姐，做一辈子老办事员，被小丫头小小子管得鼻青脸肿，我不甘心。孙处"啪"地一拍桌子，说还反了你了！王云丫，你这是目无组织！人都是长大的，不是吓大的。我说我不反，我就想知道我怎么不够格，我需要有个说法。孙处歪着脖子喘了会儿气，再次问我是听谁说的，是不是老侯？我没说话。孙处说，老侯跟我玩阴的，看回来我怎么收拾他。

　　孙处跟我摆了半天尹凤仙的优点，为人热情，善于外交，诸如此类。起初我站着，后来我自己找了把椅子坐下了。我说尹凤仙什么样我不管，我就想知道我哪儿不够格。孙处又说了尹凤仙眼下的难处，毕果生意失败了，他们把房子都抵押了。毕果在埙城无亲无友，单位若不帮他，就没人能帮他了。说不过孙处我就呜呜地哭，只要他不答应，我准备哭个地老天荒，不达目的决不罢休。孙处被哭得心烦意乱，他用指甲哒哒哒地敲桌子，声音非常刺耳。他说你跟尹凤仙是发小，怎么还跟她抢帽子？我说，你说反了，是她跟我抢好不好。是你们都帮着她跟我抢。有活的时候为什么没人抢？孙处说，以后又不是没机会，以后有的是机会。我说，有机会为什么不给她留着？把孙处气得恶狠狠，说平时没看出你是个一根筋，怎么把职务看得那么重！工作难道就是为了升官发财？

　　我承认我就是个官迷，该给我的必须给我。

　　孙处说，啥是该给你的？

　　我说，问问民意也成，我反对暗箱操作。

　　孙处说，我真是错看你了，原来我以为你是个淡泊的人，品德高尚。

　　我觉得，已经没有坐下去的必要了。我站起身来说，鬼才品德高尚！

　　不知是不是我的感觉出现了偏差，我觉得机关里的人都躲着我走，而我，躲着尹凤仙走。我是觉得对不起尹凤仙。连严先生都责怪我，他说我不该做这么掉身价的事，气得我大吼了一声，我哪有什么身价！你不给我争取，还不兴我为自己争取么！尹凤仙是个了不起的人，她见了我，就像什么也没发生过。她给了我一张购物卡，说是给姑爷的生日礼物。我愣了下，不知她嘴里的姑爷指的是谁，尹凤仙说，你儿子严虎啊。

我才想起过去开的玩笑，她努力生了个丫头。

我整日提心吊胆，怕老侯回来孙处向他发难，也怕老侯怪罪我。老侯是党组成员，孙处用脚后跟都能猜得出是老侯为我通风报信。没想到的是，老侯回来直接被送到医院隔离了。原来非典来了，从北京回来的人都要先隔离一段时间。紧接着，单位宣布放假，大家轮流值班，什么时候上班另听通知。

我和小单分在一个组值班。小单告诉我，我一哭一闹改变了局党组的决定，否则，任命通知早出台了。"硬的怕横的，横的怕不要命的，孙处说你一根筋，他怕你跳楼。"我问她听谁说的，她说机关里的人都当私密传，科长老刘告诉了她。

我心说，要是跳楼……就免了吧。

5

孙处调走时，有人在院子里扔了几个二踢脚，炸响的声音特别刺耳，把玻璃震得呼扇呼扇的。有人说，孙处调到外区县是组织上为了保护干部，否则他可能要面临牢狱之灾。一年的招待费上百万，挪用大笔支农资金，半年跑了六次澳门，当然他不会一个人去，他陪同的人能够罩着他。

总之，他是个胆大妄为的人。

我在单位也成了名人。自己跑去要官的事，据说新中国成立后就没有过。我们这个部门成立于五三年，许多人都是从旧社会过来的。春节前我去慰问老干部，一位老局长支持我，夸我要得好，好的职位就得留给有道德、有品行的人。我没敢接话茬儿，不知人家话里是不是有机锋，转过身去会说些啥，我有些拿不准。放下粮和油，赶紧和司机出来了。我任党办主任后不久,宋大姐和农水科的老刘退休了。再没想到,薛处把老侯派了过去,尹凤仙接替了办公室主任。农水科要山区洼地到处跑,老侯苦笑着说,我一把年纪了还要当驴使,薛处这是让谁附体了。

小单来给我诉苦,说明摆着农水科的科长不会用女的。我问你从哪看出来的?小单说,调老侯还不就是个证明。我说你别悲观,谁合适谁不合适哪有一定。小单说,不信你就等着瞧,老侯到站以后上来的肯定不是我。

"到时候我也像你一样闹一闹。"小单扑哧笑了。

薛处是一个严肃的人,也是从外区县调来的。大家私下说,薛处是军转干部出身,在本地没有社会关系,这样的人,相对简单。薛处上任先做人事调整,除了老侯到了重要岗位,其他不算离谱。只是尹凤仙当办公室主任大出人的意料,她干得了么?相比党办,办公室主任的角色无疑重要得多。我等于是,丢了西瓜拣了个芝麻。我心下有些荒凉,早知道有这步棋可走,我何苦去找孙处一哭二闹,颜面尽失。冬天黑得早,下班的时候已经灯火通明。我在楼道里碰见了尹凤仙,她拿着一份文件刚从薛处屋里出来。我问她走不走,她说要加班,薛处明天去市里汇报,有份材料要赶。她急匆匆地推开了办公室的门,单薄的背影余韵袅袅。自从当了党办主任,办公室那边的事情我从不过问。过去这样的活计非我莫属,我离开了,敢情尹凤仙也干得挺好。

我终于不用加班了,想到这点,也挺欣慰。

我和尹凤仙的关系一直没有疏远,我承认,都是她的功劳。她不是一个斤斤计较的人,眼里没是没非,跟谁都能进入到一种亘古状态。她的办公室有什么,也会想着给我准备一份,而且从不让我说一个谢字。仿佛,我们这种关系是恒定的,让我很长时间觉得惭愧。耳边没了宋大姐的飞短流长，时光过得很快。单位又新来了几个大学生，我抢了姓方的小丫头，戴副蓝框眼镜，长得跟机器猫似的。

小方说，小杜昨天又喝多了。办公室总是有酒喝。

我说，你若羡慕也可以去办公室。

小方说，打死我也不想去，我就跟着云丫姐——他们陪客户搓麻能陪一宿，早晨个个都是熊猫眼。

机关哪来的客户？我敏感地问了句。

小方说，他们管上级领导就叫客户。

我说，年轻人多学习，少攀比。来日方长，学些本事才重要。

小方吐了下舌头，说小杜过去喝酒不过二两，现在能喝半斤。

我用圆珠笔戳报纸，把报纸戳了一个窟窿。小方表面上对我言听计从，我知道她心里想的不像嘴里说的。现在的孩子，都神怪着呢。

有什么办法呢。党办，说起来好听，却是机关最无职无权的部门。你给不了别人什么，就休想别人给你什么。

小杜是跟小方一起考进来的，是个男生。据说笔杆子了得，经常在报纸上发表作品。有时能看见他拿着绿色的稿费单穿越整个楼道，他用两根指头夹着，胳膊大幅度摆动，人像长了翅膀，那稿费单能生出风来，飒飒作响。

关键是，他把尹凤仙简直当神，下台阶都要扶着她。在食堂吃饭，小杜从来都是买完了尹凤仙的再买自己的。尹凤仙旁若无人，跟别人有说有笑。吃完了随手一推，小杜就给收走了。我很纳闷，不知她用什么手段，能把人管成那样。

房贷还是那么多。有人计算过，说前几年还的都是利息，本金就像唐僧肉，咬掉一口不容易。因为涨了些许工资，生活突然就觉得宽敞了，我早晨再也不擀面条了。严先生馋啤酒，那几年都没怎么喝过。发了工资我主动买了两箱德国黑啤，严先生眉开眼笑。

我怎么可能让他喝顺当，我提职的时候他没少挖苦我。我敲打说，若不是我涨工资，你能喝这么好的啤酒？

生活都是可丁可卯的事，当初选择房贷数额就是比量来的，多一点，这生活就难以为继，所以我这话严先生听得懂。但他假装听不见，他转移话题。

"毕果也不知怎么样了，他后来做啥生意了？"

"做卫星电视赔了么。"

"那都是多久之前的事了。现在呢？"

"不知道。"

"尹凤仙是你的同事，你怎么连这也不知道？"

这话说得好没意思。我白了他一眼。别说我们现在是两个部门，就是一个部门我也不可能伸长耳朵打听人家的家事，我又不是长舌妇。

严先生讨了没趣，停下脚步想了想，大概自己想通了，继续往前走。我在他身后五六米的地方，不满地一眼一眼挑他。他这样说话真是伤了我的心。在他心里，好像尹凤仙比我还有分量。

过了三分钟，严先生就把这茬忘了。他停下脚步等我，说尹凤仙也不张罗回罕村，你下次回去招呼一下她么，她肯定想回去看看。

招呼她干什么？我很不耐烦。她不张嘴我咋开口？罕村她又没有亲人。

严先生说，那也应该回去看一看，毕竟是她出生的地方，她有感情。

我嘲讽说，你是咸吃萝卜淡操心——她有没有感情你哪知道，莫非……

严先生让我吓跑了。他说就怕女人说话瞎转折，一瞎转折也许就离题万里。

夜里十一点，小方给我发短信：云丫姐，睡了么？我回：没。她这才把电话打了过来，哼哼唧唧说，有件事情不踏实，想跟云丫姐说说。我以为又让我当知心姐姐，小方交了个男朋友是飞行员，家里都不愿意，怕飞机掉下来。我一直支持她，有个男朋友在天上飞，想一想就觉得这生活带劲儿。她烦闷了就给我打电话，不在办公室里说，面对面说不出来。小方说，这件事也不知应不应该告诉你，我答应了她不告诉你。我有些烦，说三更半夜说人话，别光想着绕圈子。小方说，可不告诉你我又觉得不应该。我说，小方，你要用这种路数去对付飞行员，小心他双开了你。小方嘿嘿地笑，说云丫姐放心，借他二两胆子他也不敢，我俩铁着呢。

今天下午尹主任找我了，她问我手里有多少党费。我说连下属单位的加在一起，七万多吧。尹主任说，明天借我周转一下，我一周以后还你。

我吃惊地说，她要借党费？她咋知道党费在你手里？

小方说，云丫姐糊涂了吧，机关里谁不知道党费在我手里？

我晃了下头，我是有些气蒙了。居然要借党费，亏她想得出。我问，她借钱干啥用？

她没说。

你答应她了？

也没算答应……我想她毕竟是领导，又跟云丫姐是发小……

别说没用的。你到底答没答应她？

小方支吾了。我突然来了无名火。正色说，若是你自己的钱，你借她多少我不管，可党费是公款，你私自没有动一分的权力！

要是薛处同意呢？

我气急了，大声说，党费归我分管，就是天王老子同意也不行！

小方过去可没有那么大的胆子，她是一个乖巧的人，凡事从不自己做主。眼下是着了谁的魔了，居然敢打公款的主意。听筒里好长时间的沉默，小方悠悠地冒出来句：时间不早了，云丫姐早点休息吧。

严先生在旁边急得抓耳挠腮，说你怎么不问清楚，这样回答太武断了。要是薛处已经答应了呢？公款与你有啥关系，你因为这个伤人不值得。我说我是机关支部书记，公款出了意外我得负责任。你是不是想我进监狱？严先生不言语了，躺下身子，把一个整后背对准我，像一面冰山一样。我把自己移到了床沿，临渊而卧。

这件事不了了之。转天小方对我说，你知道尹主任的钱包什么样么？都是卡，金光闪闪。我心说，那样多的卡还借钱？小方问我有几张卡，我说我一张卡也没有。小方说，这只能说明你落伍了。我没好气地说，你以为我是谁，弄潮儿？借党费的事，小方再没对我说起，我也懒得打听。夏天突兀来临，防洪又提上了日程。薛处每天都去山区转，身后跟着老侯。老侯灰头土脸，有些跟不上趟。山里有十四座小水库，每一个都像枚定时炸弹。

小方明显跟我有了芥蒂。笑脸依旧，但再不拿我当知心姐姐，让你觉得她的脸上虚饰的笑很动人，就是脸后面是一潭死水。

我冷冷地看。我越来越觉得自己像个局外人。

6

我有心情研究薛处和尹凤仙，是从一个细节开始的。那天机关党委下来检查工作，本来安排在食堂就餐，薛处又临时变卦了，说现在正是竹笋上市的季节，某处的竹荪鹅好吃，让大家到那里去尝尝鲜。我到那家餐厅时，饭菜都上齐了，人也都坐好了，小方给大家倒水，才发现薛处没有杯子。小方喊服务员要杯子，尹凤仙把自己的杯子递过去，说薛处就喝这个吧。薛处端起尹凤仙的杯子喝了口，放下时，我突然发现杯子沿上有口红，颜色跟尹凤仙的嘴唇一模一样。

机关党委的何书记是个和善的人，问我咋不喝酒。薛处说，我们这位尹主任特殊，酒桌上从不端杯。尹凤仙说，云丫从小就不喝酒……要不今天就喝一点？薛处看了我一眼，说她连我的话都不听，能听你的？两个人坐在我对面，说得像对口相声。我稳稳地坐着，内心却像猫抓一样。薛处这样看我，我没想到。薛处原来这样看我。除了党费没借出去，我还有什么没听他的话？我塌着眼皮，不看任何人，他既然这样看我，我还有什么好说的。何书记把话接了过去，说我工作认真，各项指标完成情况都走在了全市的前列。薛处不耐烦地说，喝酒喝酒，酒桌上不谈工作。

杯沿上的那一抹口红总在我眼前晃，我情不自禁要猜这两个人是怎么回事。薛处比孙处有威严，平时不苟言笑，也不怎么批评人，可眼神犀利，看谁一眼，谁都心里敲小鼓，检讨是不是哪里出岔儿了。薛处在别人面前是只虎，在尹凤仙面前却像只猫。因为几次酒桌上不端酒杯，薛处对我素无好感，我用尽心尽力工作来弥补，看来效果不大。

那天小杜喝多了，尹凤仙也喝多了。原本，尹凤仙不该喝多，是因为酒席就要结束时，县委办的一位主任过来敬酒，说得高兴，敬酒成了拼酒。尹凤仙飒爽英姿，喝酒就像喝水一样，结果站着进来，躺着出去。薛处和何书记一行都撤了，我和小方与司机收拾残局。尹凤仙像面条一样软，被司机背到了车上，又背到了楼上，吐了司机一后背。司机和小方把人送到门口就退了回去，我协助毕果把尹凤仙扶到了床上。尹凤仙双眼紧闭，嘴里不停地吐泡泡。毕果看着我给尹凤仙脱了鞋子，抻了条被子盖在了身上，他抱着肩膀，面容冷冷。这是我第一次走进尹凤仙的家，楼房面积不大，有七十几平米，那种杂乱能让人心惊，与尹凤仙光鲜的风格一点都不搭调。小姑娘毕亦菲正在写作业，嘴里叼着笔冷冷地看着我，那眼神像极了她父亲。我吃惊她怎么那样瘦，过去想摸一下她的脑袋，她躲开了，嘴里说："讨厌！"

我讪笑着看了一眼毕果，毕果无动于衷。

"你怎么没喝多？"

我挥手向他们告别，走到门口时，毕果射出来一支响箭。

我有些仓皇，感觉毕果不应该这样对我。你可以不留座不倒茶，好像还不至于跟我这样讲话，因为我跟他并不熟。

我说我不喝酒。

"你不喝酒怎么让她喝多了？"

毕果手里拿了条毛巾擦手，突然抽了毕亦菲一下，恶狠狠地说："看什么看，写你的作业！"

我脸上的肌肉抽搐了一下，迅速走出了那道门。毕果那个动作就像鞭子抽在我的脸上，火辣辣地烧灼着皮肤。楼道里很黑，看不到照明的开关在哪里。我站了会儿，让眼睛适应光线。这里是老居民区，垃圾通道在楼道的拐角处，散发着一股恶臭。上来的时候没感觉，这个时候恶臭灌满了鼻孔，让人心塞。我住过老楼，这些都在我的记忆里。我还想了下臭味的体量是多少，我吸多了是不是意味着别人可以少吸。我摸索着下楼，想我住的新小区，地板是水磨石，栏杆是不锈钢，飘窗都有一个平方，用一句成语形容，那真是窗明几净。虽然背了一身房贷，可还是觉出了生活品质。

原来我是个有生活品质的人。

说不上是一种什么感觉，离开这里时，我心里觉得特别不是滋味。

大约三个月后的一个周六，我们正在睡懒觉，手机突然响了。"小凤仙来电话了，小凤仙来电话了！"这是我新选择的手机铃声，可以报对方姓名。我把电话接通了，猜测她找我什么事，她平时很少给我打电话。"我的店今天开业，原本不想麻烦你们，可毕果说，亲家不来这事就不完满。你们拨冗亮个相呗，也给我和毕果抬抬点儿。"严先生警觉得像只狮子，马上坐了起来，让我问开的是什么店。我看了他一眼，没这么问。我说，你净讲笑话，我们是什么人，怎么可能给你抬点儿。尹凤仙轻言慢语说："好了，不说笑话了。今天开业来的都是亲朋好友，单位的同事一个也没叫。我这样说你们总可以赏光了吧？"严先生已经在穿衣服了。我嘟囔了句，我算什么亲朋好友。严先生说，你怎么这样说话。好歹也是一个尹，都是从罕村出来的。严先生的热情总让我莫名其妙。我又赖了会儿床，才起来。那个店叫"金钥匙"，坐落在文昌街的街首，面前四通八达，可真是做生意的黄金地段。匾额是烫金颜体，落款是本地一位著名的书法家。店前两溜花篮，红飘带上也是烫金字。尹凤仙和毕果站在门口，笑脸迎宾。他们也穿了通体金黄，就像外星人一样。我的吃惊都在脸上，这才多少时日，咋整出这么大的动静。尹凤仙上来挽我的胳膊，说都是毕果的功劳，他这些天连个囫囵觉都没睡，一直都在忙碌。她拉着严先生的手说，亲家一来，我这鸡毛小店就升起月亮了。我严肃地说，请忘了亲家两个字，咋能在外面随便叫。尹凤仙说，咋是随便叫，这都叫了十多年了。她对身后的毕果说，礼物呢？别忘了给亲家带回去。毕果像个小跟班，赶紧回柜台上取来一个丝绒盒子递给我，那盒子可真高档。严先生则拿出了红包，说这是我们的一点心意。尹凤仙也不推辞，接过来放进了包里。

我搭了一眼，里面已经有许多红包了。

店面不是很大，有五六十平米，三面是柜台，站着身穿旗袍的营业员。摩肩接踵的人流中，我的确没见到单位的同事，但也尽是熟面孔，甚至有各大委局的一把手，经常在电视里接受采访。严先生不住地咋舌，附耳对我说，尹凤仙还真有本事，这样的店得多少资金投入啊。想起她家的老楼，敢情包子有肉不在褶上，我庆幸没有把她家的状况告诉严先生，否则又要被奚落。很多时候，我不愿意谈尹凤仙这个人，因为，我拿不准。我不知道用什么口吻谈她。稍不留神，就自己找不自在。我细细看了那些产品，各种首饰都是钥匙模样，金钥匙们波浪似的起伏，让人眼花缭乱。不用看介绍我也知道，这把金钥匙多有寓意。通往成功、通往财富之门，哪里不需要把金钥匙呢？我还真是喜欢上一条项链，坠也是一粒小钥匙，与整条链子无缝衔接，浑然一体，我情不自禁摸了摸脖子，那里空空如也。生活一直窘困，等米下锅。也就是说，一直缺一把通往未来的金钥匙。没想到尹凤仙却拥有那么多，真让人羡慕嫉妒。尹凤仙鱼一样游过来，从后面揽住了我，说看上什么了尽管说话。我问那条链子多少钱，尹凤仙让营业员把链子拿出来，就要往我的脖子上戴。我拼死拼活才挡住了她。家里那么多的房贷，我哪有戴金饰品的命！可这话不能说，说出来自己都嫌丢人。开业仪式有简短的祝词，是一位商界的成功人士。剪彩的则是一位老领导，曾经位高权重，领导埧城人民。尹凤仙讲话的时候说，金钥匙是一个品牌，总部在香港的九龙，不是卖金子，甚至不等同于卖金子饰品，而是营销经营理念，这在埧城还是新鲜事。人最要紧的是什么，是转变观念。我们就是要把这种营销模式推广出去，让消费者成为最大的赢家。话说得很深奥，我得使劲听。我总算听明白了，原来金钥匙品牌有点类似租赁，假如价值五千块钱的产品，你可以用一万拿走，产品戴腻了，可以退回来，或换其他产品。而在这之间，你的钱能生出钱，而且高于银行利息。听起来可真诱惑人，这才真的要打开财富之门啊！严先生悄悄对我说，那件麒麟标价百万，谁拿走就要付出两百万，可真是镇店之宝了。他问我看中什么没有，我微笑着摇摇头。我刚才还曾动心，不知为什么，又很快恢复了平静。那些金光闪闪的饰物褪了颜色，在我心中生出一种腻歪来。严先生说，我们接受了人家的礼物，总要支持人家一下，你不总想买条项链么？我说，你的红包不是已经支持了么？包了多少钱？严先生说，尹凤仙跟你有交情，我多包了一点，两千。我瞪了他一眼，一步就从店里迈了出去。这个月就吃糠咽菜吧，我愤愤地想。

严先生追上来说，人家那样大的场面，拿少了不合适。

回到家，严先生想看看礼物什么样，我没给他，而是随手塞进了抽屉的最底层，让一堆家电说明书盖住了。我心情突然很恶劣，却有点不知道盐打哪咸醋打哪酸，我有点捋不清楚。严先生抱怨我，不该让尹凤仙下不来台。我嚷，她哪里下不来台了？严先生说，她跟咱们攀亲家，一句玩笑话，你顺水推舟就是了。咱们是男孩子，又不吃亏。男孩子就不吃亏？我简直有点气疯了，灵机一动说了句：两家是近亲你不知道？房门吱扭一声响，严虎探出了半个头，说咱们家跟谁是近亲？严先生把他往里一推，说大人说话没你什么事。房门关上了。我在那里横眉立目，严先生摇着手说，我不惹你，我去楼下找人下棋。说完，他溜了。我好半天才把气出匀乎，回想到底因为啥动肝火，却有点想不起来。回卧室关上房门，我打开丝绒盒子，把礼物拿了出来。是一枚小钥匙，挂在细细的圆环上。那链子却是彩金，点着星星似的黄。这玩意要了我们两千块大洋，这买卖真是做得。

尹凤仙的生意火到什么样，看看机关里的人就知道了。我也奇怪，开业她不是没通知同事么？怎么人人耳朵上脖子上都戴着金钥匙，仿佛都把成功和财富之门打开了。这年头，人们太渴望这些东西了。开会的时候，薛处甚至把一枚大金钥匙从内衣里掏出来让大家看，说自从戴上它身体也好了，运气也好了，连搓麻将赢的机会都多了。大家一片附和，纷纷拿出自己的金钥匙。逢到这个时候我就讪讪的，像长脖老等一样，无处躲藏。有一次，尹凤仙悄悄地问我，是不是手头不宽裕，如果喜欢她可以免费让我戴。我摇了摇头，我说我不喜欢圆的东西把自己锁住，像枷一样。

尹凤仙拍了我一下，说亲爱的，你总是那么别致。

单位里还有一个没戴的，就是小单。儿子已经上小学了，小单还留着根独辫，越发朴素了。她悄悄对我说，老侯看着没戴，其实都戴在家属身上了，老侯有心眼儿。我说，老侯该退休了。小单说，是啊，就因为该退休了老侯更要好好表现。涉及到老侯，我不忍顺着她说。我说，老侯这样做没有意义。小单凑过来，诡秘地说，你真以为这店是尹凤仙一个人的？

我激灵一下，顿有醍醐灌顶之感。

金钥匙很快就成了埙城的坐标。人们习惯说，从金钥匙往北走，或者，从金钥匙一直往南。这里本来就寸土寸金，因为金钥匙，周围的店面都增值了。可惜这样的盛景只维持了不到三年，就因为一个意外事件而夭折了。

那天早晨，单位的人都集中到了院子里，黑压压的一片。气温骤然降到了零度以下，很多树叶还没来得及改变颜色就冻落了。这天薛处市里有会，他的车原本就停在楼前的台阶下，所有的车，只有他的车可以停在这里，所以他在没在，大家都一目了然。

薛处的夫人我们都没见过，所以她眼下坐在台阶上，让人有些生疑。她哭哭啼啼说，家里的钱都让薛处拿去投资了，那人却跑了。她看见了人群中的尹凤仙，一把揪住了她。说一座楼的钱都投进去了，你到是还我啊。尹凤仙任由她摇晃，脸孔煞白。有人似乎听出了端倪，骑车就往外跑，到了文昌街，金钥匙的牌子早被摘了下来，在地上任人踩踏。所有的窗子都打开着，警察拉起了警戒线，门口已经不让进出了。

这件事应该是大事。有多大，我说不清楚。席卷了多少人，大概也是个未知数。严先生每天上下班都从这里过，那天回来讪讪的，说没想到毕果是那样的人，挣了钱连老婆孩子都不要了。有店员说，老板一周前就已经不见了，他的电话总处于无人接听状态。店里的值些钱的饰品都没了踪影，一起没踪影的，还有店里的一个营业员，他们已经好很久了。

一个人的失踪是好事，带走了所有的责任和不堪。机关里的人会说，谁的损失还能有薛处大？但也有人不这么看，他们觉得这是障眼法，尹凤仙是幕后推手。这是我在洗手间听到的，人家当机密说，我半天没敢动。直到那两人走了，我才冲了下水。

但我不同意尹凤仙是幕后推手的说法，想起那次她醉酒时毕果的态度，我的心瓦凉瓦凉的。

7

2008年，有两件大事发生了。一个是汶川地震，一个是北京奥运。汶川地震在前，所以大家都猜，会影响北京奥运么？结果一点没受影响。开幕式的宏大和热闹，把所有人疑虑都打消了。我们机关在这之前萎靡了一阵子，汶川地震，让很多人把事情想开了。北京奥运，又让人想不开了。

尹凤仙好长一段时间没有上班，她做了一个小手术，在腰部，皮下脂肪里生了个小肉瘤。原来以为是恶性的，拿到大城市去做病理，才得出了正确的结论，是良性的。尹凤仙各个办公室里发了包巧克力糖果，是劫后余生的礼物。或者，也是一点点歉意也未可知，当然，她语言和行为上都没有什么表现。毕果一走就无音讯，转眼就是多半年过去了。许多人参与报案，没有一个是我们单位的。大家都有些心照不宣，小心翼翼地避免谈到她，好像她是个玻璃人，一谈即碎。

楼道的窗台上有几盆花，我用只废弃的纸杯从洗手间里接来水浇花。那些花渴得厉害，一杯水倒进去，瞬间就无踪影。我来回折腾了几趟，看见尹凤仙进了薛处的门，又看见她出来了。尹凤仙脸上有泪痕，贴着墙根走。她越发瘦弱，灯笼裤像纸糊的，削薄的可疑。高跟鞋钉在地上，空旷而寥落。可不知为什么，我眼前总晃那只杯沿，有一抹口红。

尹凤仙走入了她人生的低谷。这是小单总结的。小单的一儿一女都在一中上学，与尹凤仙的女儿毕亦菲同班。毕亦菲的成绩一直不好，总是倒数前三名。尹凤仙参加家长会都要带礼物，再不就请一大桌子老师喝酒，把自己喝得烂醉。老师在班上说，有些同学不努力，家长送礼也没用。老师有多可恶。

还有一件事，我觉得值得一说。机关推荐处级副职，年龄、学历、任职年限几个硬件条件一卡，只有我和尹凤仙符合。想起当年我和她共争一个科级名额，转眼就是五六年过去了，我们都成了老科长。尹凤仙私下对我说，你上吧，我没这个心思了。我心说，谁想上就能上？结果民主推荐票数我和她一样多。薛处坐在那里主持，没有多说什么。我隐隐有些悸动，没想到事已至此，还有那么多人支持尹凤仙。支持她就是支持薛处吧。他们脖子上耳朵上戴的金钥匙不知什么时候都不见了，这让我产生了错觉，觉得不哭不闹也能完胜。工龄党龄都比她长，所以非常幸运，我进入了下一个环节。尹凤仙离开了办公室，到党办当主任，步我的后尘。小方诡秘地问，她如果再动党费的念头怎么办。我看了她一眼，说你问我，我问谁？

尹凤仙从来都是规规矩矩地叫我尹处，即使是在考察阶段，我的任命还没正式下来，她是最早喊我尹处的那拨人之一。尹凤仙到我的办公室从不落座，站得有型有款。如果我喝水，务必提起暖瓶给我添。临走还要说，尹处没别的事了吧？起初我觉得别扭，后来慢慢就习惯了。大小官场都是熔炉，谁不得经几回锻造。有次我问她想不想去罕村，尹凤仙寥落地说，去罕村会给尹处添麻烦。算了，不去了。

这样的回答让我断了聊下去的想法，我们的思维不在一个频道上。

一年两年三年四年，毕果就像蒸发到了大气层，连一点踪影都不见。尹凤仙属于那种跌倒了很快就能爬起来的人，她的周围很快就聚起了朋友。每天化浓妆，穿高跟鞋，夏天穿大摆幅的裙子，与年龄一点都不相衬。她帮过许多人的忙，老人看病，孩子入学，待业的找工作，弄不清她到底认识多少人。这个总，那个董，打来电话的都不是寻常之辈。还经常有豪车来接她，出入的场所都很高级，这从她的谈吐能听得出。酒的名字，咖啡的品牌，各种化妆品或奢侈品，我们都没有听说过。只是有一样，薛处有些躲她，有一天，她打薛处的电话，薛处正好在食堂吃饭，还没说两句，薛处嚷了句，你没病吧？就把电话挂了。

我端着碗躲了出去，我听出了尹凤仙的声音。

不得不说，尹凤仙是个坚强的人。遇到这样大的磨难，换作别人早垮了。可你从她的形容绝看不出什么，她的脸上，一点阴郁的影子也没有。她仍住在那座老楼里，看见她的长裙，我便想那个脏兮兮的楼道，尹凤仙要小心地提着裙裾走。很多人都买车了，她没买。她每天走着上下班，遇到谁顺路，就搭一截车。搭谁的车也不白搭，一瓶法国香水，或者一盒意大利粉饼，总有出人意料的礼物，也不知她的那些东西都是从哪来的。她的衣着也在往大牌方向走，有一天，穿了件小款的皮外套，居然上万元。

亲，你在哪？

我说我去市里开会了，在路上。

是直接回家还是回单位？

我说回单位。有个紧急事儿，得回去处理。

那我等你。

结果她一直等我到十点多。我忙完工作锁好门，才发现她的办公室亮着灯，房门半敞着。我推门问她什么事，这么晚了还不走。她把我拉进了屋，没说话眼圈儿先红了。她说养父明天动手术，今晚在凑手术费。我问手术费多少钱，她说共需八万，她现在已经凑了五万。"我们俩感情特殊，有困难我不找你找谁？"她从没对谁示弱过，样子显得楚楚可怜。她这个人，很少提与自己相关的人和事，她在我面前永远是一团雾。我不是拿不出三万块钱，但我不想这么轻易给她。她这已经是第三次朝我借钱了，一次借三千，一次借五千。第一次她说，尹处，救个急。第二次则表现得很腼腆，说不好意思，上次还没还，又得张口了。她的理由都很是理由，让你无法拒绝。可说好的什么时候还，却从没有兑现……我不能封口不借，毕竟我们之间有过渊源。我拿出钱包，把里面的钞票统统倒了出来，点了点，三千几。我说，就这些，不好意思。她的脸一点一点冷了，先扭身，看墙。静默的这几秒钟有些难堪。然后，她扭过头来说，云丫，若是别的用项，我就要了。这点钱帮不了我。她帮我把钱收起来，放进了钱包。不知是不是那声"云丫"让我五味杂陈，我到底没能把心肠硬到底，到楼下追上了她，跟她去找 ATM

机提款。

　　直到她事发，我才知道她跟同事到底借了多少钱，连退休的都没放过。几千，几万，不一而足。理由五花八门，女儿得病，自己开刀，养母住院，或者鸡生蛋、蛋生鸡去滚利息，总有人信她的说法，毕竟，她是农水处的中层干部。可这还只是小数。有一天，单位开全员大会，散会一出门，外面扯横幅的汹涌而入。那横幅写的是"尹凤仙还我血汗钱""大骗子尹凤仙不得好死"之类，吓人一跳。传说有人想拿周河清淤工程，一次性打给她 30 万预付款。还有人想换肾，把钱存到她手里找肾源。那些理由五花八门，听得人头皮发麻。似乎是，只有你想不到，没有她做不到。薛处紧急把她调到了下属单位，那个单位位于水库大坝，有座弹药库，出入有武警把守。有人看她上下班像做贼一样，蹿进蹿出。

　　有人开玩笑说，她不会把弹药库给卖了吧？

　　驮着大筐的女人不知是怎么进来的。我打开玻璃窗，小杜正在训斥她："卖东西到大街上卖去，怎么跑到机关来了！"小杜新提了办公室主任，有点新官上任的感觉。女人短头发，红脸膛，身子圆鼓鼓，从二楼看下去，尤其显五短身材。女人看着办公楼说，我不是来卖东西的，我是来找人的。"人"她说的是四音，带一点拐弯，这是典型的山区口音。找谁？找姓尹的。我冲出办公室，来不及摁电梯，就从楼道跑了下去。出了楼梯口，那女人正要往外走，我喊住了她。"你卖啥？"我问。小杜说，尹处，她是卖梨的。我说，杜主任就别管了，把人交给我吧。小杜说，您认识她？我含糊地应了声，协助女人把车往南边的院墙方向推，找靠。我说，我也姓尹。女人回头看了我一眼，又看了一眼，说找的好像不是你。估摸小杜听不见了，我说，你是找尹凤仙吧？

女人说，她爸要死了，想让她回去看一眼。

我说，她三姨夫？

女人说，他们有三十年没见面了。

我说，他前段动手术了？

女人说，爬都爬不出来，动啥手术啊。

我说，凤仙朝我借钱了……难道动手术的是她妈？

我疑心自己听错了。可女人说，那就更不靠谱，她妈早死了。

我的心一阵荒凉。想那三万块钱，不吃不喝也要存小半年。我望着天空想了下，不甘心。依稀记得她说有个小儿麻痹哥哥。可女人说，哥哥早年喝药死了，骨头渣子都该烂没了。"她爸住了很多年的监牢，放出来的时候，她已经去南京读大学了。她爸曾经去南京找过她，她没见，以后也再没回过家。我跟她爸说，我负责把话给你带到，她回不回来我可不管。"

我吃惊地说，她养父，不是小学校长么？

女人是个健谈的人，在我的办公室连着喝了三杯水，用胖胖的手背抹着嘴巴上的水渍，说："啥校长，早就开除了。"

8

女人说，她嫁到莲花岭那年，尹凤仙已经去上大学了，她只在小时候看过尹凤仙，那时才十多岁。她与尹凤仙的养父沾些亲，所以两家偶有来往，他们家的事，也多少知道一些。尹凤仙的妈死的时候，村里有人给她的学校拍电报，她也没回来。有关她的信息，都是她同学带回来的。说她谈恋爱找了个食堂的大师傅，就图每顿多给些肉。大家都说她心狠，是个白眼狼。还说她没出息，一个大学生，多给几片肉就跟卖饭的搞对象？她妈是没活着，活着也得气死。她妈是个要强的人，就是命不济。头胎生了个儿子得了麻痹症，以后再没开怀。她妈对她不赖。家里有好吃的，好穿的，都尽着她，拿她当亲闺女。就是没想到临死都没见上一面。当时女人在跟前，问她有啥想说的，她妈说，转告凤仙，别记恨她爸，她爸把她养大不容易，要知恩图报。

女人很响地擤鼻涕，我赶紧抽了两张纸给她。

这些信息在我的脑海里雀跃，我这时才知道，我有多么想了解尹凤仙。这位儿时叫红翠的伙伴，给了我太多不可思议的东西。我给女人又倒了一杯水。女人的五根手指又肥又短，把纸杯捏出坑来。我问尹凤仙的养父姓啥，女人说，姓孙，叫孙家兴。"那丫头从小就是个有本事的，会哄人，把人哄得团团转，她妈想给她改名字，她宁死不从。要不咋还叫尹凤仙呢。"女人笑起来的样子特别憨厚。

我说，这名字还是我爷爷起的。

女人却不同意我的说法，她不知道尹凤仙还有一个名字叫红翠。女人说，尹凤仙为了不改名字啥法都用过，起先，她不管三姨夫叫爸，后来为了让她爸支持，她才改口。这丫头，可有心眼了。我表姊活着的时候说她，没有名利从不起早……她没去之前我表叔一家的日子过得平平和和，她一去，就乱套了。

我脑补了一下，女人嘴里的表叔应该是三姨夫，也就是尹凤仙的养父。关于名字的事尹凤仙跟我说起过，只是轻描淡写。现在想起来，她谈起自己的事总是轻描淡写，从没有详细描述过自己的生活，仿佛那些生活只有笼统和概括。

我说，她才八岁，能让大人乱套？

女人说，她不总是八岁，后来就长大了呀。表叔也是个好人，有学问，村里很多人都是他的学生，下地干活也要带着本书，累了就坐在地头上看。他在邻村当小学校长，回来车把上经常挂着油纸包，是给尹凤仙买的点心。点心从来也到不了别人嘴里，尹凤仙自己吃独食。尹凤仙跑到村外接她爸，回来坐在前边大梁上，一边吃点心，一边跟她爸说话。村里人都说，这丫头是个啥命呀，咋能遇见这么好的人家。尹凤仙说，她的姓氏好，金贵，跟观音一个姓。她说坐火车，我表叔就领她坐火车。她说坐轮船，我表叔就领她坐轮船。她说不穿家做的棉鞋，表叔就给她去城里的百货大楼里去买皮棉鞋。我表叔挣的钱几乎都花在了她身上，把她打扮得像个花骨朵，总是穿新戴新。你能想到么，她在村里第一个骑大链套洋车，上初中时骑大链套……全校就她一个。

女人的这些话，我一字一句都听进去了。我有些紧张，问那位养父因为啥进的监狱。

女人叹了一口气。说尹凤仙都十多岁了，还让表叔给她洗澡。晚上出去解手，得让表叔跟着。她十二岁开始来月经，让表叔给买卫生纸。我表婶起初没往歪处想，她还是个孩子呢，就是会撒娇。可这孩子奇怪，不跟姨亲，夜里睡觉也得挨着姨夫。早晨醒来，爷俩在一个被窝里滚，她一点不知道害臊……因为这事我表婶没少跟我表叔吵，可吵也没有用，她就一天到晚黏在我表叔身上，抖都抖不掉。上山割草，她就跟着去割草。下河摸鱼，她就跟着去摸鱼。走亲戚她也跟着，都是大姑娘了，她还坐在横梁上，骑车的时候，我表叔的下巴搁在她的脑顶上。我表婶都气疯了。她的麻痹儿子就是看不惯这个妹妹，自己喝药死了。其实我表婶另有打算，想把她养大几岁，给哥哥换个媳妇。后来总算明白了，别说尹凤仙不依，我表叔也不依。后来就出了那个事儿，那个事儿么，很丑，在全乡都传遍了。一个孩子放学总也不回家，家长找到了学校，发现孩子横躺在课桌上，没穿衣服，……他没跑，让家长打得烂蒜一样。他就在地上蹲着。警察过去时，他自己把两手伸了出来……事后我表姊说，我表叔是好人，他就是中了魔。如果没有凤仙那个丫头，他干不下这等事。

我紧张得握着拳头，手心都出汗了。这个结局超出了我的意料。

严先生以为我是在讲故事。我买了女人几斤梨，个头不大，是传统品种，俗称红肖梨。我提回了家，边削梨边说起今天的奇遇。今天可真是奇遇。女人在我办公室的时候，我给尹凤仙打了几个电话，她都没接。女人急着去卖梨，我答应把她的话转告给尹凤仙。去楼下称梨时，下属单位的工程车开了过来，我一眼就发现尹凤仙坐在驾驶室里，身上是柿子红的工装服，头上戴着安全帽。我招手让司机停车，司机自己下来了。一个不留神，尹凤仙把车开跑了。我吓了一跳，问尹凤仙有没有驾照，司机说，没有驾照她咋开车？她新买的车是别克系列，三十几万呢，人家买就买好车。我没空听司机废话，让他赶紧去追，一台工程车一百多万，万一出事谁也担不起责任。司机跑到大门口，工程车在远远的路边停住了。我看了女人一眼，觉得尹凤仙是认出了她。尹凤仙给我回电话了，说尹处，我电话一直是静音模式，您有什么事么？我没好气地说，你跑什么跑？尹凤仙无辜地说，我就是想开一下工程车过过瘾。尹处您放心，我手艺好着呢！

"你赶紧回来，这个女人是找你的。"

"哪个女人？我咋没看到？"

一口气瞬间就充满了胸腔，这样的假话我多一个字也不想听。"你爸要死了，他想看你一眼。这个女人是来捎话的！"我话没说完，那边已经把电话挂了。

我无论怎么说，都扭转不了严先生对尹凤仙的印象，他听我说话时，总是心不在焉，脸上时而露出讥讽，好像我在有意中伤。这让我觉得很受伤。我就是搞不懂，你怎么不相信我而相信她？严先生说，我没有相信她，我是觉得你讲的这些形不成逻辑。我嘲讽说，我认识你的时候你不懂逻辑。严先生说，现在懂了些，不是跟你过了这些年么？他油嘴滑舌的样子一点都不好笑，我把一只梨子碎尸万段，把盘子切得叮当响，狠狠地说："男人都是一个臭德行！"

"你说什么！"严先生眉毛立了起来。

冷了会儿场，严先生凑了过来。用牙签扎着梨块往嘴里送，找补说："你把问题换个角度想，方向就变了。即便尹凤仙下车来，女人也不一定认识她。那么，尹凤仙就一定认识女人么？她开走工程车就一定是因为逃离么？你确定这是她的逻辑而不是你的逻辑？她开走工程车也许就是因为好玩，是你想多了。"

"是你想多了，你们一家都想多了！"

"瞧瞧，又急眼，我发现你咋越来越爱急眼呢？"

严先生把梨块送到我唇边，我躲开了。我不喜欢这种小把戏，这让我觉得自己弱智。我没告诉他傍晚下班之前尹凤仙来到了我的办公室道歉，说自己不该违反规定，私自开走工程车。我说，好吧，那一折就算过去了。女人说你爸想见你，回家去看看吧。"我爸早死了。"她说得很干脆。我盯着她的眼睛看，她一定忘了几天前还在筹措手术费。"借我的那三万块钱给谁花了？""谁也没花。"她扬起脖子，世界都不在眼里。"还在我手里，回头我还给你。""那，为什么借？"这话似乎无须回答，她挑衅似的说了句："尹处，没事了吧？"

我说："为什么借钱？"

她说："这是我的事。"

我说："倒好像是我朝你借钱。"

尹凤仙说："没错，从道理上来讲，我们不应该分彼此。"

还能说什么呢？再说就真的是我的不是了。只是这些我不想告诉严先生，我没了跟他谈她的欲望。

"你总戴有色眼镜看她，从一开始就是这样。"严先生继续振振有词，像啃茶壶的耗子。"从你提供的情况看，很多事情难以自圆其说。比如，尹凤仙如果想断了跟家里的联系，她考学去了外地，为啥还要回来，她在外隐姓埋名才对。为了肉片跟卖饭的搞对象，女人不知道大学里什么样，你还不知道？大学搞对象有几个有结果的？毕业季都一拍两散，偏是尹凤仙把人带回来，能是女人说的那样简单？埧城离莲花岭二十几里路，这么多年她养父真能忍住一次都不来找她？现在山里的农民都富裕了，跑这么远卖水果最次也要开个农用车，哪还有驮大筐的，她自己不嫌麻烦，城管也嫌麻烦……还有，你们单位大门外那些打横幅的，你没有深入调查尤其不能轻易下结论，你哪里知道这里面有什么阴谋？诬告或者构陷也不是不可能。凡事一定要多问几个为什么，别让表象蒙蔽了眼。"严先生越发像一只好心肠的兔子，眼睛急得发红，连两只耳朵似乎都在动。我迷惑地看着他，像是在看一个外星人。

我没想到严先生心里有那么多疑问，而这些疑问的答案在我这里都是小葱拌豆腐，青是青，白是白。我解释不了尹凤仙，也不想解释，别人爱怎么想怎么想，跟我何干。如果不是她前后三次跟我借钱的话，我甚至不愿意跟她多费唇舌。我已经很久不去网上那个"一家亲"的同姓论坛了，好几次遇见尹姓的同族人，我都忘了问是哪的尹。

这些东西在我心里越来越没分量。

犹豫了再三，我也没有把三万块钱的事情告诉严先生，我面子上有些挂不住。

我忍着胃酸，问严先生对她是什么印象。

严先生说："知性，优雅，聪慧。尹凤仙的身上有许多女人不具备的优点。难怪她吸引男人。"

我眨巴着眼，没心没肺地说："你一定在这样想，与她相比我就是个傻瓜。"

严先生说："瞧瞧，自卑了不是？"

我说："孙处和薛处估计也像你这样认为。"顿了顿，我说，"只是后来他们不这样认为了。"

"你想说明什么？"

"我没想说明什么。"

严先生拿着牙签又想扎梨块，盘子让我端走了。我说："你运气真差，怎么没找个尹凤仙那样的女人做老婆。"

严先生闪着身子说，她如果真像你说的那样，公安局早把她抓起来了。

9

这年头，没有闺蜜的女人似乎就不叫女人。只不过，有些闺蜜是真，有些闺蜜是假，认真你就输了。我和 L 成为"闺蜜"非常偶然，同赴一个人的酒席，在这之前我们彼此不认识，吃完这顿饭，我们就把那个共同的朋友甩了。按说这有点不道德，可这种隐秘的缺失让人非常快乐，我们都很享受这种秘密接头的感觉，特别是，在共同的朋友面前，假装彼此不熟悉，是一件让人非常开心的事。L 发我微信说，今晚去酒吧喝酒，我要跟你说重要的事。女人人到中年，心性都还像个孩子。所谓重要的事，不过是夫妻之间种种的可意会不可言传。而我有些事也需要对她说，这一段，我觉得生活沉闷而琐屑，恨不得变成气球让自己爆炸一下。

很长一段时间了，我都没跟严先生好好说句话。

严先生去兑换外币，才发现卡里少了三万块钱。他在报案之前选择给我打电话，我惊了一下，才想起这是张子母卡，母卡在他手里，两张子卡分别在我和严虎手里。这是为严虎留学准备的。我有些蒙，怎么动用了这张卡的储蓄呢。本来我们约好，这是雷打不动的。这才想起那个晚上，拉着尹凤仙来到了附近的中国银行，心里多么不情愿，行动上却不愿意表现出来，人有多么虚伪，以致拿错了卡都不知道。钱哗啦哗啦从自动取款机往外吐，循环往复，吐得人心惊肉跳。关键是，她拿了我的钱并不是筹措手术费用，她骗了我。她也知道，除了这一点理由，想从我手里拿钱不容易了。严先生大概也和我一样，忍耐很久了。不等我解释就暴跳如雷。他骂我蠢，这样的事情也能出错。若是第一时间报了警，他该有多丢人。

严先生的心情我能理解，但不意味着我会原谅他。我告诉他把钱借给了尹凤仙，尹凤仙却骗了我。严先生一时沉默了，他说你当我是空气吧？这么大的事居然不跟我说一声。我说，冲她知性、优雅和聪慧这钱也应该借给她，何况她还是罕村人。再说，三万块钱，真的很多么？这话有一半是他对尹凤仙的评价，从我嘴里说出来，都含了冷酷和讥诮。他哇啦哇啦大叫大嚷，大概在转移难堪。我把电话抵到了肩膀上，没有让那些咆哮震我的耳膜。我心里说，我不喜欢。我怎么那么不喜欢。严先生是个在乎钱的人，除了面子，他也在乎钱，只是很多时候，我们都不好意思承认。

然后开始了冷战。我们一天不超过三句话，彼此都视彼此为影子，连目光都不落。

我到得晚些，L 已经为我点了杯威士忌。我吃惊地说，你疯了，喝这么烈的酒？L忧郁的面孔在酒吧昏暗的光线里显得理直气壮。她说："到酒吧就是来喝酒的，不喝烈酒叫什么喝酒，我一贯反对欺世盗名。"在这之前，我不知道她这样自以为是。我知道她有一点量，但我不行。我从来滴酒不沾。我说，你喝，我看着。她瞪着眼睛说："是朋友不？不是朋友就早说话。"我无奈地坐在了她对面，说我加些冰块总可以吧。她蛮横地说不行，有火在心房里燃烧才过瘾，你陪我。这一面我也不熟悉，过去她一向很温柔。她说你不知道我的生活中发生了什么。话没说完，眼泪落了下来。我咧了一下嘴，居然毫无同情心。我说，还能发生什么，大不了离婚呗。我觉得，对于女人来说，没有比离婚更大的事。当然，如果有更大的事，那就是男人离家出走，像毕果那样，连婚都懒得跟你离。我们两个人说话就是这样直接，像打仗一样。一杯酒很快就见底了，头有点晕。我发现眩晕的感觉甚至很美妙，人漂浮，似乎灵魂都是轻的。我讲起了尹凤仙，用的都是严先生的口吻，都是赞赏。女人离开了男人能活，也许能活得更好。我话里都是画外音，只是不知是在说别人，还是在说我自己。这些话，不喝酒根本就不会说出口。只是奇怪我怎么会赞赏她。在这之前，我居然从来不知道我对她有赞赏之心。L却发出了一声冷笑，说是那个金钥匙的老板娘吧？她就是个婊子。

我勃然变色道："你不能这样讲她！"

她乜斜着眼说："这样讲已经相当客气了。"

我说："你手里有几枚金钥匙？"我甚至有几分豪气地想，如果经济上允许，我就把她的金钥匙拿过来。

她说："你难道没有？"

我坦率地说，我没有。

L晃动着酒杯，眼神里是一百个不相信。她说埙城除了乞丐，大概不会有人没有，何况你跟她在一个单位上班。

我说我真没有。我不喜欢饰物。

她说，不可能。你没有必要跟我说假话，我最烦在朋友面前不说实话的人。

我冷冷地看着她。她在我面前已经眉眼模糊了。我说，我最烦不相信朋友的人。

"你提前知道，金钥匙的产品是骗人的？"她问得鬼魅，似乎有点小心翼翼。"否则你为什么没有？"

我艰难地咽了口唾沫，解释说："产品不骗人，他们经营的是营销模式。"

她恍然大悟样。"瞧，你还是知道玄机啊！"

头开始发沉，我枕到胳膊上，胳膊平放在桌子上。我使劲睁着眼，望着窗外。外面都是萤火虫，一盏一盏惶急地穿行。我在想我为什么要来酒吧喝酒，我心里的话还没说呢。你有什么心里话来着？

这里对着十字路口，浊黄的路灯下，车水马龙。隔着一层玻璃，看不到过往者的劳碌和艰辛，有一个拾荒者，身上背满了各种塑料桶，像这座城市的道具一样移动——我恍惚还能想起第一次碰面的情景，像情人约会有一种隐秘的兴奋和心照不宣，两人无论说起什么都屏声静气，彼此目不转睛。也许就是因为熟悉了，这是我们见面的第五次还是第六次。第五次还是第六次，如果是男女，都该是老夫老妻的感觉了。这年月，流行速成和方便，没有什么能够保鲜。我困惑地想起尹凤仙这个人，我们两个是怎么回事。是有感情，还是没感情。是比别人多了什么，还是少了什么。我都很难说清楚自己，当然，更难说清楚她。我的思绪一直飞啊飞。甚至想到了我爷爷。我摘了个葫芦问爷爷，如果里面有个小姑娘叫啥名儿？爷爷把葫芦举起来端详，仿佛他能隔皮看瓤。爷爷说，它是我家园子里长的，理应姓尹，我们就叫她尹凤仙吧。

真的，我小时候曾想叫尹凤仙。云丫这个名字太土了。

"哗啦"，一只瓶子摔在地上，是粉碎的声音。我们循声望去，见斜对面的桌子旁两个彪形大汉架起了一个女人，瓶子就是他们碰落的。女人的长发糊到脸上，但没有发出声音。她比我们来得早。因为处在灯光的暗影里，我朝那里看过一眼，只看到了一个模糊的人形，埋着头。此刻，被两个男人扭着拖到了灯光下，我才看清那人穿着咖色的牛皮衣，居然是尹凤仙，一张烂醉的脸孔，比纸还薄。我冲过去撕掳，说你们要干什么！男人用小臂一挡，磕了我的肋骨，说了两个字："警察。"他们疾步往外走，我踉跄着追了出去，外面果然停着一辆警车，他们几乎是把人像塞口袋一样塞进了车里，砰地关上了车门。

阴霾的天空飘着细小的雪花，我徒劳地喊了句她的名字。

"如果我有什么意外，请你照顾亦菲，别忘了，我们是亲家。"

"别瞧不起我，我不过是想有枚金钥匙。"

我转天一早接到了写有我名字的信封，夹到了一摞报纸里，被什么人放到了办公桌上。上面没有邮票，因为信封轻薄，我还以为里面是空的。拿起来才发现口是封着的。我撕开了封口，发现了里面的两寸宽的字条。没有落款。

我头痛欲裂，昨晚的酒劲还没过去。

"你以为你是地下党么？"我对着字条忿忿，看来她早有准备。我还是无法原谅她。

忽而又想昨晚酒吧的格局，她在暗处，我在明处，她不单看见了我，甚至有可能听到了我们说的所有的话。因为当时酒吧很安静，而我们的声音都不小。L最少骂了她三次。我后背毛茸茸的，都要冒汗了。

可亦菲却不见了。她读高二，是三流中学的高才生。歌唱得好，画也不错。她的班主任指着走廊的宣传画说，都是出自毕亦菲的手。说完，老师尴尬了一下，说总是叫不习惯，她随妈的姓，改姓尹了。我问她为什么改，老师说："她说尹姓金贵，是观音赐下的。她是请假走的，说去南京找她爹。"

不姓爹的姓，还找什么爹——"她爹有消息了？"我问。

老师摇头说不知道。"她妈到底犯了什么事？"

千言万语，我竟不知怎样回答。老师自顾说，听说是信用卡诈骗，她用假身份证办了一堆卡，透支了几百万元。她要那么多钱干什么用？

看得出，老师还有很多疑问，只是，我不比她知道得更多。我挥手跟她告别，告诉她如果有尹亦菲的消息请第一时间告诉我。

小凤仙成了一座城市的传说。

隐藏

1

凌元元回村的第二天，秦帽顶去世了。

秦帽顶的葬礼很不像个葬礼。没有哭声，没有人穿白戴白，甚至，连一挂纸钱也没有。执事是村里的一个电工，是村委派来的。他进得屋来先拉开了秦帽顶脸上的被子，秦帽顶平平展展躺在那儿，额头和面颊已经塌陷了，只有眉骨和颧骨高耸着，噘着一张嘴，像是在和谁怄气。执事皱着眉头对挤在屋里看热闹的人说，有啥好看的，出去出去！他横起胳膊往外推了一把，那些女人便水一样地朝外涌去。只有吴喜莲没有动。吴喜莲是一个大个子，比门框都高。她嚷嚷说门楼你可不能让我走，你让我走我也不走。吴喜莲把“走”说成了“zhou”，她是一个大舌头，很多字音从她嘴里出来都像碾子轧过的，一点起伏也没有。门楼问吴喜莲为啥不“zhou”，吴喜莲说，秦帽顶临死之前有过话儿，让我给他穿衣服。

“当真说过？”门楼不相信。

"蒙你让我爬着走。"吴喜莲口气不软。

屋里只有一只小木柜，门楼掀起柜盖，一把就摸到了柔软光滑的一堆东西。大袄，绸褂，坎肩，摆裙，瓜皮帽，软底鞋，一看就是装老衣服。门楼拿出来一件，吴喜莲惊叫一声。又拿出一件，又惊叫了一声。吴喜莲是个长下巴，惊叫的过程就是下巴不断下滑的过程。后来吴喜莲就叫不出来了，直着嗓子梗在那里，翻着白眼说："他只说让我给他穿衣服，从来也没说过穿这么好的衣服！这是啥布料，咋让人的心一片片地凉呢？"那个"凉"字吴喜莲也说不清楚，发出的是与"娘"靠近的字音，带点拐弯儿，听上去很可笑。门楼约略笑了笑，就不动声色地把一只手探到了柜子的深处，这边摸了一下，那边又摸了一下，摸到了钱包大小的一只布包，里面鼓鼓的，不知道装了什么。门楼在柜子深处就把布包隐匿了。他穿的是一件劳动布的外罩，袖边是紧口，有扣。扣子没扣，耷拉着。他若无其事地盖上了那只柜盖，看了会儿吴喜莲对那些装老衣服爱不释手，然后说："死人死沉，你一个人穿不上，我找个人帮你。"

门楼从屋里走了出来。外面的阳光很亮，不可思议的那种亮。那些亮光是从榆树的枝杈间射过来的，都被榆钱挤扁了。今年的榆钱长得好，不可思议的那种好，都成疙瘩蛋了。接连好几年的旱春，榆树也好几年没有这样烦累了。门楼站在门楼下面手搭凉棚望住人群，喊菊花婶子进去帮助吴喜莲。他看见了榆树底下抱着胳膊站着的凌元元，搭了一眼，没打招呼。门楼招呼候在墙外的几个男人进院儿，对他们进行了分工。

一辆越野车山摇地动地开了过来，"吱嘎"一声停下了。张大飙从车窗里探出了头，跟婶子大娘们打招呼。看见了凌元元，张大飙推开车门下来了。他摸出一支烟插到嘴里，用手捂着点着了火，对走过来的凌元元说："多咱来的？"

凌元元说："昨天。"

又说："帽叔今天早上死的。"

凌元元脸上明显有一种忧戚。那种忧戚让她显得与众不同。张大飙知道凌元元常回娘家，常来看望秦帽顶，但也仅此而已。秦帽顶属于那种鳏寡孤独，跟谁都不亲不近。张大飙对凌元元脸上的忧戚有某种看法，那种看法却不方便与人交流。张大飙伸长脖子朝院子里看了一眼，有人乒乒乓乓地在砍木板。木板原来塞在了房山与院墙的过道里，此刻被抽了出来。水缸有点碍事，被人转着移到了墙角。土墙很低，只齐到张大飙的胸口，可张大飙还是伸着脖子朝里看，边看边频繁地吐唾沫。"帽叔自己预备下了。"张大飙总结说，"别人就是帮个工。"

凌元元问他什么时候走。张大飙说马上。他是来给女儿送换季衣服的。

凌元元说："我以为你是来送帽叔的。"

张大飙重重地吸了一口烟："——犯不着吧？再说我又不知道他今天死。"

张大飙因为这话受了启发，他问凌元元怎么赶得这样巧。凌元元古怪地笑了一下，说帽叔告诉我了。

张大飙不相信："帽叔告诉你？"

凌元元说："帽叔告诉我他会死在榆钱开花的时候。我昨天在城里看见榆钱开花了，就赶了来。可巧，帽叔今天就死了。"

张大飙当然不信，他觉得凌元元在讲笑话。

张大飙没再说什么。他抬脸看见了那棵榆树，说了句："嗬，这么多榆钱！"

门楼口里喊着大飙哥热切地奔了过来，边握手边忙不迭地掏纸烟，门楼是一个小矮子，只有张大飙的齐胸高。门楼手忙脚乱地掏纸烟，却不见纸烟掏出来。张大飙早已从容地把烟盒拿在手里，顶出一支，说抽我的。门楼一看是软中华，就不好意思地笑了笑，把整盒烟收走了。门楼这才像是刚看见凌元元的样子，敷衍地说了句："来了？"

凌元元更敷衍地"哦"了声。

打墓子的人傍中午时才回来。他们回来了，另几个人也把棺木打完了。棺木是白茬儿的，三六尺。头是圆的，脚是方的。意为天圆地方。因为打得匆忙，不怎么严丝合缝。一看就是二五眼的木匠还没怎么用心思。棺木被架到了两只条凳上，才有了气宇轩昂的意思。吴喜莲从屋里出来，羡慕得不停地咂舌。她比画着跟其他女人说她的见闻，她的见闻其实就是秦帽顶的装老衣服。帽子、褂子、鞋子、袜子、裙子，都别提多好看。他穿成这个样子，就像回到了旧社会。吴喜莲吸引了院子里所有女人的眼睛，大家都围拢过来，睁大眼睛看她。吴喜莲与秦帽顶差不多的年纪，但看上去比秦帽顶年轻多了。话没说完，秦帽顶从屋里被抬了出来了，吴喜莲赶紧闪道，还是被撞了一下腰。秦帽顶身上没有披挂。因为棉被里是旧棉絮，死沉死沉，被人扯到了一边。秦帽顶就那样仰面朝天躺在门板上，被人从那个黑洞洞的门口抬了出来。先是瓜皮帽的帽顶，贴着五分硬币大小的亮片。烟紫色，浑圆。衬得头又瘦又小。然后是那张焦黄的脸，像铜烟火锅一样有一层油彩。再然后，就是黑色的绸袄，栗色的坎肩和烟紫色的摆裙。鞋是软底黑绸面的，配着雪白的布袜。女人们"呼啦"一下全围了上去。秦帽顶的样子像个新郎官，他不像死了，倒像睡熟了。脸上所有的褶皱都抹平了，在日光底下，油汪汪地显出来一种神气。

吴喜莲没有围过去。她凑到榆树底下与凌元元说话。吴喜莲大着舌头说，你不过去看看帽叔？凌元元嫌吴喜莲挡了她，挪动一下身子，伸着脖子专注地看着棺木，嘴里说我一会儿过去。吴喜莲大着舌头不厌其烦地介绍秦帽顶的寿衣，面料，做工，颜色，边说边啧啧有声。她说也不知道老爷子从哪买的高档货，咱大集上见不到啊！这得花多少钱，穿这一身上路，早死几年都不冤枉！凌元元嘴里应着，却移动脚步凑到了刘木匠的身边。他正指挥人抬棺木盖子。棺木盖子戳到了屋檐下，外面是光的，里面是毛的，而且不一个颜色，不一样薄厚。有点像眼下的秦帽顶，外面穿的光鲜，里面却是穿了一冬一春破汗褡子。

棺木盖子被人高高地抬了起来，在空中调整了方向。准备往棺木上扣了，凌元元出其不意地把一个黄绢包丢到了棺木里。那个黄绢包的颜色很抢眼，像风一样在人们眼前一掠，就发出了"当"的一声响。那响声是那么奇特，在嘈杂的环境中有种穿透力，让几乎所有的人都听得真真的。凌元元丢的位置，是秦帽顶的头脸方向。凌元元只来得及朝棺木里伸了一下手，棺木盖子就"砰"地盖上了。

凌元元惊惧地白了脸，她恍惚觉得自己的半条手臂留在了棺材里。

盖棺木的人面面相觑，他们似乎是犹豫是不是要把棺盖重新启开。凌元元站在那里，一只手摁着棺盖，像摁住了一个惊天的秘密。

女人们围了过来，大家七嘴八舌问凌元元丢进去的是什么，凌元元愣怔了半天，说她也不知道。

门楼盯着凌元元的眼睛，自作聪明地追问："你不知道谁知道？"

凌元元还没回过神儿来，丢下一句："帽叔知道。"

顿了顿，又说："你问他好了。"

2

忽地刮起了一阵热风，榆钱就被催了出来。在这之前榆钱委身在褐色的疙瘩里，俗称榆钱屎。那些蛋蛋一样的粪便把榆树的枝杈都挤满了，它们在和煦的春风里努力饱满着自己，然后在微熏的夜里像女人一样开怀，便生出了一嘟噜一串的榆钱。榆钱在许多年前是饭桌上的佳肴，生食甜嫩，炒食喷香。门雪天是门楼的姐姐，许多年前带着一支少年游击队活跃在罕村的角角落落，站岗、放哨，捎带着撸榆钱。不论多高的榆树，他们也能爬上去。课本倒在树根底下，任铅笔橡皮往草丛里滚。一只书包襻套在脖子上，猴子一样蹿上树梢。一把榆钱撸到手，先揉进嘴里解馋，然后才放进书包里，带回家去。张大飙能攀树，可他攀不过门雪天。门雪天能上到树的最高处，把云霄上的一串榆钱撸到手。她还不忘记撅一些树枝扔到地面，弟弟门楼眼巴巴地仰天望着，像待哺的瞎眼雀儿一样。田小丽只能上到一人高，她坐在离地最近的一个大树杈上，撸到手的多一半是耗子耳朵。耗子耳朵是小树叶的别称，它们都生在枝条的末端，像榆钱派生出的姐妹。但榆钱就是榆钱，树叶就是树叶，它们永远不能相互转换。可这也是她嘲笑凌元元的资本。她说凌元元的手脚是木头做的，不会回弯，抓不住树皮。否则哪里会连一小段树都爬不上去。凌元元爬树的姿势非常可笑，屁股撅着，膝盖躬着，不是在爬树，而是在"走"树。树哪里会让她"走"，她顶多往树上放一只脚，另一只脚无论如何也放不上去。凌元元在田小丽的嘲讽中躲到一旁"抓大把"儿。"大把"都是硬土坷垃做的，一共七只，在一块瓦片上磨圆了。凌元元把它们饼到手背上，再翻到空中接住一只，把那一只高抛起来，在高抛的空隙把另一些抓到手里。凌元元玩的心不在焉，她不时望一眼大榆树，脸上灰扑扑的满是失落。

　　"凌元元！"高空中的张大飙忽然喊了声。凌元元抬头，一大把榆树枝子飘飘摇摇地落了下来，那些枝子上排满了榆钱。"接着！"张大飙在浓密的枝杈间探出头来，看着凌元元小燕儿一样扑过来，把那些树枝抱在怀里。张大飙在树上操心凌元元，让她也把书包里东西倒出来，把榆钱撸进书包里。可凌元元根本听不见张大飙说什么，她把那些树枝抱在怀里，风车一样地跑走了。她的家里有个得软骨病的弟弟，四五岁了，路还走不好。

门雪天尖声尖气地说："张大飙，你与凌元元什么关系！"

张大飙一点也不示弱，大声说："革命同学关系！"

田小丽说："男女作风关系！"

这些声音凌元元都听见了，可她什么也不在乎。弟弟爱吃榆钱，妈看见榆钱比看见什么都亲。她会把榆钱择净洗净以后放油锅里炒，她说榆钱有营养，说不定能治软骨病。

他们这支游击队，就是门雪天命名的。门雪天与门楼是双胞胎，因为差着半个小时，门雪天生下来像只猫，门楼生下来却像只耗子。门雪天当门楼的姐，也当另几个人的姐。放学了，门雪天把手一挥，几个人就在后面追得连滚带爬。有榆钱的日子就那么几天，天气热了，榆钱就熟了。熟榆钱的籽比葵花子好吃，可却东一片西一片地被风吹散了，柴火里，尘土里，到处散落着，想收拢一把，得用细铁丝一片一片地穿。细铁丝有筷子那么长，或者比筷子还长。穿几片，往上撸一撸。再穿几片，再往上撸一撸。把铁丝排满了，榆钱就像摞起来的元宝一样惹人喜爱。放到簸箕里碾出籽来，把皮簸出去，再上热锅炒，那种香味，能让一座村庄的孩子都惦记。

门雪天的脾气，只适合爬树，不适合扎榆钱。凡是需要耐心的、细致的小活计，都不适合她。她自己不喜欢扎，也反对凌元元扎。她经常在凌元元扎榆钱的时候一脚踢在她屁股上，说："别跟着我们！游击队不要你了！"凌元元会适时地停一下手，摸一把屁股，可怜巴巴地看着门雪天。过一会儿，凌元元又撅起屁股扎榆钱，被门雪天踹了个"狗吃屎"，门雪天厉声说："不许你跟着我们，游击队不要你了！"

张大飙这个时候会扯着嗓子说："凌元元走我也走！"

门雪天的气焰立刻受挫："为啥？"

张大飙说："凌方方有病，需要吃榆钱。凌元元给凌方方扎榆钱没什么不对！"

门雪天鄙夷地说："瞧他们家人起的名字，什么方方元元的，叫起来一点都不顺嘴儿。"

门雪天是下雪天出生的，半个时辰以后，弟弟出生了。那年他们家做了一件大事，用土坯盖了一座门楼，弟弟由此得名。门雪天和门楼，都朗朗上口。他们的爸爸名叫门把手，门楼和门雪天的名字，都是他起的。

凌元元的父亲在县城工作，是一个喜欢咬文嚼字的人。凌元元的父亲因为喜欢咬文嚼字被村里人瞧不起。比如，水筲不叫水筲，他叫水桶。一个猪不叫一个猪，他非得说一头猪等等。村里人都说他酸，说看见他就如同喝了二两醋，倒牙。他给儿女起了自以为别致的名字，却没想到招骂。

门雪天打心眼里不待见凌元元和凌元元的名字，可她又惹不起张大飙。这个游击队，她是队长，张大飙是副队长，拢共才五个人。门楼废物，不敢爬高上树，干活也没力气。田小丽是破锣嗓子，喊广播时嗓子一放开，跟哭差不多。如果走一个凌元元，这个游击队不伤元气。如果连张大飙一起走，游击队就名存实亡了。

两害相权取其轻。门雪天那个时候就已经是人精了。

3

昨天下午四点，正在洗车房洗车的凌元元无意一抬头，看见园子里的一棵榆树开花了。那棵榆树一直都长在那里，凌元元每天都来洗车房洗车，一年多了，居然谁都没看见谁。那个园子是城里居民的果树园子，春天会开出云霞一样的苹果花，香味把这一条街都熏烂了，连狗都打喷嚏。凌元元也是喜欢花的人，每年的春天都领着女儿去山坡踏青。山坡上不单有苹果花，还有梨花桃花杏花山楂花。凌元元让女儿摆出各种姿势拍照，女儿粉白的脸，比所有的花都漂亮。女儿去贵族学校读书的第三个月，张前拿来了一摞女人的照片，准确地说，是八张。那天凌元元正在打毛衣，是她打了几年，却永远也打不完的毛衣。她总是织了拆，拆了织，本来是浅米的颜色，已经乌涂得不可救药了。凌元元打毛衣不是为了穿，而是为了玩。她总是随心所欲地变换针法，并尝试着自己创作花色，把一件毛衣当成了试验田。

张前裹了睡衣从浴室出来，从公文包里拿出了那些照片。他说："你看看，你看看。"夺下凌元元手里毛衣，把照片塞了过去。照片上的人无疑都漂亮，只是漂亮得没法说。凌元元的心底有些酸，她只能用不屑一顾去掩饰。她把照片随手丢在茶几上，伸手又去拿毛衣时，张前点着了一根烟，张前说："这都是我的女人。"

凌元元简单地："哦。"

凌元元到底还是把毛衣拿在了手里。她的手有些抖，一根扦子无论如何扎不到想扎的位置。凌元元有些恼，凄厉地喊："你还想干什么！"

张前把后背完整地靠在沙发上，擎着烟嘴的手在空中晃了晃。他的睡衣没有系带子，这让他的胸膛和胸膛下边的毛发都显露无遗。凌元元曾经是热爱那些毛发的人，那时候张前还是公司里的小职员，与凌元元在一个单位的两个部门。后来那个公司倒闭了，凌元元与张前双双下岗。张前发达是因为传销一种叫"美里美"的美容产品，这个城市的女人多一半都上过他的当。而现在，又有多一半的女人想上他的床。张前加盟了一家汽车连锁店，虽然债台高筑，但不影响他气象万千。

张前说："我想娶她们其中的一位做太太。你说，我娶谁？"

凌元元仍然简单地："哦。"

张前鄙夷说："你有没有长嘴，怎么光知道鹅，就不会说鸭子？"

凌元元从婚姻里走出来，用了三个月的时间。这之前，她用了三年多的时间忍受屈辱和煎熬。一切都是从那次捉奸开始的。张前把车停在宾馆的院子里，凌元元骑车恰好从那里过。凌元元打电话问他在哪里，他说在公司。凌元元把车扔到了大门口，到前台找到了张前开房的房间号。当服务员把那扇门打开，张前正骑在一个年轻女孩的身上。是个年轻的女孩，凌元元是从她的乳房看出来的。凌元元的到来并没有让张前停下运动，他反而运动得更欢了。张前叫着女孩的名字小丽，小丽享受地紧紧闭着眼。凌元元的愤怒不知被什么瓦解了，她在屋里停了下，就讪讪地出来了。

事后她总在想自己为什么不杀了那对狗男女。可以用开水浇，可以用指甲抠，可以用皮鞋砸。可她什么也没做。她为什么什么也没做呢？她到这里来干什么呢？她想得脑袋疼，可她想不明白。这以后，凌元元碰见张前跟人家搞的事就成了家常便饭，有一次是在家里，她曾亲眼看着女人一条腿一条腿地穿内裤。张前甚至连愧疚也没有，他说男人的鸡巴闲着也是闲着，连女人都不搞，还叫男人么？

凌元元离婚什么也没要。不要孩子（养不起），不要房子、车子、票子，甚至不要张前买的衣服首饰。张前都觉得不好意思了。他脸皮厚得像城墙，都觉得不好意思了。他说："你什么也不要，怎么活？"

凌元元现在每个月挣 1500 块钱。她就靠这钱活着。发薪的第一天，她又买了两斤毛线，给自己打了件毛衣。如今毛衣还在身上穿着，开司米，敞身，菱形花。车行老板怎么也不相信这件毛衣是手工织的，说你有这手艺，干啥来洗车，去织毛衣呗。

只是她不喜欢看花了，什么花都不想看。那种踏青的日子，已经遥远得像上辈子的事情。

但榆树开的花例外。

在工作的间歇，她一眼看到了那些绿簇簇的榆钱。她感动了大约有五分钟，随后突然想起了什么。她脱工作服，找老板请假，洗了半截的车子也不管了。她说她得回家，回老家。

老板问她这么急着走有什么事。

凌元元说："帽叔说要在榆钱开花的时候死，我得去见一面。"

老板差点惊掉下巴。什么叫榆钱开花的时候死，死还能找日子？

凌元元说："能找。帽叔什么日子都能找。"

事实是，秦帽顶一直在等凌元元。他细若游丝的一点呼吸抻得像时间一样没有尽头。如果凌元元不来，他似乎要永远这样活下去。他睁着两只瞳孔放大的眼睛，失神地望着屋顶上两枚硬币大小的地方，努力在死亡线上挣扎。在这之前，他把所有的事都料理好了，包括请吴喜莲来穿衣服，请门楼来做执事。村委的人还奇怪，非要用门楼？秦帽顶说，非要用门楼。在村里，村委的人也算大干部，人家坐在老板椅上，左转转右转转。村委的人说，你这让我为难了，门楼只是电工，他从来没做过执事。秦帽顶说，我家又没亲又没友，他做不好也没人挑理。村委的人这才答应了。灵魂从他的躯体里剥离出来的一刹那，他等到了凌元元。凌元元俯下身去说："帽叔，我来了。"

秦帽顶舔了舔干裂的嘴唇，像是等过地老天荒了。他把那个黄绢包交到了凌元元的手里，微弱地说："你怎么处理都行，随你。"

凌元元说："我给你放进棺材里。"

秦帽顶说："你都想好了？"

凌元元说："我不用想。我知道你也希望是这样。"

秦帽顶安详地闭上了眼睛。

那个沉甸甸的包裹里面，是一个木头匣子。凌元元曾经抖得把握不住自己，但她没有打开看。她没有打开，却觉得能猜到里面装的是什么。凌元元离婚的时候，第一个先告诉了帽叔，她说自己连买个包子的钱都没有。

秦帽顶说："帽叔给你买个金包子，只要你想要。"

秦帽顶说着抖抖索索地想站起身，被凌元元摁住了。凌元元说："我想看看自己能不能活。我活不了，再来找您。"

4

抬花杠的一共是四个人。死人本来不叫花杠，可秦满天给棺木绑杠子时，在棺木的顶上盘了一个花。别人问他为什么盘花，秦满天说，秦帽顶活一辈子连个花心也没有，就当给他个花心吧。这一个院子里的人，数他和秦帽顶关系最近。同室宗亲，在五服边上。如果见了面，他要喊秦帽顶一声"叔"，而不是"帽叔"。所以他给秦帽顶的棺材顶上结"花心"，别人没资格说什么。

秦满天边结花心边喊执事门楼，说今天这一天工，肯定不能算义务，是管酒，还是给钱？门楼在墙角的厕所里应了一声，却没有答话。那只布包一直揣在他的怀里，鼓鼓囊囊的，他有空就要想想，装的啥？一个孤老头子，能有啥好装的。这样想着，门楼就觉得那包不吉利，想随手扔到哪。他进了厕所，把那包拿出来看了看，又仔细捏了捏，发现那包有夹层，是钱包的模样。门楼心头一喜，打定主意，不扔。

别人忙的时候刘木匠坐在墙根下的一块石头上抽旱烟。他的烟丝装在一个高血压的药瓶里，抖了半天手，才把烟丝倒在纸条上。门楼从厕所出来，一边走一边系裤子。就听刘木匠说："秦满天，你不要把人看扁了，你就知道帽顶没有花心？"秦满天满不在乎："没有我不知道的事。"刘木匠说："你知道他预备了那么好的装老衣裳吗？"这话把秦满天问愣了。秦帽顶连街上都很少去，他腿脚不行，眼罩儿也不行，跟人撞了脸才能看清是谁。村里流传着他的很多段子。有一天晚上吃了饭出来，见门口站了个人，他边打招呼边走了过去。"吃了？"他问。近前自己又说了声："是电线杆子啊。"这样的段子有很多。他是不应该预备那么好的装老衣服，何况他是穷人，基本没啥收入。门楼接话儿说："他活着就喜欢装神弄鬼。死了也不让你们太平。死了死了，一死百了，穿多好的衣服也没用。过不了三天，就让虫子嗑烂了。"刘木匠说："话不能这样说，人活着求个体面，死了也求体面。我敢说，罕村没有比帽顶死得更体面的人了，他还不用去火葬场。"刘木匠用牙垢在粘烟纸，拧去了烟屁股，把烟卷插进嘴里，又说："能穿这样一身衣服上路，死了也值了。"

门楼说："好死不如赖活着。"

刘木匠顶他："那是你还没到那个时候！"

门楼故意问哪个时候。刘木匠朝棺木努了努嘴。门楼打了一个冷战，说我身子骨单薄，你可别咒我。

有关秦帽顶有没有花心的话题，抬花杠的人在路上又议论了起来。他们抬得很轻松，仿佛肩上的是个纸棺材，仿佛纸棺材里是空的。尾随着的女人和孩子都是这样议论，瞧大胖二胖，甩着手走路，像玩儿一样。秦满天扭着胯走路，像是在跳舞。只有凌方方脚步显得乱，他在右后边的位置，用的是左肩膀，稍微一偏头，就能看见棺木底下也盘着花。凌方方问二胖："你说帽叔有过花心吗？"

二胖是个头脑简单的人，他说话的时候嘴总是似张不张，说："我不知道。"

大胖在二胖的正前方，接话说："除非他不长棒槌，是个傻子。"

秦满天说："我跟你们说个笑话吧。有一年出河工住在太和，房东有一个二十九岁的老姑娘，看上了秦帽顶。那年秦帽顶三十出头，也是光棍一人。老姑娘约他晚上去小树林，你们谁也猜不到秦帽顶是去了还是没去。"

大胖说他去了。

二胖说他没去。

凌方方总显小聪明，说他不是去了就是没去。

秦满天说："天黑了以后，他找到了队长门把手，说英莲在小树林里等人呢。门把手多少鬼点子啊，长毛比猴都精。他说去指挥部开会，撒腿就往小树林跑。河工出完了，他也把英莲的肚子弄大了。门把手说英莲的肚子是秦帽顶弄大的，秦帽顶就在社员大会上做检讨，说不该弄大了英莲的肚子。有人问秦帽顶是怎么把英莲的肚子弄大的，秦帽顶说，他把棒槌借给队长使了……"

秦满天的周围围了许多人，都是女人。秦满天讲的这些事情，过去有三十年了。过去知道些情况的也忘得差不多了。只有秦满天还记得，秦满天是一个记性好的人，什么事记下了，就再也忘不了。大家都斜着身子走，听秦满天讲笑话。门楼本来一直跟在后面偷着抽软中华，此刻跑上来两步，隔着那么多人头叫着秦满天的名字："秦满天，你要对你说的话负责任！"秦满天说："我这样说就是负责任。"门楼说："你这样诬陷人得有证据！"秦满天说："秦帽顶就是证据。"门楼说："你能让他给你做证吗？"正上到一个小土坎，前边的大胖忽然脚下绊蒜，身子一歪险些摔倒。棺木朝外倾斜，一根杠子"咔吧"一声从托底的地方断了，棺材漏了下去，四个抬杠人不同程度地被杠头拨了一下，棺材"扑通"落到了地上。

凌方方和二胖被杠子打倒了，秦满天的脖子被杠头窝了一下，一片血红。

秦满天斜眼瞅着门楼："这不就是证据？"

门楼一见就急了，说下午还有事呢。家里的两头老母猪都要下猪了，抬个死人咋还这么不顺当呢？几个人坐在地上，谁都不说话，看着门楼着急。门楼开始数落秦满天，说你这么大岁数，还说那种着三不着两的话。让我说你什么好呢，你也是当爷的人了，我话重了对不起你孙子。门楼习惯性地掏出纸烟，是那盒软中华，自己抽出一支插进嘴里，并不让其他人。大胖二胖欠起了屁股，要过来抢，门楼赶紧把烟装进了口袋。门楼围着棺木转了转，说："不用杠子能抬吗？我看你们玩似的，没有多沉吧。"二胖顺势把欠起的屁股放了下去，仰面朝天，撑着上半身。二胖说："沉不沉你抬抬就知道了。"大胖也说："我早上还没吃饭呢。"凌方方不言语。他的眼睛跟着门楼转，却什么也不说。他小时候得过软骨病，个子没长高。长大骨头不软了，人软。他是和二胖一齐被杠头拨倒的，可他早早爬了起来，眼睛盯着门楼，站到了自己的位置。门楼踢了棺材一脚，说："死帽顶，早不死晚不死，偏偏村委开会的时候死。"秦满天说："谁死也不会找时候。"门楼扯着嗓子说："到底还抬不抬？"

秦满天说："杠子断了，棺材就没法抬了。"

"早知这样，不如送火化场了。"门楼嘟囔，"火葬场也他妈邪门儿，烧个死人还总涨价。什么时候咱们自己开一个，烧谁也不要钱。"

门楼有些巴结地看秦满天，他希望秦满天能笑一笑。可秦满天没瞅他，门楼说话还不如放屁。

门楼说两条道儿，一个是着人回村里取杠子，一个是多上人手，就这样把棺材抬到墓地去。大胖说："多上人手，谁上？你上吧？"门楼说："我身体不好。"大胖指着秦满天说："老爷子五十大几了，你比他还不好？"门楼说："村委派我来当执事，没派我抬棺材。"二胖说："执事是鸡巴大个官。"大胖说："没鸡巴大，可他在村里拿工资，你拿吗？"

门楼一筹莫展。他一屁股坐在地上，嘴唇一抖，烟卷朝天冒烟。远处的拐弯处恍惚有人影，他想仔细看，可人影又被树木挡住了。看热闹的女人唧唧喳喳地说闲话，从秦帽顶的装老衣服，说到了凌元元丢进棺材里的那个黄绢包。门楼的心里"咯噔"了一下，胸口那块地方立刻有火炭儿一样，烫得难受。秦帽顶柜子里的那个包，就在那个位置贴着，不但烫，还会爬，抓得人心都是痒的。

他想到了秦帽顶是一个喜欢装神弄鬼的人。秦帽顶是读书人，他喜欢装神弄鬼。

有人问凌方方知不知道那个黄绢包里放了啥，凌方方不屑地说："管她的事。"

谁都知道凌方方说的是姐姐凌元元，而不是死人秦帽顶。

吴喜莲从人群里走了出来，对门楼说："我搭把手吧。"

"手"字说的是大音，仿佛不是搭一只手，而是要搭一千只手。吴喜莲高大的身躯没唤起门楼的意识和感觉，门楼鼻子里面"哼"了声，没理吴喜莲。

秦满天却站了起来，他脖子上被杠子窝出的那片红已经呈黑紫的颜色，可他没觉出疼。他对大胖和二胖哥俩说："既然有人搭把手，就抬吧。"

杠子卸了下去。在棺木上下曾结成"花心"的绳子被团成了一团。几个人喊着号子把棺材托举起来，放到了肩上。吴喜莲说："棺材里头是空的吧？咋一点分量也没有呢？"

大胖给二胖丢了个眼色，两人一松肩，吴喜莲就"哎呀"了一声。

5

罕村的东北方向有条河，叫周河。河边有堤，堤上都是柴榆树。许多年过去了，树变老了，却没有长多粗。树老皮先老，那些结成疤的树皮把枝干紧紧箍住了，那些树长也不是，不长也不是。硬憋，把躯干上憋出了许多瘤子。凌元元把那些瘤子指给张大飙看，说小时候没有这样，树不是这样。那时候的树皮也有横七竖八的裂纹，但有光滑平展的地方，榆钱也长得丰茂。瘤子长在树的身上不算什么，蘑菇，木耳，灵芝，叫什么都行。长人身上就不行了，是癌，没治。人又长各种各样的癌，长什么地方叫什么癌，有法子叫，却没法子治。

张大飙愣愣地看一棵树，看了好半天。那棵树有一块疤，曾经是椭圆形，像女人的会阴。如今疤长长了，中间长出一只耳朵，更怪模怪样了。张大飙情不自禁地用手摸了一下，又摸了一下。张大飙说："我们小时候爬过这棵树，在这棵树上撸过榆钱。"凌元元说："还发生过别的事，你想想。"张大飙说："对，我们还在树下喊过广播。"广播筒就是报纸卷成喇叭状，喊广播的人嘴对着喇叭筒，喊"社员同志们注意了，现在开始广播"。广播都是凌元元喊，门雪天管念。有时候张大飙喊，门楼或田小丽管念。内容都是报纸上的新闻稿，《人民日报》的头版内容。有时也喊"社论"，男一声女一声，就像眼下的新闻播音员一样。喊广播是力气活儿，因为努力要把声音送出去，嗓子有撕裂的危险。

门雪天和门楼从不喊广播。门楼长年咳嗽，脸憋得鲜红，一篇文章都念不下来，更遑论"喊"了。他念的时候，田小丽在一边闲着。他念不下去了，田小丽才接过来。门雪天一方面爱惜自己的嗓子，她说将来想进县剧团。一方面嫉妒凌元元，凌元元的嗓子又脆又亮，如果县剧团真的来村里招演员，被招走的说不定会是她。

有一次凌元元感冒了，嗓子疼得冒火。那天凌元元不想喊，说喊了别人也听不见。其实凌元元不感冒的时候别人又何曾听见呢。这段河堤的下边是一个水坑，水坑上边最近的房子离河堤也有五十米，房子还是背对着河堤。从报纸筒传出的声音能否撞到那座房的房身上非常值得怀疑。凌元元不想喊广播，门雪天非常生气。她说："你知道今天是什么日子吗？大鼻子尼克松来了，美帝国主义来了，你不喊广播就是政治问题。"门雪天不但拿着报纸，还拿着自己写的标语口号，说毛主席接见尼克松肯定不是真心的，他老人家不是真的想接见他，而是用的什么计谋。这样重要的事，怎么能不让全体社员知道呢？门雪天的嘴茬子非常厉害，一通话说得凌元元哑口无言。凌元元只得一遍一遍地喊那些标语口号、新闻、社论，一遍不行要喊两遍。张大飙想替代都不行，门雪天说，这是考验你的时候到了，你能不能留在这支游击队里，就看你这个时候的表现。

他们不但喊广播，还做好事。割草的时候顺着放水的水渠走，注意哪里开了口子。晚上去给生产队砸炕坯，一砸能砸到半夜。转天一大早车把式找上门来，说这些炕坯是要整块拉到地里去砸的，这样早砸碎了，下雨会损失肥力，还不好装车。车把式说，有力气别到处瞎使，攒着点，省得费饭。可在学校里他们的名声却很响，他们做的每一件好事都有人记录在案，开始是全学校的学生向他们学习，后来已经推广到全公社了，门雪天还到外边做了两场报告，稿子都是她自己写的，署名是"游击队队长门雪天"。

也有人说他们这个组织叫"游击队"不妥帖，说你们又没有对敌作战，怎么能叫游击队呢？可门雪天说："我们要和隐蔽的敌人作战，怎么就不能叫游击队呢？"后来"游击队"的称呼就逐渐被人认同了，就连那些反对的人，也觉得叫"游击队"响亮。

很多同学都想加入他们这支队伍，好沾点荣誉。门雪天态度坚决地反对。她认为人多瞎捣乱鸡多不下蛋，他们现在这个组织人不多不少正好，而且都听她的。

凌元元那晚喊完广播以后就说不出话来了，喉咙里忽然长出了许多肉，咽口唾沫都难。门雪天却很兴奋，她说凌元元喊这一晚上足以气死美帝国主义，比使用飞机大炮效果都好。

张大飙说，你说怪不怪，不站到这里什么都想不起来，站到这里什么都想起来了。凌元元问他还想起了什么，张大飙就指树上的那块疤，问她记不记得当初的图案。凌元元不好意思地笑了笑，说不记得。嘴上说不记得了，可脸上的神情却明白无误地说，哪会不记得呢？小时候把小腿和大腿抵到一处，手指往下一按，就出现一个图形，图形就像当时的树疤一样。很多同学上课都做那种小动作，男同学做给女同学看，或女同学做给男同学看。凌元元一直很害羞，她第一次做的时候就坐在这里，抬脸就看见了树上的那块疤。当时穿了长裤，完全是下意识的，凌元元把裤腿撸到了膝盖上边，把小腿大腿抵到一起，手指往下一按，恰好被张大飙看见了。

张大飙要求看看真的。凌元元扭捏了一下，就把裤子拉了下来。张大飙弯着身子匍匐下去，脸几乎贴到了凌元元的大腿内侧，他一下子就对那里着了迷。

凌元元说："你真流氓，瞅人家那么大半天。"

张大飙说："我将来要娶你当老婆，天天瞅你。"

后来张大飙当了兵，凌元元考了学，俩人都把这茬儿忘了。再见面，都是有儿有女的人了。在城里的住处离得不远，中间只隔着一个中心广场。上下班走一条路，可他们在路上很少撞见。

凌元元说："你真不记得喊广播的事了？"

张大飙说："咳，我以为你说什么呢。"

凌元元说："我想知道你记不记得喊完广播以后的事。那个晚上天很黑，天上飞着成群的蝙蝠。我们从这里下了河堤，一直朝前走，发现河套里有座'飞机场'……"

凌元元一点一点地说，边说边注意张大飙的表情。张大飙仰脸看天，天上有块云彩像只狗。张大飙孩子一样热烈地说："快看！快看！"

那只"狗"像在水里一样游走了。

凌元元叹了口气。

一个背着孩子的妇女朝这边走来，她的孩子在她的背上睡着了。张大飙和凌元元都不认识是谁家的媳妇，只注意到那孩子新剃了头，顶上却是一条冲天辫儿。

凌元元说："前边怎么停下了，送葬还有歇脚的道理？"

凌元元是对张大飙说的。媳妇却停了脚步，回过身来说："邪性，杠折了。帽顶老爷子就是不一般，死了也得折腾一下那些人。"

凌元元想往前走，她本能地觉得自己应该为帽叔做点什么，却被张大飙拦住了。张大飙说："你去也没用，我们不如在这里说说话。帽叔是有点邪性，他把自己打扮得像个新郎官——他为什么要这么做？"

凌元元说："他想这么做。"

张大飙说："你是怎么回事？"

凌元元问什么怎么回事，张大飙说，你昨天来的，今天帽叔死了，就像你们俩约好的。大家都在议论那个包，里面装了什么？

凌元元的半条手臂立时有些凉，她情不自禁地用手摸了摸。凌元元望着眼前一棵一棵的柴榆树，许多年过去了，它们似乎还那样。凌元元有些犹疑地说："一早我去看帽叔，帽叔交代我做这件事，我没问里面装了什么。"

张大飙问："帽叔是怎么交代的？"

凌元元说："也没怎么交代。他就说把这个东西放到棺材里。"

张大飙问："没说别的？"

凌元元简单地说："没说。"

"不过，"凌元元又说，"帽叔早就说过，他会死在榆钱开花的季节。"

张大飙有些不耐烦，说："又来了。鬼都不会相信他的话。"

凌元元说："你不信？"

张大飙说："不信。"

凌元元说："我信。"

整个大堤上的榆钱都在招招摇摇。

凌元元又说："我猜，帽叔是想把榆钱当纸钱——他知道不会有人给料理身后事，他说过榆钱就是纸钱，外边是圆的，里边是方的。死在这个季节——是老天在厚葬一个人。帽叔还问我，罕村这么大，有谁死在这个季节吗？帽叔说，没有！"

张大飙看了凌元元一眼，说："不是你神经就是他神经，我都起冷痱子了。这响晴薄日的，你可别装神弄鬼。我知道你对帽叔好，你可怜他。我就不明白了，罕村值得可怜的人多了，你可怜得过来吗？"

凌元元说："帽叔与别人不一样。"

张大飙脸上露出嘲讽的笑。他什么时候镶了一颗牙，牙套还戴着。他笑的时候嘴角一牵，牙套就露在了外面。张大飙说："榆钱就是榆钱，哪有什么外圆内方。中国人想钱都想疯了。"

凌元元说："我总觉得帽叔不是简单人。"

张大飙说："一个老光棍，识得几个字，会说几句有关阴阳八卦的话，还有什么？"

凌元元说："许多人在这个份上活着就像死了。帽叔却死了就像活着。"

张大飙说："危言耸听。"

凌元元说："你不懂。"

张大飙挑衅："你都懂什么？"

一股风吹了过来，带来了河水的湿腥气。凌元元在风中抿了抿头发，看也不看张大飙。凌元元说："大飙哥，你把什么都忘了。"

张大飙说："都忘了。"

这时候吴喜莲走了过来，吴喜莲头和肩膀都歪着走路，仿佛她嫌自己高，有意把身子错开半截。她的大脚板子踏在地上"噔噔"响，她可不像七十几的人。凌元元问她怎么先回来了。吴喜莲说，该做饭了。家里的老头儿就怕饭晚，晚了跟她凿饥荒。凌元元听懂了"凿饥荒"就是跟她过不去的意思，也知道吴喜莲打年轻的时候就遭受家庭暴力。凌元元问："姑爷爷他还好吧？"吴喜莲是当庄的娘家，所以对她的称呼都是做姑娘时延续下来的，她辈儿大。吴喜莲说："庄稼人有啥好不好的，对付活着。对了，你是城里人，见识多，知道帽顶老爷子置办这套装裹要多少钱？"

凌元元摇头说："不知道。"

她又用下巴问张大飙，张大飙用手捂着点火，假装没看见。

吴喜莲叹了口气，说："我预备下的衣服都是小布子的（注：棉的，但不是好棉布。薄，布幅短，他们舍不得花钱买好面料），要是能穿那样一身衣服上路，也不枉死一回。你说是不是？"

凌元元说："帽叔也不愿意死，他是没办法。"

吴喜莲说："他咋没办法，他有的是办法。"

凌元元问有什么办法。吴喜莲说他会念咒。有一次，吴喜莲偏头疼，就是帽叔念咒给念好的。那些符咒画在白纸上，帽叔念完，拿到十字路口烧了。你说灵不灵，帽叔烧完我的偏头疼就好了。凌元元刚要问符咒的事儿，张大飙不耐烦，截断了话头。

张大飙问死人入葬了没有。吴喜莲说："他们吵架呢，秦满天和门楼吵起来了，还差点动了手。"

凌元元又想问，却被张大飙拉着往前走。张大飙说："听她说话我自己都觉得舌头厚一寸。咱们过去看看，埋个死人咋还这么不太平。"

两个人往前走，却被吴喜莲叫住了。吴喜莲瞅瞅这个看看那个，忽然说："你离婚了，他也离婚了，你们俩又年貌相当，咋不结婚呢？"

这话来得突兀，凌元元一点准备也没有，让吴喜莲说得脸都热了。张大飙却不在乎地挥了挥手，说"不用你操心"。

吴喜莲说："你们俩也般配。"

凌元元回头问："我们般配么？"

天上一大群鸟飞了过来，说喜鹊不像喜鹊，说鸽子不像鸽子，个个都是红嘴巴。鸟群"嘎嘎"叫着停在了一片榆树上，动静很大地啄食榆钱。张大飙问这是什么鸟，凌元元没好气地说，反正不是好鸟。

6

秦帽顶已经入土了。

在这之前发生了许多事，让执事门楼很不耐烦。几个人把棺材抬到墓地，秦满天就抱怨墓子打小了，也浅。说又不是骨灰盒，咋能把坑挖这么浅呢？

谁都得承认墓子是小，也浅。这里是河滩地，叽里咕噜到处都是石头蛋子，一锹挖下去，咔嚓咔嚓乱响。这些年都是埋骨灰，挖个两三尺深就行了。人们今天打墓子，也基本是照骨灰盒的标准。这个时候小也就小了，浅也就浅了，谁再说什么，也就落个闲说话。

问题是秦满天指挥大胖二胖凌方方把棺材放到了坑外的暄土上。门楼看出端倪就喊："直接放坑里，直接放坑里！"凌方方是想那样做，可秦满天提前把棺材从肩上卸下来，在墓坑外边松了手。太阳已经正午了，村委们早该散会了。村委们散会直接去二妹子酒家，去那里吃大饼卷猪头脸子。大饼是杏核油烙的，想多少层就有多少层。猪头脸子肥而不腻，顶风能香出三里地。早上村主任交代说，门楼把这边的事结了就直接上二妹子。门楼应了。主任又说，你得看着把老爷子直接放坑里，并妥善做好群众工作。我们今天埋老爷子，不代表明天可以埋别人。如果谁要乱咬，就让他出丧葬费，把火葬场的火化车叫来。烧一个人七八百，骨灰盒一两千，最少让他损失几千。

门楼本来想好歹赶过去，吃上一口，然后就回家侍候母猪。门楼媳妇有点"两半粘儿"，干力气活行，干巧妙活不行。两件事都很紧急，因为门楼知道，自己只能去赶饭，村委们不会等自己。所以秦帽顶的棺材如果直接放进坑里，他转身就可以走了。

正午的太阳把所有人的脑门儿都晒出油来了，也晒出了火气。棺材一落地，门楼就疯了似的嚷："没告诉你们直接放坑里吗？都长耳朵没有！都长耳朵没有！"一遍不行，又嚷了一遍。秦满天没有理他，而是从别人手里拿过一把铁锹，下到了墓坑里。门楼脸都绿了，往墓坑里踹了一下土，有个土坷垃正好崩到了秦满天的身上。秦满天骂了一句"王八蛋"，高举起铁锹拍了过去。"啪"的一声，铁锹拍到了门楼的脚印上，把脚印拍没了。秦满天不解气，又追着拍了一下。门楼跳着脚骂：

"秦满天，老叫驴，你不得好死！"

秦满天却没再理他，收回铁锹开始清理墓道。第一掀下去，秦满天就觉出了锹底下有点异常，咔哧咔哧的声音。跺跺脚，也呼扇呼扇的。用铁锹柄往地下钉钉，竟戳出了个洞。秦满天不敢动了，小心地把脚移到了边上土厚的地方。抬脸看了看周围，好些人都小燕儿似的围了过来，看他戳出来的那个洞。凌方方经常看电视，显得比别人有见识，他招呼门楼说："你过来看看，别是挖到古墓了吧？要是真挖到古墓，得向政府报告呢。"门楼不好意思地走了过来，正碰上秦满天挖上来一锹土，土里有木头渣子。门楼用脚扒拉开看了看，木头渣子上似乎有红油漆。门楼说："鸡巴古墓，净胡扯。"秦满天也上来了，也用脚扒拉着看了看，秦满天说："另打个墓子吧，这里埋着人呢。"

门楼说："不行。"

凌方方说："土坷垃里都有先人的骨血。"

凌方方这是在为门楼说话。他的意思是，到处都有先人的骨血，所以没有必要另打墓子。

可没有人理他。

秦满天看了看周围，前方是那条庹河，河的对岸是个胳膊肘弯儿，这个墓子的头正好对着那个弯儿。不会有谁刻意这么做，都是碰巧的事。

秦满天对门楼说："你遇到麻烦了。"

门楼的脊梁有些凉，可他不明白秦满天为啥这样说。

秦满天说："你最好回家问问门把手，问他秦帽顶是不是应该埋在这儿。"

门楼这回自以为听明白了，他朝周围的人招了招手，说："都搁把手，抬！快把他好歹埋了，别耽搁回家吃饭！"并摆出没有你秦满天我也能行的架势，以身作则，站到了棺材头的位置。

秦满天拍拍屁股走了。既然门楼当家，那就让他当好了。身后"咣当"一声，棺材落进墓道里了。几把铁锨同时往坑里填土。二胖调侃说："老爷子，安息吧。"

大胖对凌方方说："你姐把啥东西扔棺材里了，不会是一块金砖吧。"

凌方方说："真要是金砖，我现在就跳下去把它拿上来。"

门楼忽地冒出了一身虚汗。胸口那儿又隐隐有了烧灼的感觉。他蹲下身去攥住了一把土，土是湿的，凉的。土里有一只盖盖虫，被门楼一碰，就团成了豆粒儿大小的蛋蛋。

门楼把虫子捏死了。

门楼站起身，朝大路走去。二妹子酒家开在路边上，离这里并不很远。门楼已经闻到猪头脸子的香味了。门楼走出两步又停下了，回头吩咐说："土少从别处挖，坟攒大点。"

凌方方应："你放心吧。"

秦满天拐上河堤的时候碰上了张大飙和凌元元，秦满天从几步远的地方就停住了，瞅俩人。等人走近，秦满天问："你们还记得门雪天吗？"

张大飙和凌元元都怔住了，问："怎么了，怎么想起她来了？"

秦满天往远处指了指："见天光了。"怕两人不懂，又说："合墓了。"

其实俩人仍然不是很懂，可门雪天的名字具有某种震魂摄魄的作用。他们都寒战了一下，起了冷痱子。凌元元的脸一时间有些灰，张大飙说："我都把她忘了。"

凌元元灰着脸说："忘了。"

7

门雪天是大年三十的晚上出的事。按当时流行的说法，也许应该叫
"牺牲"。学校把情况上报到了公社，公社又上报到了县里。不知是什
么原因，情况到了县里就没有下文了。家里、学校、同学、老师都很着
急。可你着急也没有办法，县里在远处，县里没有了下文，那就是没有
了下文。

学校大约等了半年的时间。以为会有英雄称号之类的命名下来，等
来等去没个结果，门雪天的课桌才被搬走了，她的一些课本、作业本之
类的东西被老师私自烧了。

进了腊月以后，门雪天率领她的游击队一直在监视地主秦汉白。秦
汉白不白，是个又黑又瘦的大烟鬼。他高高的个子，长狭脸，眼窝深
陷，见了神仙也不笑一笑。他年轻的时候抽大烟，抽的牙齿和脸皮都是
焦黄焦黄的。门雪天率领游击队喊广播的时候发现河滩上的一大块土地
平平展展，像是被什么东西压平的。门雪天广播也不喊了，领着几个人
下到河滩上研究。除了门雪天，有发言权的只有张大飙，可张大飙缺乏
想象力，想痛了脑袋也不知道这一大片土地是怎么弄平的。

村里有一个叫多多的人是花痴，经常深更半夜去趴哥哥的窗户，看
哥嫂睡觉。哥哥为了惩罚他，就让他夜里拉着鸡蛋头去轧地。哥哥说，
我不叫你不许你回来，否则我打断你的腿。多多轧了一宿地，哥哥睡了
一宿觉。哥哥睡醒了天也亮了，到河滩里去喊多多，发现多多把地轧成
了打麦场。

只是这一切门雪天不知道。罕村谁也不会想到。鸡蛋头轧地都是一
垄一垄的，他们见过。这样一片一片的，他们没见过。门雪天的腰上无

冬历夏扎着皮带，她喜欢用一只手掐腰，越发像一个女游击队队长了。

门雪天掐着腰对她的队员说："绝对有敌情！你们信不信，这里肯定来过飞机！"

这是一个让人心头一震的消息。他们都很相信门雪天，相信门雪天的判断和推理。门雪天是这样解释的：肯定是敌机，不是从美国，就是从台湾过来的，刺探情报。说不定与美国总统大鼻子有关。大鼻子来了又走了，却把间谍留下了。之所以把飞机停在这里，是罕村有人里通外国。那个人，会有发报机、枪、手榴弹或者变天账之类。总之，罕村实实在在地有特务。

这个特务除了地主秦汉白不会是别的人。门雪天在这片"飞机场"给她的游击队员开会，传达从大人嘴里听来的边角下料。秦汉白有两个儿子，大儿子秦尚书，二儿子秦帽顶。秦尚书十五岁那年拿着瓶子去香油坊打香油，回来把一瓶子油摔了。秦尚书害怕回家挨打，就投了军。像他们吃得起香油的人，投军也只能投国民党，也只能跟着老蒋去台湾。台湾与美国又穿一条裤子，所以那个飞机无论是台湾还是美国的，都会与秦汉白有关系。

那个晚上，门雪天的推理给乌蒙蒙的夜色添了寒意。河水已经结冰了，但冰的下面有活的河水在游走。远处的冰面上有人在扎王八，是一个叫郑三和的人，上工的路上一路走一路撒尿，不管身前身后是否有女人。郑三和会同时凿几个冰眼，这里扎几下那里扎几下，总会有路过冰眼的王八被他扎个头心凉，他们家里总飘着王八肉香。夜色越来越浓的时候，门雪天率领她的"游击队员"们远离了那片"飞机场"，出于安全考虑，把"会场"转移到了河坡上。门雪天的屁股底下是一座坟，这里既能监视"飞机场"，又能俯瞰她的众队员。她看到凌元元和田小丽即使被冻红了鼻子也摩拳擦掌神采飞扬。冻红了鼻子是门雪天想出来的，她当然看不到。她乜斜着眼睛，眼缝里满是傲慢和不屑。门楼却是一副吓坏了的模样，青白的小脸上鼻涕都快过河了。张大飙却有着副队长的威武，他果断地把手一挥，说我们活捉秦汉白！坚决把狗特务挖出来！门雪天却把头摇得像拨浪鼓，夜色让她的小脸模糊了，凝重了，更像一个游击队队长了。她忧伤地说，那样会打草惊蛇的。我们应该让他们做诱饵，钓出他们背后的大鱼！他们很快制定了行动方案，广播的事暂时告一段落，今天假装串门去探虚实，从明天开始，五个人分成两组监视秦汉白的前门后门，要过春节了，特务会活动得很猖獗。

那年村里刚装了电灯，但秦汉白家还点煤油灯。煤油灯是墨水瓶做的，放在炕桌的一角。那点灯火就像黄豆粒那么大。炕桌放在炕的正中央，一团微弱的光晕在屋子中央漂浮着，四下里都是黑的。

凌元元把守前门，张大飙和门楼把守后门。门雪天带着田小丽猫一样轻巧地闪了进去。她俩的出现把仰躺在被卷上的秦汉白吓了一跳。秦汉白跷在空中的二郎腿放了下来，身子随之也挺了起来。秦汉白赶忙趿拉鞋子下地，指着炕沿说："革命小将，你们坐。"

门雪天不动声色地靠在了炕沿上，田小丽紧挨着她。

门雪天的眼睛一寸一寸地把房间梳理了一遍。炕上两只铺盖卷，炕头一只炕脚一只。地下一只小木柜，上着锁。门后有一只缸，一人高。缸上有只瓮，盖着盖儿。因为灯火黯淡，屋子显得鬼蜮和神秘。门雪天很快发现了问题："二收（叔）哪去了？"门雪天纯粹是为了麻痹敌人才套近乎，她称呼"二收"的时候，是从鼻子里发出的音。

秦汉白说："他出去了。"

把守前门的凌元元忽然尖叫一声："茅房有人！"

门雪天、田小丽和把守后门的张大飙和门楼都跑了过来，凌元元靠在土坯墙上捂着脸，她被茅房里咕容咕容出来的人吓着了。

秦帽顶在夜色之中系完裤子就不知所措了。他正当壮年，却经常显得不知所措。他眼神不太好，不像秦汉白称呼这些孩子"革命小将"，他伸着脖子问："你们是谁？干啥的？"

门雪天从屋里奔了出来，无所畏惧地站在了离秦帽顶很近的地方，厉声说："你刚才在干啥？"

秦帽顶说："拉屎。"

凌元元陡然有了精神。为了显示自己的勇气她也大步走过来，说："他撒谎！我刚才听见茅房里有滴答滴答的声音！"

门雪天冷峻地问："真的？"

凌元元大声说："真的！"

门雪天让张大飙去屋里端灯，她要检查茅房。张大飙"噔噔噔"跑进屋去，可在半路上灯就灭了。门雪天喊："洋火！"秦汉白磨蹭半天才把"洋火"拿来。门雪天"嚓"地划着火柴，让凌元元进去。凌元元恐惧地朝后退，张大飙借着那点火光进去了。

门雪天也进去了。这期间曾有过短暂的黑暗，因为火柴烧手了。再擦亮时他们闻到了茅房里腥臭的味道。他们小心地用火光照亮了茅房的四个角落，然后又去照屎坑，除了一摊新鲜的大便和刮屁股用的劈成两半的耩杆，什么都没有发现。

凌元元挨了门雪天一顿臭骂。门雪天要给她处分，让她离开游击队。凌元元说了许多好话，掉了许多眼泪，还把家里蒸的菜娘娘偷出来送给门雪天，还让张大飙给她说情，好歹才留了下来。

考虑到已经打草惊蛇，他们休整了几天，然后撤到十几米远的老井旁边进行埋伏。这主意也是门雪天出的，她是个人精，总有出不完的主意。这也是凌元元又害怕又佩服她的地方。老井旁边有三棵树，一棵榆树，一棵柳树，一棵臭椿。一棵小树，两棵大树。小树其实也不小了，也有几十年了。老井是砖砌的井壁，周围盖着青石板。井沿呈坡形，免得下雨时脏水流进井里，半个村庄的人都吃这口井里的水，井水很甜。

大年三十，许多户人家下午两三点钟才吃中午饭，因为忆苦思甜，过年不许吃肉。村民只得折中一下，把年推到了后半晌。晚饭吃过饺子，一盏一盏的红灯笼飘了出来，在街道上像长了腿一样自己行走。灯笼都是纸糊的，里面栽根蜡烛。风一吹，火苗便在里面腾挪。村庄寂静下来，游击队员们上岗了。门雪天断定这天夜里会有事情发生，她让每个人准备了棍棒，张大飙带了用木头做的盒子枪。

井沿上一到冬天就会结冰，但都是零星的冰。打水时人们尽量加小心，把太满的水桶里的水倒进井里，但总会有多余的水洒出来。井沿周围总是亮晶晶的。久了，就成了厚厚的冰坨。柳树与椿树之间有块凹槽，零星冻起的冰足有一尺厚。那些冰与井沿形成了一道大冰凌。在星光底下，像棉絮一样。几个孩子埋伏在柳树和椿树的后边，因为冷，他们不时起来跺跺脚。

田小丽问："我们今天埋伏到几点？"

她的脚上有了冻疮，又痒又疼。田小丽不时把脚立起来在地上蹭。

门雪天说："做好战斗准备。"

门楼说："今天夜里飞机指定会来。"

凌元元说："那我们还不如埋伏在飞机场。"

门雪天鄙夷地说："你有枪吗？飞机如果飞起来，你追得上吗？"

张大飙在那个晚上有点心事重重。他养的一条狗趴在地上起不来了。狗得了感冒，像门楼一样咳嗽。张大飙想跟门雪天请假，门雪天斩钉截铁地说："不行。"

张大飙埋伏的时候就有点心不在焉，他总在想他家的那只狗，如若再不好，就得杀了吃肉了。张大飙有点舍不得，可也有点想念狗皮褥子。冬天太冷了，身底下太凉了。有张狗皮褥子铺着，冬天就不一样了。他最先发现了秦汉白家的门口出现了一个人影，人影鬼鬼祟祟地朝这边张望，忽闪就不见了。

张大飙小声问门雪天看见人影没有，门雪天说没看见。凌元元说她看见了，就在门口那个位置，一个黑衣人，像鬼魂一样。门雪天抱怨凌元元不提醒她，凌元元说："你又不是没长眼睛！"

门雪天上来就撕捋凌元元。门雪天撕捋的位置，是凌元元的胸。凌元元的胸上刚长了两个小疙瘩，虽然穿了厚厚的棉衣，还是觉得被门雪天抓痛了。

凌元元的那两个小疙瘩，连自己都还没摸过。被门雪天抓痛的感觉，让她生出了羞耻心。那种感觉被张大飙看下体时没有过。扎榆钱被门雪天踹屁股时也没有过。她在心底狠狠诅咒了门雪天："咋不掉井里淹死！"刚才她是说溜嘴了，如果不说溜嘴，她不敢那样与门雪天讲话。

门雪天骂了一句凌元元的妈，离开了凌元元这里。她脚步很重地踏到了冰上，踉跄了一下，脚底下突然向前一滑，一只脚就在井面上悬空了。门雪天短暂地发出了一声叫，整个身体便冲撞到了对面的井壁上，井下随之"轰"地发出了一声巨响，就像天塌地陷了一样。

凌元元和张大飙几个都吓呆了，他们一个一个"啊啊啊"地叫，连哭都不会了。危急时刻还是凌元元机灵，她啪啪啪地跑去拍秦帽顶家的门，大声嚷："有人掉井里了！有人掉井里了！"里面却半天没有动静，原来窗子上还有灯火，听见凌元元的喊声，秦汉白把灯吹灭了。

他对秦帽顶说："这几个小鬼儿都是馊主意，得防着点。"

全村的人几乎都参与了打捞工作，动手的，动嘴的。队里的几挂马灯都加足了油，悬挂在了柳树和椿树上。有人用井绳系在腰上，自告奋勇到井下去捞人。被辘轳摇上来时，人冻成了冰棍，却连门雪天的影子也没见着。秦汉白秦帽顶父子始终没有动静。他们的窗一直是黑的。门雪天的父亲门把手站在秦家门口破口大骂，说阶级敌人没安好心，阴谋迫害他女儿。秦帽顶和他父亲躺在被窝里，还是没有动静。

秦帽顶说："看来是真出事了。"

秦汉白说："我们管不了。"

凌元元一直在秦家矮墙的暗影里蹲着，看着忙忙乱乱的大人们。张大飙、田小丽和门楼早不知去向。凌元元却不愿意走，她关心事情的结局。她特别不希望门雪天像太阳一样从井里冉冉升起来，还像过去一样，做她的游击队队长。

凌元元不愿意，一点都不愿意。

初一一大早，凌元元鬼使神差地去看那眼老井。凌乱的场景留在了昨天夜里，眼下这里空无一人。她有点不相信门雪天就这样走了。短暂的惊吓过去了，凌元元从心底长出了一口气。她觉得老井真是神奇，神奇得让她隐隐有些兴奋。她走到了井边，突然发现那棵榆树上吊着一个人，身上差不多全裸着，只有裆上包着一块布。头歪着，眼睛睁着，舌头伸出来足有半尺长。

是秦汉白。

凌元元"哇哇"叫着往家里跑，她说门雪天变成了鬼，是秦汉白的模样。

8

门楼赶到二妹子酒家，村委们已经吃完走了。人家把账结了，门楼就没有权利在这里吃饭了，除非他自己花钱。门楼好说歹说，二妹子给他拿了一张饼，让他就着桌上的剩汤剩菜吃一口。猪头脸子只剩下了一块肥肉皮，肉皮上还长着白毛毛。门楼把肉皮用大饼一裹，也吃得嘴角流油。二妹子是个三十几岁的女人，脸上搽得有红似白。生意好，人就显得从容淡定。她坐在油腻腻的小圆凳上，打听秦帽顶的事。秦帽顶的装老衣服，凌元元丢进棺材里的那个黄绢包，消息就像长了腿，一上午的时间就在村庄里传遍了。二妹子整个上午有许多活儿要干，她没有工夫去现场。村里经常死人，死人不是稀罕事，可像秦帽顶这样有嚼头的，不多。

　　也不知怎么回事，只要一提秦帽顶，门楼的心里就忽悠，就像一个秋千，荡到天上去下不来。就像装得满满的一只口袋，被小偷掏空了。或者像本来饱满的一只胃，忽然被倒了个干干净净。总之门楼很难受。他后悔了。秦帽顶没钱。即使那真的就是个钱包，也不会有多少钱。当时门楼想不到这些。如果想到了，他就不会把钱包掖进袖筒里。门楼现在只想快快找一个没人的地方，看看钱包里装的到底是什么，然后扔掉。饼很大，那些层儿像纸一样薄。开始门楼觉得一张根本不够吃，可刚吃一半，门楼就咽不下去了。

　　门楼急急回了家，媳妇两半粘儿已经在门口等他了。两半粘儿的头上冒着热气，头发被汗水浸的一缕一缕地贴在脸颊上。看上去整个人都要蒸腾了。刚扫着门楼的影儿，两半粘儿就开始骂："该死的，嘎奔儿，你还回来干啥，跟了秦帽顶去，我不怕当寡妇！"门楼却只关心猪："下了没？下了没？"两半粘儿都要哭出声来了："下你妈个莺莺，你不回来猪不下啊！"门楼撞过两半粘儿，扑过去看猪圈。一只猪已经下了，圈里血刺呼啦，像是杀人现场，数数小猪，六个。跳进圈里数，还是六个。门楼当时就有些蒙，不对啊，母猪的肚子像大破车，沉得在地上拖。预计顶少也下十六个，怎么才下六个呢？门楼骂他媳妇："两半粘儿的玩意，小猪都让你弄死了！"两半粘儿说："都让你妈弄死了！"门楼把母猪拍起来，数肿胀的乳头，发现只有六个有奶，再看六只小猪，各个像虎犊子。

门楼这才明白刚才两半粘儿的那句话。不是门楼不回来母猪不下猪，而是门楼如果在家母猪会多下几个猪。母猪不识数，它看见门楼一高兴兴许多下几个。

两半粘儿是这个意思。

另一只猪刨够了土，转够了磨磨也见红了。门楼顾不得生气，把外罩脱了扔给媳妇，就跳进了另一个猪圈里。拍着母猪倚墙躺下，把肚子给它摆弄舒服，就不停地给它挠痒痒。母猪不坐月子享受不到这种待遇，舒服得直哼哼。头胎下来了，是个死的。二胎下来了，还是个死的。门楼"忽"地冒出了全身的汗，也顾不得挠痒痒了，一只手揪起猪尾巴，另一只手往猪的子宫里探，又拽出来一只死的。门楼的汗水越流越多，眼睛沙得生疼。他用袖子这边抹一把，那边抹一把，脸上也有了血道道。门楼急得都要哭了，"扑叽"一声，母猪终于下了一个活的。

母猪一共下了七个活的，五个死的。拢共十二个。这是一个瘦弱的母猪，门楼预计它能下十个就已经不错了。如果十二个都活着，门楼可以趁热火给另一个母猪拿过去三四个，让它领养。母猪不认识自己的孩子，可母猪热爱所有的孩子。即使只活了七个，这一只母猪还是比另一只母猪有出息。那只母猪能吃，把自己长成了驴，却孕育了如此少的孩子，真不知道羞耻！门楼深刻地感觉到亏了，狠狠骂了句母猪的娘。他平时对另一只母猪的疼爱远胜于这一个，可另一只母猪却如此辜负他，门楼很伤心。

门楼打扫完战场，都要虚脱了。他在压水机旁洗完了手，坐在台阶上点了支烟，是软中华。看见烟的牌子，门楼的心里立刻舒展了。张大飙在县电力局工作，只是普通干部。可却能抽软中华，可见也是腐败来的。他腐败自己也能跟着腐败，门楼很高兴。门楼打开烟盒数了数，还有八支。八支就是一只猪仔的钱。也许不值那么多，可门楼愿意把它看成一只猪仔。门楼把烟从嘴里拿下来看了看，门楼有点不舍得。不是舍不得抽支烟，而是舍不得抽一只猪仔。

他这才想起半天没看见媳妇两半粘儿了。他喊："秀英，秀英！"哪里有人答腔。媳妇是个鞋底光儿，爱串所有人家的门子。门楼为此没少跟她干仗。她因为串门子把锅烧煳了，把壶烧漏了，灶里的火烧到外边把门帘子舔着了，差点烧了个倾家荡产。门楼骂了一句媳妇，就起身去看猪了。虽然下得少了些，也总算添丁进口了。门楼喜欢猪，他什么时候看见猪，脸上都是开着花的。

门楼的那件外衣，就在一辆拱车子上搭着。看见外衣，门楼的脸就哆嗦了一下。大半天没有的那种感觉又回来了。他有些心慌气短，就像被死鬼附体了一样。他拎起外衣领子，摸兜儿。才发现兜儿是瘪的，里面什么都没有。门楼反复摸反复摸，仍然什么也没有。门楼狠狠吐了口痰，把在心中憋了半天的那些不吉利全部吐了出去。

"奶奶个熊，啥时候丢的呢！"门楼自言自语。

天空飞着一只大鸟，门楼感觉到了有一片阴影朝他袭来。门楼跳起来躲开了。

9

两半粘儿有点鬼祟地去了张大飙的家。张大飙只一个人在家，父亲去找人下棋了，母亲领着孩子出去了。张大飙的女儿是第二个妻子生的，一周岁时，她妈嫁给别人了。张大飙离了两次婚。可他不是不幸的人。两次离婚都是因为张大飙在外面有女人。张大飙在外面有女人其实有分寸，在酒吧玩玩，或与朋友郊游时带在身边，像古时候的诗人一样。无论想法多么浪漫美好，到女人那里却行不通。张大飙曾跪下求第一个妻子留下来，不跪还好，一跪反而长了别人的气焰。第一个妻子带着孩子和所有的金银细软一去不复返，连张饭票都没留下，让张大飙一下子寒了心。第二个妻子就是张大飙在酒吧认识的，心性单纯，刚毕业不久，脸孔娇嫩得像刚下树的桃子。她也反对张大飙泡吧，动辄以离婚相威胁。有了第一次离婚的经历，张大飙把女人看淡了。女人拟好了协议书，张大飙看也没看就签了字。女人是衣服。该换的时候就得换。张大飙是这样想的。

两半粘儿也是衣服，而且是件破衣服。张大飙随着两半粘儿走进菜园想的就是这句话。两半粘儿的肥裤腿上溅满了猪食嘎巴，两只大肥脚，趿拉着踩偏了的猪皮鞋，鞋面也脏得看不出颜色了。这样一个人，张大飙想不出能有什么重要的事情找自己，在屋里说不行，还要到菜园里来。两半粘儿径直走向房后身的那棵树，也是棵榆树，枝条上挤满了榆钱，像一串一串的小眼睛。那些小眼睛看着两半粘儿煞有介事地从衣兜里摸出来个包，被两半粘儿背到了身后，两半粘儿目光炯炯地看着张大飙，严肃地说："大飙哥，这一庄人我就瞧得起你，我跟你说了，你可别告诉别人。"

差点把张大飙逗笑了。

张大飙调侃地问她为什么瞧得起自己。两半粘儿说："媳妇你说一个扔一个，别人谁敢啊。庄上的人都怕找不着媳妇，得了媳妇就像绿豆蝇看孩子，明知道是蛆还得抱着。"

张大飙"扑哧"一声笑了。

女儿拉着奶奶的手回来了，她们在大堤上就看见了张大飙，女儿喊着"爸爸"也想到菜园里来。两半粘儿轰鸡一样地往远处轰她们："别进来，别进来。我和大飙哥说正经事呢！"

奶奶拉着孩子走了。

两半粘儿说："大飙哥我有事求你。"张大飙问什么事，两半粘儿这才现出那个包，说从门楼的衣兜里翻到的，里面有花花绿绿的票子，还有信。他这是欺负我不识字！两半粘儿忿忿地说："他把中国钱换成了外国钱，以为我不认得！他还给婊子写信，真是气死我了！"

村里杂七杂八的事，张大飙知道一点。罕村离镇上近，经常有男人成群搭伙地去镇上找小姐。他们都是挣"活钱儿"的人，村干部、小老板、做边缘生意的。可门楼不至于。如果门楼肯干那种事，只有一种可能，小姐像杜十娘一样，倒找他钱。

门楼三块豆腐高，又不是李甲。

张大飙接过那个巴掌大的包，张开看了看，脸上立刻有了掩饰不住的吃惊。他抽出来一张纸币，对着天空照了照，是10美元。又抽出来一张，还是10美元。张大飙把所有的纸币都抽了出来，数了数，十张10美元。这些10美元是连号的，1988年版。张大飙立刻觉得身上冷森森的，像大白天撞见了鬼。张大飙问："哪来的这么多美元？"

两半粘儿立刻兴奋了，她是知道美元的人。得意地说："门楼兜里的。"

张大飙展开了那封信，是圆珠笔写的。不好使的那种圆珠笔，有时下水有时不下水。纸则是沉积多年的白报纸，已经发黄了。字写得很吃力，像人一样是种病入膏肓的感觉。那些密密麻麻的字，像蝌蚪一样会游动，张大飙使劲捕捉，看得头昏脑涨。

"是秦帽顶写给门楼的。"张大飙把纸币和信匆忙放了回去，催促两半粘儿快走。两半粘儿问："死鬼给我家门楼写啥信？"张大飙说："你不懂。"

又说："我也不懂。"

10

晚饭是两米粥，炒西瓜蛋子。凌方方包了二亩地种西瓜，正是梳果的时候。凌方方与妈住同一个院子，却烧两把火。两口子都跟妈生分，走碰头都不说一句话。凌元元每次回家来，都给侄儿侄女带东西，吃的穿的用的。弟弟和弟媳并不领情，也不爱搭理凌元元。

下午吴喜莲来串门子，大着舌头来说秦帽顶，说秦帽顶的装老衣服，说秦帽顶压在了门雪天的身上。"谁家碰上这事都不吉利，这回门家该倒大霉了。"她絮絮叨叨说着这些，脸上都没有跟进的表情。她只是当话题说，心下并没有评判。她还问凌元元知不知道门雪天，凌元元寒噤了一下才说：不知道。吴喜莲从后窗指着凌家院墙外面的两棵树说，原来那里有口井，是甜水井。有一年三十晚上门家的丫头掉下去了。门把手那时当队长，愣说他家丫头是"牺牲"，好用队里的红松板子做棺材。还用大红油漆漆红了，把棺材做成了红轿子。八个人抬个丫头都费劲，你说他是使了队里多少木头啊！他还让全队的人都去给个小丫头行大礼，大概只有秦帽顶没去。

凌元元知道秦帽顶为啥没去，可她还是问了句。

吴喜莲说："他爸秦汉白死了。在井边的榆树上吊死了。原来那里有三棵树，后来把榆树砍了，剩两棵。井也填了。"

凌元元"哦"了一声，表示在听。

吴喜莲又说："这话不提都忘了。那时你还小，大概都不记事儿。"

凌元元心说，是你把我看小了，我咋会不记事。

凌元元其实记得。队里的人老少都去给门雪天送葬，凌元元却带领游击队继续监视秦帽顶。田小丽和门楼一致要求张大飙当队长，张大飙看了看凌元元的眼神儿，没应。

田小丽和门楼双双宣布退出游击队。凌元元看了张大飙一眼，从容地说："行。"

村里人死了有停三天的习惯，分大三天和小三天。门雪天是前半夜死的，应该停小三天，可她爸愣要停大三天。秦汉白也停大三天，他和门雪天是同一天下的葬。

秦汉白死的时候没穿衣服，停了三天也没穿。秦汉白停的这三天，不像门雪天睡在门板上，他是睡在自己的被窝里，和儿子同一铺炕。这三天秦家的烟囱始终是冷的，秦帽顶一直坐在前门槛子上抽烟。凌元元带着人村里村外来回跑，她是担心秦尚书坐着飞机回来。

门雪天坐大红轿子那天，秦汉白被儿子秦帽顶扛在肩上走了。

秦汉白已经挺得像根棍儿了。他在儿子的肩膀上像根棍儿一样横着，跟着儿子走。那天是大年正月初三，早上起来天上下着鹅毛大雪。那些大雪密不透风地从天空往下排，被秦汉白在空中横着刮出了一条路。秦帽顶扛着棍儿一样的父亲也有些吃力，上河堤时，秦帽顶打了三次出溜。

秦汉白还是没有穿衣服。他在树上挂着时什么样走时仍是什么样。凌元元和张大飙在堤下的一条小路上跟着他，远远看上去，秦帽顶像扛着只剥了皮的羊。

秦帽顶把秦汉白装在了一孔废窑里，一块一块地往里面码砖头和石头。地面上到处都是他乱糟糟的脚印。凌元元和张大飙潜伏的地方是坎下的一簇灌木丛，离那孔窑大约有二十米。

两个人自以为潜伏得很隐蔽，可秦帽顶人在高处，随便往远处望一眼，什么看不到呢？

秦帽顶朝坎下走了过来，让凌元元和张大飙都有点不好意思。大雪把两个孩子包裹了，头发和眉毛都是白的。看看两个雪小孩，看看天，秦帽顶突然笑了笑。

他说："你们来这里干什么？"

又说："我知道你们来干什么。"

说完又猫腰去捡砖头瓦块。凌元元后退了几步，大声说："秦汉白是特务！"

秦帽顶缓缓把腰直了起来，点头说："你说得对，他是特务。"

说完哈哈大笑。

张大飙拽着凌元元转身就跑，他说他看出来了，秦帽顶要杀人了。

他们跑出老远，停下了。看着秦帽顶继续猫腰捡砖头瓦块。凌元元有些不放心："他是不是在等什么人？"

张大飙说："我要是有望远镜就好了。"

就像听到了张大飙的话，秦帽顶忽然朝与他们相反的方向疾步走去。凌元元拽了张大飙一把，本能地去追。田野里秦帽顶像只年老的兔子，速度不快，可却像使出了吃奶的力气。眼看距离越来越近了，秦帽顶却抱着一块石头回来了。可此时凌元元与张大飙已经站在了没有遮掩的地方，他们来不及后退了。他们紧张地站在雪地里，看着愈走愈近的秦帽顶。

秦帽顶怀里的那块石头很大，这使他的腰背弓了起来。他搬得很吃力，整张脸都充了血。在距离凌元元和张大飙十几步远的地方，两人眼睁睁地看着秦帽顶动作很大地松开了手，怀里的那块石头刮着雪声朝下落去，然后便是秦帽顶惨烈的一声叫。

所有的故事到此结束。

吴喜莲无论说什么，话题总要转到秦帽顶的装老衣服上。她中魔了。她问元元妈的装老衣服是啥面料，元元妈颤颤巍巍地去开柜锁，把准备下的上路衣服拿给吴喜莲看。元元妈拿出一件，吴喜莲叫一声。又拿出一件，又叫一声。吴喜莲说："这么细密的针脚，得缝多长时间哪！"凌元元的妈腿脚不好，上来下去得挂棍儿。凌元元曾给她买了一副拐，她说挂拐寒碜，送给一个出车祸的人。

吴喜莲夸完衣服做工，就说这样的面料十身儿也顶不上秦帽顶的一身。吴喜莲说的话，凌元元和她妈都不爱听，就没人接她的话茬儿。冷了一会儿场，吴喜莲就告辞出来了。她见墙根下的草筐里有十几个西瓜蛋子，都像苹果那么大。吴喜莲挑了两个大的说回家炒着吃，跟炒葫芦一个味儿。凌元元受了启发，却挑了两个稍小些的。葫芦就是越嫩越好吃，凌元元是这么合计的。

饭也吃得不顺畅。自打凌元元离婚，娘俩之间就不怎么有话说。凌元元离婚不但伤了妈，也伤了弟弟和弟媳。原先她是这个家里最受欢迎的人，离了婚，也把"欢迎"两个字离掉了。谁也不关心她为什么离婚，他们也不问。没离婚之前，凌元元是体面的人，他们也跟着体面。离了婚，凌元元不体面，他们也跟着不体面。

一顿饭吃得没滋没味。妈动静很大地喝粥，一口都没吃炒西瓜。凌元元给妈夹了一筷子，妈却躲开了。拐了个弯，凌元元夹到了自己的碗里。吃了口，味道真不错。她把盘子往妈眼前推了推，妈却放下了筷子，声称自己吃饱了。

凌元元停了筷子呆了片刻，收拾了碗筷，就转到秦帽顶的小屋来了。

11

凌元元出了家门以后朝右拐，然后再朝左拐，就看见那个柴火垛了。许多年前柴火垛底下是口老井，井边有三棵树。后来砍了一棵，就剩两棵了。这个柴火垛上顶着塑料布和石棉瓦，站在那里，是稳如泰山的感觉。柴火垛无疑是秦帽顶的，他虽是一个人，却把日子过得很有章法。柴火烧不了，也没有用处，可他还到处去捡，然后把它们垛在显眼的地方，四周撕得像灯笼一样圆。他曾当一届县里的政协委员，因为大会小会都不去，下届人家就把他免了。村里还想给他救济，让他入五保，统统被秦帽顶谢绝了。过去凌元元回娘家，经常在这里看到秦帽顶。夏天秦帽顶拿一把破折扇，老远就与凌元元打招呼。秦帽顶的酸腐村里人不喜欢，他故意戴着小眼镜，故意说一些别人听不懂的话，有点像当年凌元元的爸。他还爱给人算命打卦，当然村里人不信。请他算的人都是街上过的小商小贩，或喝破烂儿的。凌元元也是个怪人。她总愿意和秦帽顶一起坐着，有时还给他带吃带喝的。那个时候凌元元有钱，回娘家要车接车送。她对秦帽顶好，别人说她是行善。离婚以后自己都摸不着碗边儿了，再对秦帽顶好，就让人瞅不习惯了。

　　凌元元坐在秦帽顶院子里的石阶上，看那棵树，看那棵榆树。许多天前秦帽顶指着那棵榆树说，我要死在榆钱开花的时候。那一次凌元元来给秦帽顶送一本书，从城里的新华书店买的，是秦帽顶让她买的一本说文解字的书，有一寸厚。可那本书里的字却很小，秦帽顶凑到眼皮底下也看不清。凌元元很内疚，觉得自己买书时，应把秦帽顶的视力考虑在内——可她恰恰忽视了这一点。凌元元想拿回去把书换掉，秦帽顶却说什么也不肯。他说他年纪大了，买书不为了看，为摸。每天摸一摸书，就证明自己还活着。

　　那本书三十几块钱。按照凌元元的想法，她不想收秦帽顶的钱。可看着秦帽顶拿钱时的样子，凌元元就知道这钱自己非收不可。秦帽顶从柜子里把钱拿出来，放在了离凌元元最近的炕边上。三张十元的，三张一元的，都是崭新的纸币，像是轧票子机器刚轧出来的。秦帽顶反复看那本书的定价，反复问凌元元："够不？"他扬着脸说话的神情，像一个第一次去代销店买东西的小孩子。凌元元连连说："够了够了。"急忙把钱揣了起来。那些纸币太新，边棱甚至有些割手。凌元元记得自己当时想了一下，这么新的纸币，不知他是从哪来的？

　　城里现在不太有榆树，路旁除了香花槐就是丁香或紫薇，城市的路越来越像花园了。几天前凌元元在山腰上看见一棵榆树长了榆钱屎，凌元元心里一动，提醒自己别忘了。凌元元这次回来非常及时，她见到了活着的秦帽顶。秦帽顶把一个黄绢包交给了凌元元，他让凌元元随便处置，可凌元元知道自己应该怎么做。

　　这个长着一棵榆树的院子，要不了多久就会被别人捣毁的。村里的土地越来越值钱了，惦念这个院子的肯定不止一个人。院子没有了，榆树肯定也不会再存留下去，它今年长了这么多榆钱，说不定就是在祭奠它自己。

　　凌元元和秦帽顶一样，对榆钱有种特殊的感觉。暗淡的天光中，凌元元看见那些榆钱在天空中漫天飞舞，原本，这意味着它们已经成熟，可在凌元元眼里，那却是一枚一枚的黄色纸钱。

　　张大飙急匆匆地找到凌元元，说你真是急死我了，到处找你都找不到，你怎么又到河堤上来了？凌元元看着张大飙红头涨脸的样子忽然笑了笑，她想起了吴喜莲的话，再早，她想起了他们曾经有过的约定。那两件事都与他们的婚姻有关，当然都做不得数。她不知道张大飙又离婚了，甚至，她都不知道张大飙又结了第二次婚。她在城里过得很封闭，不怎么与外界交往。如果不是因为帽顶叔的葬礼偶然让他们碰上，他们以后这后半生，也许谁都不会遇见谁。

凌元元以为他早回城里了，因为张大飙说过他不住下。张大飙却不解释他为什么又不走了，他只是急惶惶地说："帽叔给门楼写信了，你知道这回事吗？"

凌元元说不知道。她当真不知道。可她不奇怪。秦帽顶做下什么事情，凌元元都不会奇怪。他本来就是个怪人，想法出奇的多。就像这次的装老衣服，他本来可以寻常些，像别人一样，买那些小布子的。可他把自己装扮成了那个样子，能说他没想法？

有的，有的。凌元元甚至能碰触那些想法，可她不愿意说。不是她不想说，而是没有能说的人。没有适合听的人。谁都以为秦帽顶是个平凡的人，只有凌元元知道，他不平凡。

张大飙拉凌元元下到河边，他拉得很用力，几乎是拖着凌元元跟跟跄跄地走。堤上不时有过往的行人，奇怪地看着他们。夜色从水里漫了上来，很快把什么都覆盖了。可张大飙仍然不放心，拉着凌元元来到了远离河堤的地方。张大飙控制不住自己的激动，两眼放光，话说得哆里哆嗦。"你记得秦尚书吗？你知道台湾的嘉泰集团吗？你记得许多年前秦尚书来村里的事吗？"张大飙的牙齿打颤，凌元元不止一次地看见他咬了舌头或嘴唇。凌元元试图用自己的情绪影响张大飙，她用平和的声音说，都记得。秦尚书是嘉泰集团的总裁，二十世纪八十年代末曾经回来省亲，可秦帽顶说什么也不去见这位兄弟。政府的车就在门外停着，从一早停到大黑，秦帽顶就是不上车。后来还是秦尚书回了趟家。不是秦尚书不愿意回来，是政府的人不愿意让他回来，他们觉得秦帽顶的房子太小了，太简陋，怕盛不下那样大的总裁。秦尚书是那天夜里回来的，已经有九十点钟了。秦帽顶家外边的街上停着一溜车，许多人。秦尚书一个人进去见他的兄弟，可没坐多久，又一个人出来了。

秦帽顶把他轰了出来，让他快走。当着许多人的面，秦帽顶揣着衣袖，弓着腰身，慢吞吞地说："这里不是你的家，你永远也别再回来。"

传说秦尚书的密码箱里都是钱，给谁一把就够谁活一辈子。

这是很久之前的说法，后来慢慢的，大家都把这件事忘了。

关于秦尚书，凌元元曾和秦帽顶叙谈过。他们两兄弟，彼此是唯一的亲人，几十年没有见过面。是什么原因让秦帽顶如此怠慢自己的兄长呢？很长一段时间，秦帽顶对这件事情讳莫如深，他不愿意谈自己的哥哥。可就在他去世之前不久的一次见面中，他流露出了自己的想法。那天他让凌元元给他包了一碗饺子，吃了以后，他说他想把这房子给凌元元，他没有别的亲人。凌元元说不要。他又说，还有这房里的所有东西。凌元元依然说不要。凌元元说，我能给你包碗饺子，已经很知足了。秦帽顶似乎明白凌元元的想法，也不再坚持。他戴着瓶子底的眼镜看远处，脸上有了自嘲的神情。他说："没想到这些年再不搞运动。"

凌元元问他说这话是什么意思。

秦帽顶说："早知道这些年不搞运动，就不那样对待秦尚书了。"

张大飙在夜幕中继续发抖，说那我再跟你说说帽叔写给门楼的那封信。他叫门楼"贤侄"，说我死以后的事辛苦你了。说死了以后就睡在一个地方，不能动。说帮不了你们什么忙，只能稍微给一点补贴，算一个死了的老人的一点心意。就是这样几句话，你知道这都是什么意思吗？

凌元元想了想，能明白个大概。可她不想说。她反问张大飙是什么意思，可张大飙却更加激动了，几乎要喊起来。"你知道他给门楼补贴的是什么吗？是美元！都是崭新的美元！"

凌元元约略点点头。

张大飙说："他原来是个花美元的人，他隐藏得多么好！"

　　张大飚又说："他比个特务都隐藏得好。你说呢？"

　　凌元元的心抽搐了一下，她很痛。有些字眼儿，她一生都不想再碰触。她不明白张大飚怎么就那么容易把话说出口，人与人真是一点也不一样。还是那句话，在秦帽顶的身上发生什么事凌元元都不会觉得奇怪。她有些奇怪张大飚，居然那么激动。这些事情与你有什么关系？

　　张大飚忽然握住了凌元元的手，摩挲着，仿佛那只手会告诉他什么。张大飚有些可怜巴巴了，他问凌元元："那个放进棺材里的黄绢包里装的到底是啥？"

　　凌元元摸了摸那条手臂，有些凉。

　　张大飚的一只拳头狠狠砸在了另一只手的手心里。张大飚说："这个老东西！"

12

　　凌元元还在那家洗车行里干活，抬脸就能看见那棵榆树。榆钱已经变黄了，风稍微一吹，那些成熟的榆钱就像一面一面小车轮一样躺在地上打滚。洗车行临着一条主马路，每天上班下班时间，凌元元情不自禁地就要打量来往穿梭的人流，她希望能看见张大飚。她想知道张大飚现在的样子。张大飚住的那个小区就在洗车行右转弯的地方，不远，而且这里是必经之路。可凌元元一次也没有见过他，城市就是这样。

　　有一天，凌元元意外地见到了田小丽。如果把时间加到一起，她们有二十年没有见面了。田小丽随军跟丈夫进城，有半年时间了。田小丽和凌元元紧紧拥抱了，是多年没见的好朋友式的拥抱。田小丽最近回了趟家，听了满耳朵新鲜事，都是凌元元不知道的。一是门楼突然病了，是那种不死不活的病，现在还在医院躺着，他家的两半粘儿快要急疯了。田小丽诡秘地问："知道门楼为什么病吗？"凌元元摇头说不知道。田小丽更加诡秘地说："是秦帽顶施了魔法，他与门雪天葬在了一个穴子里。他在上，门雪天在下。他这是报仇呢，让门家人永世得不到翻身！"凌元元不想问那句话，可不问出来又不甘心。凌元元装作漫不经心地问："他们有什么仇？"田小丽说："门把手欺负了秦帽顶一辈子，你忘了？"凌元元不置可否，问田小丽还知道不知道村里别的什么事。田小丽叹了口气，说秦帽顶的坟被人盗了，有人从坟里盗走了许多美金。凌元元大骇，问田小丽怎么知道。田小丽脸上又有了鄙夷的神色，说天底下的人都知道，就是你不知道。

没等下班，凌元元就回家了。她有些上气不接下气。她想到过帽叔的墓可能被人盗，就是没想到这么快。掐指一算，帽叔刚死五天，还没过头七。凌元元为帽叔难过。他掐算准过很多事，但自己的墓被盗一事，他大概一无所知。凌元元找到了一个电话号码本，上面有张大飙的电话。她反复拨了多次，那个电话始终没人接。凌元元就坐在沙发上等，房间一直没有开灯，凌元元坐在幽暗中，穿着一件白色睡衣，自己都觉得自己有点鬼魅。如果刚开始凌元元就能打通张大飙的电话，她冲口而出的一定是这句话：是你盗挖了帽叔的坟墓！可直到深夜那个电话才打通了，隔着电话听筒，凌元元就闻到了一股酒味儿。这个时候凌元元已经冷静了。张大飙打着酒嗝问是谁，凌元元报了自己的名字。张大飙有些愣，在那边好久都不吱声。凌元元说，我找你没别的事，就是想告诉你一句话。你在听吗？张大飙"哦"了声。凌元元说："我就是想告诉你一句话，帽叔的墓被盗挖了。"

张大飙在那边狠狠打了一个酒嗝。

"你从没想过要向帽叔忏悔吗？"凌元元轻声说。

虽然隔着电话听筒，凌元元还是感觉到了张大飙打了一个寒噤，酒一下子醒了大半。

张大飙说："我没啥对不起他。"

凌元元说："我们谋害过他。"

张大飙说："那都是小孩子的把戏。"

凌元元说："秦汉白，你还记得他因为什么死的么？"

张大飙说："你不用考验我的记忆力，他是上吊死的。"

"你说得太对了。"凌元元简直要叹息了，"他上吊却不穿衣服，像一只剥了皮的羊。"

"大半夜的你说这些干什么，没事我要挂电话了。"张大飙有些生气了。

"他隐藏得还是不够深。"凌元元赶忙说，"我说的是秦帽顶。你懂我的话吗？"

"我不懂！"听筒里传来了忙音。

睡了一觉，凌元元忽地惊醒了。她又拨通了张大飙的电话。感觉得出那一端的张大飙惊慌得一塌糊涂，听筒里传来的声音都走了音："你是谁？！"凌元元沉稳地说："是我。你说得对，帽叔是个隐藏很深的人。盗挖他的坟墓的事，也在他的算计之中，否则他不会给门楼留美元。"

"他又不是没有人民币。"凌元元解释说。

分驴计

1

县长不敢做主，用电话摇通了李书记。县长说，山里的老汉来送驴，听说叫小灰，眼下就在政府大院里。李书记心里一沉，说映霞家的小灰？县长说，是映霞家的小灰，人家已经代养好几年了。最近没人去送草料钱，所以老汉把驴牵了来。李书记说，怎么确定这是映霞家的驴？县长说，老汉在电视里认出了映霞，说就是那个叫映霞的县长。李书记拧了拧眉毛，说就没有可能不是？县长琢磨了一下，恍然说，还真有可能。这么着，我先让老汉把驴牵回去，其余的事，回头再说。过了一会儿，县长又把电话打了过来，说书记放心吧，驴已经牵走了。李书记问谁把驴牵走了，县长说，还能有谁，食堂的大师傅。

李书记说，映霞就爱耍花招，这个人，我还真看走了眼。

2

一头大驴，一头小驴。大驴是妈妈，小驴是大驴的女儿，刚刚满月。

刚满月的大驴的女儿，叫小灰。脊背是灰的，毛毛眼也是灰的。小灰的名字是映霞给起的，映霞九岁，上小学二年级。

映霞很喜欢小灰，把小灰当成了小妹妹。割草时，总是掐一把草尖给它当饲料。小灰的妈妈是散社的时候分给更叔和映霞两家的。也就是说，映霞和更叔家，各分得半头驴。可是，谁能想到呢，几个月以后，小灰的妈妈居然生下了小灰，小灰还长得那么漂亮。

映霞妈妈说，这下好了，我们和更叔家，可以一家一头驴了。

映霞说，我们要小灰。

妈妈唬着脸说，别瞎说。小灰个头小，却比大驴值钱。它妈妈已经老了。

映霞赶紧说，那我们更应该要小灰。

妈妈正在烧火，烧火棍上冒着火星和青烟。妈妈使劲往地下戳了戳，火星就像长了脚一样在地上跳舞。妈妈说，你就死了心吧。更叔早就找了我，说他家要小灰。我们要多少钱，他给多少钱。

映霞一下子就把眼睛睁大了，她没想到更叔和妈妈早就有了协议，那个协议映霞一点也不知道。

瞬间，映霞就落了满脸的泪。她跑出去搂住小灰的脖子，眼泪和鼻涕都淌到了小灰的腮帮子上。

映霞没有吃晚饭，妈妈也没喊她。自从爸爸去世，妈妈一下子就像矮了半截，整个身形都萎缩了。妈妈的脾气也变得更古怪，经常"啪啪啪"地摔打烧火棍，像是跟烧火棍有仇似的。

映霞当然不知道，妈妈也是喜欢小灰的。妈妈也想留下小灰。但妈妈知道自己留不下。看着小灰一天一天长得俊美和硬朗，更叔就用不容置疑的口吻说，你家孤儿寡母，就用大驴吧，小驴不懂事，你们使不好。

即使一百个不情愿，妈妈也不敢说什么。一声孤儿寡母，就似短处捏在了人家手里，见人就先矮了三分。

那天，映霞跟小灰坐了月亮底下，说了很多悄悄话。映霞无论说什么，小灰都用粉红色的舌头舔舔映霞的手掌心，那意思是，我听着呢。

映霞对小灰说，小灰，我舍不得你。告诉我，我怎么才能留下你呢？

映霞家里没钱。因为爸爸有病，映霞家里连粮食都折腾卖了。所以更叔把小灰提到钱的高度，是故意的。当然更叔也不会给映霞家钱。更叔对别人说，他要小灰是因为体恤那家的孤儿寡母，使出一个牲口不容易。

这些话传到映霞妈妈的耳朵里，她除了抹眼泪，还长出了一嘴的燎泡。

映霞对妈妈说，妈妈，我们得留下小灰。

妈妈不耐烦地说，你有那本事吗？

映霞想了想，没明白妈说的本事指的是什么，但有一点映霞可以断定，妈也是希望小灰留下来的。于是映霞不屈不挠地说，我们得想办法。

映霞割草时去了河边。映霞干得很不用心。镰刀割破了手指，顿时鲜血像蚯蚓一样蜿蜒而下，一直淌到了指缝里。映霞本来是有些晕血的，可今天映霞举着指头看，一点也没觉得流出的血有什么可怕。

映霞抠一点干净的土捂到了伤口上，血立刻止住了。

更叔家的儿子叫小庄，跟映霞一般大。小庄喜欢遛河边，经常能捡到半死不活的鱼。小庄用柳条把鱼穿成一串，炫耀地提给映霞看。

映霞看都不正眼看，说你离我远点，我嫌腥。小庄坏笑着说，送给你吃你就不嫌腥了吧?

映霞说,你送试试,你送了我也不吃。

小庄说,换作往天我还真送你了,今天太多,不舍得。

小庄在旁边坐下了。他在河边跋涉了半天,腿脚都累了。这一条街,同年出生的孩子有八九个,但小庄和映霞感情算好的。两家同使一头驴,地里的许多活计经常一起干。比如种麦时,映霞的爸爸扶耧子,更叔管撒种。两个妈妈管撒肥和平垄,小庄和映霞管拉鸡蛋头轧地。你拉一截,我拉一截,两个家庭其乐融融。

因为映霞爸爸突然遭遇车祸,这种格局就被打破了。地里所有的活计都成了妈妈和映霞两个人的事,妈妈不得不像男人一样扶耧子,把地犁到头,再回来撒种。映霞麻秆样的胳膊挎着沉重的沙斗子管撒肥,因为要向后仰着用力,把脖子上的青筋都扯了出来。

有两只苍蝇被鱼腥味招了过来,围着他们嗡嗡嗡地叫。

小庄问映霞,你知道要分驴了么?

映霞当然知道。自从小灰出生,分驴就成了两家一个共同的话题。

可映霞感觉这个话题有伤痛。她不想说话,只是摇了摇头。

小庄问,你家想要大驴还是想要小驴?

映霞这个时候却有些气短,不知为什么,想要小灰的话,她说不出口。

小庄说,你还管小驴叫小灰——你们一定想要小驴,对不对?

映霞突然大声说,我们想要大驴!大驴多好用啊,拉犁拉车都行!大驴从来也不发脾气,吃草也不挑拣!小驴会干什么?它什么也不会干!

小庄的一脸喜色马上露了出来:你说这是真的?你家真的想要大驴?

映霞觉得眼前一黑,就有了血蒙双眼的感觉。她拼命去看远处的河水，那些撒满碎金白银的河水都蒙上了一层雾气，她什么也看不清楚。映霞提起篮子缓缓朝河堤上走。小庄却没看出映霞的变化，跟在后面还问：你家当真想要大驴？你没骗我吧？

见映霞不回答，小庄撒腿就往家里跑。他去报喜了。

3

小灰跟妈妈分别的日子终于来了。更叔为了显示公正，特意请来了村长。更叔对村长说，我不能欺负孤儿寡母——村长做个证，把小驴分给我们吧。

村长问，要是映霞家也要小驴咋办呢？

更叔挤了挤眼，把一盒好烟塞到了村长的口袋里，说那就抓阄。

抓阄过程可以做手脚，村长一下就明白了更叔的意思了。

村长在更叔家门口遇到了映霞，村长问映霞妈妈咋不来分驴，映霞说，妈妈病了。映霞知道妈妈是装病，她不想来分驴，她堵心。

村长跟映霞夸大驴怎么怎么好，说今年生了一头小驴，明年说不定还能生一头小驴。这样的想法映霞也跟妈妈说起过，妈妈告诉她，大驴已经很老了，它今年生下小驴已经是奇迹了。所以映霞知道村长在哄她，映霞管村长叫大伯，她问大伯是大驴好还是小驴好。村长说，当然是大驴好。

映霞顺着村长说，我也觉得大驴好。

来到了更叔家的院子，映霞又像大人一样对更叔说，还是大驴好，从来都没跟我们发过脾气。

映霞又说了大驴的很多优点，对小灰却提也不提。映霞的心里很痛苦，她夸大驴的时候，心里是一抽一抽地疼。

更叔心里已经有了底，可还是砸实了问，你真的觉得大驴好？

映霞坚定地说，大驴好。我妈也说大驴好。

映霞看见村长和更叔交换了一下眼神，村长马上变得满面春风了。

分驴仪式在村长的主持下举行。左邻右舍都来看热闹。村长对更叔说，要说这两家分驴，抓阄最公平。可映霞还是个孩子，跟个孩子抓阄，你也不忍心吧？更叔给看热闹的人散烟，说抓啥阄啊，让这孩子挑，挑剩下是我的。更叔又对众人笑笑，说邻居住着，都是怪好不赖的，啥吃亏占便宜啊。

众人都看着更叔，谁也不说话。更叔平时是一个柴草节那样大的便宜也不放过的人，谁都知道他说的不是心里话。

村长看着映霞，试探地说，更叔让你挑，你就先挑吧？

映霞像蚊子一样嘤嘤说，还是更叔先挑吧。

更叔爽快地挥了下手，说还是映霞先挑吧。

映霞这时突然有了勇气，她仰起脸说，要是我挑了好的，更叔会不会反悔？

这话让更叔慌张了一下。更叔紧急看了眼村长和周围看热闹的乡亲，发现他们都还沉稳。更叔便有些不好意思。更叔挥了一下手，说有大家作证呢，我不反悔。

映霞摇晃了一下，险些跌倒。她把迈出去的脚步收了回来，静了静心神，才从容走向大驴。映霞把脸贴到大驴的脸上蹭了下，然后就飞快地去解小驴的缰绳，映霞把小驴牵到手里，哆嗦着说，我想要小灰，叔叔大爷求求你们，就答应了我吧。

映霞扑通跪在地上。

场面安静得几乎都能听见心跳声。映霞出汗了，脑门子上都是黄豆粒大的汗珠子，身子像秋风中的树叶一样簌簌发抖。她不敢抬头看人，她知道更叔这时的脸孔肯定狰狞得吓人。

更叔暴跳着蹿到了映霞的面前，嘴里混乱地发出了一种不知什么声音。他激烈地用手指点着映霞，映霞以为更叔要打她，索性挺了挺腰背，把脑袋向前伸了一下。映霞这时反而安静了，她想无论更叔的巴掌多重，她也绝不会哭叫一声。

想象中的更叔的巴掌并没有劈下来。更叔只是像驴一样尥了下蹶子，就冲进了自己的屋里。

人们也都惶惶地走出了更叔家的院子。他们没想到事情会这样。他们都有些心情复杂，就好像，原本是来看戏的，却让戏看了。要知道更叔可是个人尖儿，生产队的年月就管一挂算盘，能噼噼啪啪打得山响。全队几百口人的吃喝都在那挂算盘里。一个小孩子居然能让更叔吃这样大的哑巴亏，他们心里不是滋味。

村长一直没动地方，他看着跪在地上的映霞。映霞的头发是枯焦的颜色，眉眼普通，皮肤黑红。但映霞有个宽脑门，宽脑门上有两个鼓凸出来的包，这样的包别人没有。映霞的两个包惹了村长的眼目，村长情不自禁过去摸了下映霞的脑门，说起来吧。

村长摸了摸口兜，把那盒烟拿出来，放到了更叔的窗台上。

映霞已经从地上爬了起来。因为一直紧攥着小灰的缰绳，缰绳都被手心里的汗水打湿了。她像小猫一样轻迈着脚步，像刺猬一样缩着肩膀，她也不敢看眼村长，就跌跌撞撞地奔出了更叔家的院子。她没有喜悦，只有紧张。那种紧张让她透不过气，仿佛天地都变成了一张网，她就像网里的鱼，被小庄穿在了柳树条上。

她在自家门外喘了几口大气，才把铁门推开了缝儿，让自己和小灰闪了进去。

4

映霞妈妈张荣花面条一样在炕上躺着。

该是做晚饭的时间了，可她懒得动。身上像是被抽去了筋骨，一点力气都没有。刚才她似乎睡着了，还做了一个梦。梦见她和映霞爸搞对象那会儿，她送他到村前，他又把她送回来。十几里的路程，他们就这样你送过来我送过去，一直走到了后半夜。张荣花就想沉浸在那个情境里，不出来。那是她人生中最幸福的一段时光。可走着走着，就有一辆蓝挂车裹着黑风冲过来，一下就把映霞爸撞飞了。

张荣花激灵一下就醒了。

睡着之前，她一直在掉眼泪。更叔喊她去分驴，她嚷着鼻子应了声，就打发映霞去了。她知道谁去都是那么回事。若是映霞爸活着，分驴肯定是要抓阄的。映霞爸一没，自己连跟人家抓阄的权利也没有。她还后悔生了映霞这个丫头片子，映霞若是个男孩子，这生活还有个指望。可映霞是个女孩子，这样的孤儿寡母仿佛生来就是给人欺负的。你还想跟人家去抓阄，分给你头老驴已经不错了。

隔着玻璃窗，张荣花看见映霞把小灰牵了进来。张荣花有些慌，跑到外面问映霞是怎么回事。映霞把小灰拴在驴槽前，心情已经彻底放松了。小灰真的回家了，没有比这更开心的事了。这一路，映霞都在担心更叔会反悔，担心小庄来抢驴。她一路走一路留神身后的动静，谢天谢地，什么也没有发生。映霞对着妈妈粲然一笑，说更叔让我先挑驴，我就把小灰牵了回来。

张荣花哪里肯信，她一再追问分驴时的情形，映霞就把当时的景况说了。张荣花问，更叔看你挑了小灰没生气？映霞想了想，说更叔没生气，村长还摸了我的脑门。张荣花这下心里有了底。敢情村长出面了，更叔一定不好意思跟个小丫头一般见识，所以临时改了主意。张荣花还想，看来让映霞分驴就对了，若是自己去，恐怕讨不来这样大的便宜。可张荣花还是有些担心，问更叔有没有提钱的事。映霞说，一家一头驴，这是说好了的。若是更叔分到了小灰，他也不会给咱家钱。张荣花连声说是这样，她被巨大的喜悦填充了，马上到外面抱柴烧火，烙饼炒鸡蛋。自从映霞爸去世，她还从来没有这样喜气过。

麦穗扬花了，麦猫儿玉米就要播种了。张荣花用锄头挖垵，点种。小灰就拴在地头上吃草，不时打两声响鼻。小灰当真什么也不会做，张荣花试着给它戴上脖套，小灰居然又叫又跳地尥蹶子，一百个不乐意。隔壁更叔在用大驴秲垄，嘴里不时发出吆喝声。翠婶腰里系着布兜撒种，每撒一把，都要回头瞄着看，生怕哪里撒得不匀称。张荣花说，你家麦子长得好，是0591吧？连说了两声，那边没有动静。张荣花以为他们没听见，特意拿着两根黄瓜走到这边来。张荣花问更叔玉米下得是啥种，更叔阴着脸说，下得啥种你还看不出来？张荣花没理会更叔的抢白，她以为更叔在跟翠婶生气。她把黄瓜往更叔的手里塞，说黄瓜甜着呢，快歇口气解解渴。更叔一闪身子躲开了。张荣花又企图把黄瓜塞给翠婶，翠婶回了句，我们可没长那么好的牙吃你家东西……唆使个丫头来骗人，你也真好意思！

这话把张荣花说蒙了，拉着翠婶让她说究竟，翠婶扒拉开了张荣花的手，说有啥好说的，回头你就给小驴立个牌位当祖宗供，天天烧香，日日磕头。再不就把小驴当男人养，免得以后凄惶……

张荣花脑子不笨，立时就把这话听懂了。她狠狠抽了自己一嘴巴，回来了。

　　联想到推着麦子去加工时，别人对自己的轻言慢语，原来都是话中有话。张荣花立时觉得心里发窄，她拿着笤帚疙瘩追着映霞打，把映霞打得鬼哭狼嚎。映霞始终也不承认自己耍了什么诡计，就更别提骗更叔了。一切都是事儿赶事儿、话赶话赶在那儿，要说映霞骗人，也就是没说心里话。可谁又说了心里话呢？映霞想，妈开始也不说实话，想要小灰却不明说，就知道摔打烧火棍。村长不说实话，一个劲儿夸大驴好。更叔也没说实话，明明自己想要小灰，却打肿脸充胖子让映霞先挑。如今映霞把小灰领回了家，却又有了一身的不是。映霞有点让张荣花的样子吓着了，心里的话一句也不敢说。她知道妈怕得罪人，尤其怕得罪更叔一家。这一条街，更叔都算有势力的人，得罪了他，差不多就是得罪了所有的人。

　　这个结果，是映霞没有想到的。

　　张荣花又找了村长，又找了分驴现场看热闹的一个姐妹，就把事情弄明白了，村长倒是没说什么，说你把丫头好好栽培，将来说不定是个人物。姐妹跟张荣花的娘家是一个村，平时映霞叫她三姨。三姨说起更叔那天气得那样儿，直说映霞比你有出息。无论别人说什么，都不能让张荣花内心的紧张松弛，她不时地唉声叹气，把家里的空气都叹黏稠了。

　　想了整整两天，张荣花对映霞说，你把小驴给更叔送回去，就说我们改主意了，我们使不好小驴，把大驴换回来。

　　无论张荣花说什么，映霞全不吱声。她放了学就去给小灰割草，小灰爱吃水败子草，像小麦一样会拔节，都长在水坑的边上，是甜的。

　　吃了晚饭，张荣花把小灰的缰绳放到了映霞的手心里，她故意大声说，快把大驴换回来，家里没有驴干活，这日子一天也过不下去了！

　　映霞连同小灰被妈推了出来，妈就晄当关了大门。映霞心里恨恨的，心说妈怎么那样。映霞顺着街道往更叔家的方向走，边走边对小灰说，我们俩活就活在一起，死就死在一块。你同意吗？小灰不会说话，但它舔了一下映霞的手背。映霞高兴地说，我就知道你听得懂我说话！

有了同生同死的想法，就等于给事情定了调儿，映霞一下子就变得心胸开阔。在更叔家门口，碰到了小庄正用蜘蛛网粘知了。小庄已经粘到了几个，油炸撒上椒盐，就一个字：香。

小庄问映霞干啥去，映霞豪迈地说，放驴。

小庄很高兴，说我也爱放驴，我跟你一起去放吧。

小庄把大驴也牵了出来，跟映霞一起走。大驴和小灰有几天没见了，它们彼此亲热地你闻我、我闻你。

他们走到河堤上，各找了有青草的地方把驴拴好，驴却不耐烦吃。天黑了，驴是夜盲眼，一团一团的蚊子打着滚袭击，让大驴和小驴烦躁地围着树干转磨。

映霞忽然变得有点扭捏。

小庄看了看左右没人，小声说，我们俩是不是有点像谈恋爱？

小庄的话把映霞逗笑了，映霞说，去你的。

映霞有些纠结地看着黑暗中的小庄，不知怎么把心里的话说出口。小庄却像映霞肚里的蛔虫，直截了当说，你是想说小驴的事吧？

映霞吃惊地说，你咋知道？

小庄说，你们是不是想把小驴还回来？

映霞更吃惊了，问小庄怎么知道。小庄说，这两天他家里总在说这件事。翠姊怪更叔没给小灰定个身价，这样就能赚几个钱。可更叔说，你定身价了张荣花就会把小灰还回来，这样就要倒找给人家钱。翠姊说，没想到你玩鹰的人被个家雀啄了眼。更叔说，张荣花的日子不好过，你等着吧，说不定她正想着把大驴换回去呢。

映霞不停地给小灰轰赶蚊子，告诉小庄她今晚就是奉命来还小灰的，可她实在是不舍得。映霞忽然抽噎了一下，把小庄吓了一跳。小庄说，舍不得你就自己留着，不就是一头驴么？

映霞说自己不敢回家，回家就会挨骂。自从知道更叔不情愿放弃小灰，妈就一宿一宿睡不好觉，唉声叹气，自言自语，似乎连条活路也没有。小庄默默地听映霞诉说，然后自告奋勇陪映霞一起回家。小庄倒背着手走路，模样有点像男子汉。映霞边走边偷着看小庄，觉得心里一下有了依仗。

映霞问，小驴比大驴值钱，你也舍不得小驴吧？

小庄"咳"了一声，说这是他们大人的事。

映霞说，我那天把更叔气着了，你恨我吧？

小庄说，你给他们下跪，我隔着玻璃都看见了，扯平了。

映霞觉得小庄在向着自己说话，心里一下子太平了。

5

几年以后的一个秋天，大驴早上起来腹胀如鼓，身形像一座山一样，轰然摔在了地上。广播喇叭里说更叔家卖驴肉，张荣花早早就赶过去了。这时候的小灰已经成个儿了，身量跟它妈差不多，就是不如它妈壮硕。小灰也早就成了多面手，拉车犁地干什么都行。张荣花一直想跟更叔修好关系，但那关系一直也没恢复。俩人走成对面，张荣花赔着笑脸老远就打招呼，更叔却顶多用鼻子哼一声，连眼皮也不挑。张荣花私下骂自己贱，说你又不吃他又不喝他，犯得上跟他低声下气么。但转天再看到更叔，张荣花情不自禁就矮了三分，还是从老远就跟更叔打招呼。张荣花的这种感觉很痛苦，后来就干脆绕着更叔走，有时候为了两人不碰面，张荣花情愿拐上一个大弯，多走一大截路。

更叔的院子成了屠宰场，大驴的肠肚心肺各占一摊，到处血刺呼啦。没来之前，张荣花也斗争了半天，觉得自己没有必要来赏这个脸，可一想到分驴时的种种波折，心上就觉得有了亏欠。既然有过亏欠，眼下就应该有所分担，否则偌大一堆驴肉，卖不了损失就更大了。其实当初张荣花曾经亲自把小灰送了过去，但更叔没收。更叔不想落下话柄，说他欺负孤儿寡母。更重要的，更叔那年盖了一层房，整日自己拉土脱坯运砖瓦石料，这些小驴都还做不到。这些张荣花都看在眼里。看在眼里，张荣花仍见不得更叔苍黑的脸。在那张脸面前，张荣花就情不自禁地胆怯，到最后，那种胆怯甚至与分驴无关。

有两个女人在张荣花之前买了驴肉，一个买一斤，一个买两斤。轮到张荣花，更叔也不问她，抡刀就砍了一块前槽，足有十来斤，扔到了张荣花的篮子里。张荣花情不自禁叫了出来，她没想买这么多。家里就她和映霞两个人，哪里吃得下这么多驴肉呢？但张荣花没有说什么，付了钱，她提着篮子走出了更叔家院子。她还庆幸自己提了个大篮子，否则这块驴肉还够自己拿的。

村里雨后春笋般冒出了许多企业。小子都去了蜡烛厂，丫头都去了服装厂。到月底发工资的日子，是许多乡下孩子的梦想。这条街上一般大的伙伴，基本上都是同班同学，今天下来两个，明天又下来两个，都摇身一变成了厂里的工人，穿着白大褂，戴着白套袖，回家吃饭都舍不得脱。看人的眼神都有了居高临下的意味。小庄是第一个休学的，村里厂子多，用电量就大，正好缺个电工。更叔请了一桌客，忙不迭地让儿子补了缺。厂子发工资那天，简直是村庄的节日。因为腰包鼓了，人人都变得喜气洋洋。路上经过小卖店，手里都不空着，不是提着瓜果，就是提着点心，让那些没人在厂里上班的人家，眼气。张荣花就是眼气的其中一个。她说过映霞不止一次，书有什么好读的，不挣钱还花钱。到了还得来厂里上班，哪如现在就下学呢？开始映霞不为所动，她成绩好，也喜欢上学。后来这条街上就剩下了她一个人，孤苦伶仃地每天往镇上奔波。有一天晚上，在村前的桥头遇到了坏人。那人在冷风中脱掉裤子对映霞做猥亵的动作，把映霞吓得哇哇哭着跑回了家。张荣花由此又做了一晚上的工作，第二天一早，映霞就到服装厂上班了。

映霞当了一名缝纫工，她天资聪颖，活计一学就会。缝纫机都是电动的，有人蹬了一个月了，也控制不好速度，轧不直一趟线。映霞手脚一触摸，就找到了诀窍。做裤边儿，轧口袋，针脚细密不说，还平整熨帖。一个车间二十几个人，明面上的活总是设计好了工序排给映霞，映霞从没有返修率。师傅都是从大城市的企业请来的，逢人就夸映霞。谁的活计做得看不入眼，师傅也拿映霞做比对，说都长着两只手，你的爪子跟人家的差距咋这大呢？

因为是计件工资，映霞每个月都要比别人多挣十块八块，让张荣花一下子就有了炫耀的资本。这些年窝着身子做人，把她的腰都压弯了。猛一直起来，就有点得意忘形。她逮着机会就滔滔不绝夸映霞，善道的找个理由走了，不善道的就塞给她两句臭话，把她噎得一愣一愣的。但她不长记性，改天逮着机会，还会夸个没完。

映霞也真是争气，进厂半年，就进了厂里的科技小组，这个小组都是能工巧匠，专门给客户做样品。有的客户拿来的样品就是件成品，这就要求科技小组的人配合师傅把成品逐项分解，做出新的成品，然后再制成样版，到车间里批量生产。科技小组共有五个人，三个都是从外面请来的，另一个是厂长夫人，总是晚来早走。映霞干得兢兢业业，每天早来打扫卫生，给暖瓶灌开水，哪道工序活多、复杂就抢着做哪道工序。谁忙不过来，就主动帮人家，上上下下的人没有不喜欢她的。映霞也出落成了个大姑娘，白了，俊了，不柴了。头发从肩上披下来，有了电影明星的味道。跟张荣花坐在对面吃饭，张荣花不看饭碗，专门看女儿的脸，怎么看都看不够。

　　闲着没事，张荣花开始给映霞张罗对象。这是她一直以来的梦想。娘俩的日子实在是太单薄，太孤寒，有个膀大腰圆的女婿进屋，这日子才算有头绪。跟她谈得来的几个女人，她都找上门去，当个正事拜托给人家。村里的孩子都订婚早，有的十七八岁都抱儿子了。当然没领证，法律管不到年龄不给发证，但不管人家办喜事生儿育女。所以昨天还是孩子的人，转天抱着自己的孩子出来，一点也不稀奇。从这点来说，映霞找对象都不算早了。周围几个村庄，有企业的也就罕村这一个，所以若不想到外村去种地，就得在当村把婚姻解决掉。张荣花拜托的几个人，也就三姨当个事儿，晚上没事就躺炕上琢磨，谁家有年貌相当的小子，适合给映霞当女婿。有一天，三姨提起了更叔家的小庄，最近刚把对象黄了。据说是因为女方要一辆凤凰车，让更叔犯了驴脾气。更叔的意思是，我可以给你，但你不能跟我要。这里差着心气儿呢。三姨问张荣花小庄咋样，张荣花有点发愣，第一句话先说——人家乐意么？

　　在张荣花的心里，更叔家总是压着自己一头。大驴死了以后，更叔就买了拖拉机，春种秋收都机械化了，别人若想用，一个小时给更叔15块钱。一个秋季或一个麦收下来，更叔都能挣上好几千。张荣花肯花更多的钱，假如更叔肯让她用拖拉机的话。但张荣花张不开嘴。张得开嘴也担心更叔不伺候，所以分驴时留下的阴影，一直都在她的心上铺陈着。村里收回了洼区的土地集约经营，家家户户就留下了几分口粮田，年轻人上班挣工资，都觉得土地是个负担。张荣花也觉得小灰累赘了。一年也就使那么几天，可却每天草料伺候着，吃得人头都是大的。张荣花早就想把小灰卖了，只是映霞不依。映霞每晚下班都要跟小灰说说话，摸摸它的耳朵，问它吃饱了没？喝透了么？若是冬天，还要问它冷不冷之类。

三姨对张荣花说，映霞配小庄绰绰有余。更叔虽说家境好，但小庄这几年没长个子，还是十几岁时那个黑小子模样。每天身上背着电工包，都拍打屁股。再看咱家映霞，早就出落得亭亭玉立，有红似白了。三姨的话给了张荣花鼓励，张荣花一下就兴奋了，她让三姨先去找更叔说。三姨说，你先找他还能说得成？要找就先找小庄，只要小庄乐意，还怕那个老东西不吐口儿？

三姨说干就干。转天就到小庄常出没的路口守株待兔。待把这只兔子等到了，三姨说，家里的门道里想拉根电线，让小庄有空帮个忙。小庄是个热心肠，当即骑着一辆幸福牌摩托车过去了。小庄也是个身手敏捷的人，几分钟就把电线、闸盒、灯泡都装好了。三姨把园子里长的桑葚摘给小庄吃，装作无意地问起小庄的对象，问他愿不愿意找个村里的姑娘。

三姨提起映霞的名字，小庄一下子就把脸涨红了。小庄有些结巴地说，您可别提我，她看不上我。三姨再三问小庄映霞看不上你什么，小庄也不肯说。末了小庄整理一下神情，说映霞就是对我没意见，也未见得愿意进我家的门，两家大人没法做亲家。

三姨问，小庄这就是没意见了？

小庄说，我没意见映霞的妈也不会没意见。

三姨说，都改革开放了，早就恋爱自由婚姻自主了。要是小庄没意见，我就到映霞家里说去。

三姨话没说完，小庄就骑摩托车走了。小庄听见映霞的名字就红脸，他心里有映霞。

6

因为停电，厂里放了一天假，映霞想到城里去买件呢子大衣。

映霞上班一年多了，每月都能挣百八十元钱，花钱的机会却几乎没有。厂里每天早六点上班晚十点下班，中间给半个小时的吃饭时间，上班的路上，几乎都是跑着去跑着回。映霞就喜欢晚上下班以后，她沿着街道缓缓朝家里走，一点也不用赶时间、抢速度。村庄到处黑黢黢的，偶尔有一两声狗叫。别人都愿意结伴回家，映霞却躲在暗处等别人走了，一个人走夜路。映霞的生活是她理想的状态，不管是在厂里还是在家里，她都觉得滋润和舒服。所以映霞从来都没觉得劳累和紧张，她只是喜欢清静地想一些事情，那些事情甚至还包括车间里的伙伴们去相亲。

映霞买呢子大衣的想法早就有了。有一次，甲方的样品出了点毛病，贴兜要从明的改成暗的。甲方的领导不放心，特意把自己的技术员派了过来。那技术员一看就是城里人，长相和发型暂且不说，光是那件呢子大衣，就让厂里几十个女工的眼球不定打了多少个转。大衣是浅驼色的，大翻领，有机玻璃扣，后面横了一道中腰，技术员往哪里一站，哪里就是风景。那片风景谁看着都心动，但映霞不同。映霞决定不惜一切代价买件呢子大衣，她要把心动变成行动。

映霞在马路边等车的时候，小庄骑着摩托车过来了。"吱"的一声停了摩托，小庄让映霞坐上来。映霞不肯，说公共汽车马上就到。小庄说，你坐汽车还得花钱不是？再说，公共汽车只去汽车站，又不直接送你去商场。映霞问小庄怎么知道自己去商场，小庄说，你在厂里说要买呢子大衣，现在全村里人大概都知道了。

走吧，我正要去城里买电料。小庄说。

小庄碰上映霞当然不是巧合，而是有人通风报信。映霞却一点也不知道小庄的心思。三姨来给映霞提亲，映霞首先表示自己还小，不想考虑个人问题。三姨说，村里像你这样大的男孩都要闹人荒了，你还小？映霞说，我找也不会找村里的。三姨问她找哪里的，映霞说，在大城市住楼房的，三姨找得到么？

三姨没有把映霞的话告诉小庄，她和张荣花都觉得映霞是在说疯话。俩人商量了半天，最后决定告诉小庄映霞没说乐意，但也没回绝。小庄当时就喜不自禁，他没想到准丈母娘张荣花也站在自己这边。

映霞买了一件宝石蓝的呢子大衣，花了八十八元钱，她从商店出来，就看见小庄举着两个棉花糖站在一根电线杆底下，被冷风吹得直流鼻涕。映霞问他为啥要等自己。小庄说，一起出来的，总要一起回去吧。映霞接过小庄的棉花糖，这样看，那样看。棉花糖白白胖胖的样子超级可爱，映霞舍不得大口吃，一点一点地用舌尖舔。冰凉，甜得润心润肺。映霞吃的时候，小庄就站在一边看。映霞问他为啥不吃，小庄说，这两个都是为你买的。映霞听罢，贪婪地把最后一口棉花糖咬在嘴里，丢了棒棒，就接过了另外一只。

回去的路上，连小庄都觉得两人的关系不一样了。映霞怀里抱着呢子大衣，身子完全匍匐在了小庄的身上，呼出的热气直喷到他的耳朵上。而在来时的路上，映霞只肯用两只手的指尖扶着小庄的肩膀。映霞很兴奋，这是她第一次来县城，第一次自己买衣服，而且是件贵重衣服。第一次吃棉花糖，第一次坐摩托车。这好几个第一，让映霞有了想要飞翔的感觉。而小庄就是在飞翔，带着映霞一起飞翔。映霞体会到了这种依附，所以情不自禁地把自己贴得更紧。她在小庄耳边不时说着话，小庄不得不扭过脸来，把耳朵伸给她。映霞说起在县城的见闻，说自行车存放在一个地方也要花钱，说商场里的暖气也不知道从哪来的，"扑扑"热得喷脸。快要进村了，才想起问小庄有没有买电料。小庄说，他怕映霞买了大衣以后直接去车站，所以除了买两只棉花糖，他就一直守在了商场门口。

映霞说他傻，你可以到里面直接找我啊！

小庄说，要是没有那两只棉花糖，可不就进去直接找了。可商场里面暖和，我怕棉花糖化了。

映霞听得怔怔的，这样细致入微的关怀，她从来没有感受过。

7

罕村发展了那么多的企业，与两个人密切相关。村长白文庭和厂长杜少武。

白文庭的祖上曾出过秀才，现在还有一块"诗书传家"的匾额，在门后头备着。匾额是清代的知州刘念拔题的，端的是一手好隶书。据说刘念拔与白文庭的曾祖父交好，经常乘了轿子下乡来讨酒喝。所以罕村的历史，不是一般的源远流长。杜少武是村里出去在外工作的人中，最惹人眼目的。因为他工作在外贸，管全县的进出口贸易。山里有山货，洼里有草编工艺品，都经过他们中转，最终不知去了哪里。国家出台政策鼓励搞乡镇企业，白文庭是个脑筋活络的人，但不摸头脑。他利用杜少武回家休假的时候打探信息，俩人一拍即合。白文庭跑贷款，杜少武出技术，村里的第一个企业就是这样建起来的。现在，杜少武也兼着服装厂的名义厂长，虽然他在城里上班，但在厂里，他也有一份工资，只不过那份工资在他老婆名下——他老婆领双份。

　　罕村是个大村，有四千多口人。这让劳动力的资源有了充分的开发和利用。开始厂子规模都小，三五年过后，厂子都翻修了，蜡烛厂从村里搬到了村外。原先的旧址，变成了工人集体宿舍。厂子初建时，工人都是村里人，村外的人托人也进不来。后来就出现了用工荒，招工广告贴到了邻村的桥头上，白文庭还亲自跑到河南河北等地去招工，这样村里就有了许多南腔北调的外地人。罕村的一条主街，逐渐变成了商业街，在村东买鞋，在村西烫发，凡是外边有的行当，村里几乎都有。街两旁埋了电杆，像城里一样亮起了路灯。农田基本设施也得到了投入，干旱的春天，地表喷灌像霓虹交相辉映。罕村成了全市的样板，每天都有很多人来参观。

　　映霞与小庄的恋爱关系，是在双方父母的仔细推算中确定下来的。那个时候，映霞当了车间主任，手下管着五六十号人。映霞年龄小，但并不缺少威仪。因为谁都知道她有一双巧手，干细致活，别人的三头六臂也赶不上她。与小庄从县城回来后，经过了漫长的两年拉锯，俩人才在一场婚酒后，算正式订婚了。映霞是让母亲说服了。映霞一年比一年年龄大了，厂里和村里，似乎是越来越离不开她了——其实她也离不开村里。她想不透除了村里她还能去哪儿——她是非常想嫁进城市去住楼房的，但年复一年地圈在这个厂子里，映霞甚至连进城的途径都找不到。

　　更叔是在两年的日子中自己想通的。其实他开始也不是想不通，映霞的条件在那儿摆着，更叔是个人精，知道儿子的眼光不错。但更叔不会轻易表露自己的想法，而是跟三姨说了三点看法。第一，映霞是个独生女，将来要独自赡养老人，家庭负担重。第二，映霞在村里太惹眼，怕是将来会变心。第三，张荣花的脾气各色，怕是将来给姑爷气受。三姨把这三点理由说给映霞和张荣花听，张荣花急得直跺脚，她说你告诉更叔，我绝对不会给小庄气受。映霞却是冷冷一笑，说更叔不是不同意这门亲事，他怕我将来甩了小庄，他这是在将我的军。

映霞还说，我是独生女不假，可我家有房子，产权将来是我的，他家就可以少要一处宅基。他那么精明的人，不会算不开这个账。

三姨忧心忡忡地看着映霞，问，你会变心么？

映霞懒洋洋地摇了摇头。说要是变心，我现在就变了，何苦赖在小庄这棵歪脖树上。

订婚的喜宴，更叔请了很多人。这种酒席不用随份子，所以来的人都很踊跃。映霞吃了饭就赶回了厂里，厂长杜少武紧急约见她，说厂里要赶制一批澳大利亚的睡袍，现在连样品都没有，只有各种尺寸用传真发了过来。他让映霞在最短时间内把样品做出来，明天一早就拿到省里验收。一旦验收合格，厂里各车间所有的活计都停掉，赶这批活的工期。

这是映霞第一次单独接触杜少武。过去来来往往的总见，但都是有其他人在场。很多时候，杜少武是一个沉默的人，喜欢用眼睛说话。映霞在里间做活，杜少武就坐在外间的沙发上等。原来的技术小组已经解散了，那三个外地人因为待遇问题去了别的服装厂。杜少武的夫人刘福英接替了会计工作。别人告诉她厂长回来了，你不过去看看？她只是伸着脖子隔着玻璃窗看了眼院子里的吉普车，说他不来看我，我何苦去看他呢？

映霞在晚饭之前把睡袍赶了出来。这个时候下班的铃声已经响过半个小时，厂里就剩下了看门的大爷。映霞两手端着睡袍走出来，杜少武突然抱了她一下。这一抱有点意义不明，把映霞吓了一跳。映霞一动也不敢动，任凭杜少武紧搂了一下，就松开了手。映霞把睡袍平放在案板上，指着胸前的褶皱和裙围的花边说，您看看，是不是这样？杜少武从上到下展开来看，连连点头说，好。我就知道你不会让我失望。

杜少武拿着那件睡袍往外走，走到门口，又突然转回了身。他说，映霞。

映霞应了一声。

杜少武说，我留意你几年了，你是个人才。

映霞不自然地笑笑，谦虚地说，我哪儿是人才啊。

杜少武想了想，还是决定把心里的话说出来。他说我很快就要辞职了，这批订单做完，我就不当这个厂长了。

映霞问为什么。

杜少武说，我是有公职的人，这件事情瞒不住了。

映霞有些惶惑地不知道说什么，不知道杜少武为什么要跟自己说这个。

杜少武说，如果我向白文庭推荐你，你愿意当这个厂长吗？

8

更叔在很短的时间内，就买齐了"三转一响"。又买齐了三十六条腿的家具，家里簇新簇新。张荣花逢人就说，更叔这气魄，在罕村是蝎子拉屎——独（毒）一份。

小庄婚期没定，更叔却把新房的一应用项都置办齐了。小庄睡在新房里，所有的东西却不允许他碰，更叔说，这都是买给映霞的。手表和自行车想先给映霞，可映霞不要。映霞说，等结婚以后再要也不迟。

更叔越来越喜欢映霞。他承包了一片果园，每天去果园时从服装厂门前过，有事没事都要到里面转转，哪怕就跟看门的警卫聊聊天。在杜少武的坚持下，映霞果真当了厂长。厂里的订单都要从外贸部门往下分，白文庭不敢得罪杜少武。杜少武还授意映霞与村里签了份协议，利润的百分之十作为厂长的年终奖金。

白文庭无奈地答应了。

白文庭问杜少武为啥这样帮映霞，杜少武皱着眉头说，我就看她是个人才。我辛辛苦苦操持起来的服装厂，不能毁在庸才手里。怎么，这有什么不合适么？

白文庭摇着手说，合适，合适。从打分驴那一年，我就看映霞是个人物。

杜少武说，厂子兴旺了受益的还是村里，我对这件事情没私心。

白文庭说，映霞咋说也是个姑娘，很快就要结婚生子。你是不是把那个阶段的候选人也准备好了？

杜少武听出了白文庭的弦外之音，不耐烦地说，候什么选，有事让人去家里找映霞。

张荣花把自己家的八分地承包给了邻居租种，她要一季小麦，邻居要一份大田。麦收到了，别人在吃苦受累的时候，张荣花却摇着大蒲扇，这里走走那里转转。张荣花每天唯一的一件事，就是在见到映霞之后督促她结婚。张荣花说，结婚的事不止她着急，小庄也急，更叔也急，翠婶更急。把映霞说得不厌其烦。到了八十年代末期，县里雨后春笋一样成立了十几家服装厂，订单越来越难接，同行之间竞相压价，利润空间也越来越小了。

因为规模设备和人气，映霞服装厂一直处在领头羊的位置。村里的一个孩子得了白血病，孩子母亲哭哭啼啼来找映霞，进到屋里就给映霞跪下了。映霞叫她大嫂，让她站起来说话，大嫂说，映霞不帮我我就不起来。映霞说，你不起来我就不帮你。映霞跟杜少武商量了一下，捐助了大嫂三万块钱。这件事让白文庭发了脾气，他说映霞目中无人，拿着公家的钱去解外人缘。映霞没有辩解什么，她知道这件事自己做得不妥当，应该先给村长打个招呼。但自从映霞当了厂长，白文庭跟她说话总是阴阳怪气，让映霞心里不舒服。映霞习惯了有事就跟杜少武商量。厂里新安了一部摁数字的电话机，再也不用人工转接了，映霞跟杜少武说话变得方便和快捷。每次拿起话筒都放不下——他们之间总有讲不完的话。

杜少武大映霞十三岁，是映霞的叔叔辈。映霞没当厂长时，她管杜少武叫厂长。如今自己当了厂长，映霞就什么也不叫他了。有时候杜少武拿起电话机，对面一喘气，他就会轻轻喊一声：映霞。

白文庭这天到厂里来，说需要 5 万块钱去办公事。映霞问他什么事，他说这是领导的事，你不用知道。让他写个借条，白文庭烦躁地说，你就先把钱拿给我再说吧，我还能赖了你的钱不成？过去从没发生过这种事，映霞有点手足无措。她习惯性地说，等我问问杜厂长。白文庭呵斥说，杜少武是你什么人？你真是不知道谁管谁了！

这天，当着许多员工的面，白文庭跟映霞吵了起来。白文庭说，你别以为当了厂长就尾巴翘天上去了，别忘了，这是在我的地盘上！

映霞的脸涨得通红，说我的地盘呢？

白文庭用鼻子"哼"了一声，说你也有地盘？哪块地盘是你映霞的？

映霞张口结舌说不出话来。她从十七岁进到服装厂，从缝纫工一直干到厂长的位置，不知不觉七八年的时间过去了。她把全部精力都投入到了这个厂，可她仍然不敢说这块地盘是她的。

两个人正在僵持，会计刘福英打外面回来了。听说白文庭要用 5 万块钱，二话不说就打开了保险柜，一把就把 5 万块钱现金抓了出来。她用报纸把钱包好，递到了白文庭的手上。刘福英说，白村长，回头你把报销条子给我就行，我再让厂长签字。刘福英的举动谁都没想到，白文庭接过一大包钱甚至都有些不好意思。桌子上有一本货物进出清单，他撕下一页，在上面草草签了借条，扬长而去。

映霞死死地盯着刘福英，不说话。

刘福英若无其事地打开抽屉拿出账本，把最近的几笔收入支出写了上去。

映霞终于大叫了一声：刘福英！

刘福英抻着眼皮说，这个名字是你叫的？

映霞又喊了一声刘福英。

刘福英把手里的账簿"啪"地往桌上一摔，大喝：你再喊一声试试！

就在这个时候，隔壁映霞办公室的电话铃忽然响了。映霞跺了一下脚，跑过去接电话，里面喊了声映霞，说你没事吧？

映霞"哇"的一声哭了。

杜少武的能力其实也很有限。罕村的人觉得他的本事能大过天去，是因为在乡镇企业的进出口渠道方面，是他分管的业务。映霞坐公共汽车找到他的机关来，是第一次。两人见了面，映霞就一下子扑到了他的怀里。这天是星期天，杜少武值班，整个四层楼上就杜少武一个人。这让他充分放松地把映霞抱在怀里，许久都没有放开。刘福英已经把白文庭拿钱的事提前跟他讲了，虽说添了许多油醋，编派了映霞不少是非，还是被杜少武骂了一顿。杜少武说她是比猪还蠢的婆娘，不配在厂里当会计。当初就该说服映霞不用你，要你个吃里爬外的东西有什么用！刘福英撒泼打滚的本事都使了出来，她说映霞是个狐狸精，把杜少武的魂都勾走了。杜少武因为这句话扇了她俩嘴巴，杜少武指着她的鼻子正告她，日子要想继续过下去，就赶紧闭上这张臭嘴，否则就哪远滚哪去，让我一辈子别再看见你!

刘福英把这件事情对映霞说了,当然她没提自己出口伤人的事。她只告诉映霞杜少武骂她打她都是因为这5万块钱,她没想到事情这么严重。如果映霞也认为这件事情严重,她道歉,然后去要钱。刘福英沉着脸对映霞说这些话,心里其实恨得不行。她知道杜少武的心没在她身上。杜少武一个月回家一次,从来不跟她亲热。俩人睡在一铺炕上,中间却像隔着一座雪山,怎么都翻不过去。

就是因为这些,刘福英很惶恐。她害怕杜少武真的不要她。她也害怕映霞到杜少武面前去搬弄是非。

杜少武抱着映霞,把下巴抵到了她的颈窝里。映霞的身上有种好闻的气味,当年杜少武第一次见到映霞,就注意到了。那是映霞进到科技组以后的事,杜少武从映霞的身后过,一下子就闻到了她的体香。少女的体香,是一种类似苹果花的味道,淡淡的,却有回味。然后,杜少武又看到了映霞那双灵活的手,纤细柔软,指甲像婴儿的那样粉色透明。杜少武匆忙逃开了。他尤其不喜欢老婆的那双鸡爪子,长得都是王八盖指甲。新婚之夜他就嘲笑过她,说长这样指甲的女人,会比猪八戒的三姨都笨。

时间就静止在了他们相拥的这一刻。杜少武一动不敢动,身体仿佛被注入了膨化剂,稍稍一动,就会爆炸。他拼命想自己是叔叔,映霞不久就是小庄的新娘,他不能在这个时候祸害她。他只可以这样抱着她,这样抱着她就已经非常满足——杜少武不断强化这种感觉,这种感觉也确实在他的意识深处,他只渴望抱着她,或把她的手放在自己的手心里,摩挲。否则,他一个做叔叔的人,还能怎么样呢?

映霞却是闭着眼睛,心底是从没有过的那种踏实。她偶尔挣动一下,却是把自己贴得更紧,恨不得能让身体整个嵌进杜少武的身体里,躲藏起来。映霞还不懂得男人，但隐约对下一步有着期待。映霞不时偷偷睁眼看一下杜少武，发现他紧皱着眉头，脸上是一种扭曲的痛苦。映霞很好奇，不禁用手去抚他额头上的皱纹。

杜少武抬头看了下表，中午十二点了。杜少武松开了映霞，说我们出去吃点饭，你想吃什么？映霞幽幽地看着杜少武，长长地叹了一口气，说自己什么也不想吃。她来找杜少武，是想说说心里话的，那些话都淤塞在喉咙口，却找不到渠道流淌。杜少武说，那我就陪你去逛商场，买几件漂亮衣服。你这件呢子大衣早就过时了。映霞的心里"咯噔"了一下，是么？这件大衣映霞很少穿，她一直把它当做贵重物品挂在衣柜里。她很少把大衣与小庄联系在一起，可是今天，杜少武一提起呢子大衣，她马上想到那天小庄站在电线杆底下，手里举着棉花糖，冻得鼻涕直淌。

映霞经常想不起小庄这个人，想不起小庄这个人跟自己有什么关联。刚才"咯噔"那一下，提醒了她原来跟小庄是连着什么的，小庄像一块石板正好压在她的天灵盖上，她无论怎么扭动脖子，也看不见天。

9

映霞晚上十点下班回家，才发现小灰不在驴棚里。小灰已经十多岁。因为经年不干活，养得膘肥体壮。饲料都是映霞从市场买来的精饲料，小灰吃得挑挑拣拣。映霞站在院子里喊妈，问小灰去哪了。张荣花明明听到了，却没有回答。映霞走进屋里，继续追问小灰的去向。张荣花避重就轻说，你公爹的果园里有活，让小灰过去帮忙。映霞没有反应过来，不知道公爹指的何许人。映霞问，你说谁？张荣花说，就是小庄的爸，上午来家借驴，我寻思小灰闲着也是闲着，干点活还锻炼身体……

映霞"嗷"的一声叫，把张荣花吓得心脏险些自己蹦出来。映霞嚷，告诉过你不要把小灰借出去，你怎么就是不听话！别说小庄的爸，老庄他爸也不行！天王老子也不行！你少给我提公爹两个字！这两个字让我恶心！

张荣花吓得扑过来捂映霞的嘴，连声说小祖宗，你就积点口德吧。这么大岁数也不结婚，今年推明年，明年推后年，你不知道别人都咋说你。也就是小庄他们家能容你，换了别人早就不要你了。

映霞却不听母亲唠叨，她让母亲去牵驴，快！一分钟也不要耽搁！张荣花说你就抽风吧，这都几点了，人家该睡觉了，驴也该睡觉了。映霞却丝毫不通融，继续用高八度的嗓门嚷，你去不去？你不去我自己去！映霞扭身就往外走，张荣花气得随手就把手里的水杯砸向了她。张荣花说，家里指甲盖大的地也没有，养个驴有什么用！实话告诉你，我已经把驴送给小庄家了，你出门子过去，驴就还是你的！映霞已经走到了大门口，这话让她激灵了一下，马上想到张荣花这是在跟更叔合伙算计自己。映霞狠狠摔了一下大门，旋风一样跑了出去。张荣花拍着大腿就开嚷，说我哪辈子造了孽啊，养了你这么个怪物……

在心里，映霞觉得小灰就是自己的孩子。从小就是。自打分驴小灰跟了自己，映霞对小灰就有一种贴骨头贴肉的感觉。而现在，小灰似乎又成了一种象征。这让映霞觉得小灰干活就是被冒犯，尤其是给更叔家干活，映霞简直难以容忍！映霞这个时候才知道，她从没在心底接受过更叔一家人，小时候的阴影透迤进了岁月，一直跟随着她，在她的心上结成了死疙瘩。

映霞没有能力解开这个死结。虽然她跟小庄订了婚。努力了，妥协了，但这个结并没有因此而松动。

映霞往更叔家走的时候，心情糟透了。十几年过去了，十三岁的映霞去分驴的场景又回来了。没有人知道映霞所承受的压力，张荣花的反复无常深深刺伤了映霞。小灰被牵回来的头两年，张荣花每天都在把小灰送不送回去中徘徊度日。当然张荣花送过，但更叔不收。更叔不收，张荣花就更想送。这种折磨像戏剧一样每天都在映霞面前上演，若不是有小灰，映霞甚至觉得挨不过那些日子。看看前后没人，映霞压着嗓子哭了几声。黑夜沉沉，天空像一块厚厚的幕布包裹了映霞，映霞两耳灌满了自己滚雷一样的哭声，愈哭愈觉得可怜无助。

走到更叔家门口，映霞把眼泪收了。哭了一路，心里痛快多了。映霞"当当当"地敲门，来开门的是小庄。小庄看见映霞很惊喜，说你怎么来了？映霞说，我来拉小灰。小庄有些失望，说小灰在我家也很好，你不用不放心。映霞说，我想把小灰拉回去。小灰拴在柿子树上，映霞径直去解缰绳。更叔和翠婶也从屋里走了出来，更叔对映霞说，你家也没地，就把驴暂时留在我们家吧……

映霞突然凄厉地喊了声：不行！

夜色变得浑浊，充满了更叔粗重的喘息声。小庄赶紧朝父母挥了下手，把映霞拉出了院子。映霞一而再、再而三地推迟婚期，早就让更叔牢骚满腹了。他对小庄说，我们家水浅，养不了映霞那样大的鱼。你不如趁早对她死心。可小庄的心就是死不了。他经常偷偷等在映霞下班的路上目送她。小庄不好意思现身，怕映霞觉得他自作多情。实在想和映霞说话，他会等在映霞的前面，然后装作偶然遇见的样子跟映霞打招呼。映霞对他不比对别人更热情，这让小庄痛苦。但痛苦过后小庄会觉得幸福。映霞那样年轻就管着几百人的大厂，罕村这样多的姑娘，谁能有映霞的作为呢？

俩人站在夜色里，小庄拉住了映霞的手。映霞在心里抗拒了一下，但行动上并没有表现出来。这给了小庄勇气。小庄说，小灰只是驮了几趟水，没累着，你别心疼。映霞用另一只手抚了抚小灰的背，为刚才的失态有点不好意思。映霞说，它都多少年没干活了，我怕它会不适应。映霞装作无意识地把自己的手抽了出来，牵着小灰往前走。小庄默默地跟着，走了几步，小庄突然说，映霞，我很爱你。

不知为什么，映霞心里难受了一下。她对这句话有种本能的抵触。她的脑子里蓦然回想起了自己在杜少武怀中的情景，那么踏实，那么想把自己嵌进一个男人的身体里，躲藏起来。她有些茫然，不知道爱情应该是什么样。映霞问小庄，你怎么确定你爱我呢？

小庄说，映霞，你还记得那年分驴吗？我原本也是想要小驴的。因为我爸说过，小驴顶多养一年，就值两头大驴的价钱。可你在我家院子那一跪，一下子就震撼了我。我那个时候就发誓要帮你，假如我爸坚持要小驴，我甚至会跟他拼命。

一股暖流慢慢湿润了映霞的心，那是记忆中少有的一段温情回忆。有天晚上两人一起去放驴，映霞怕挨骂不敢回家。小庄自告奋勇陪她回去。见到张荣花，小庄男人似的挥着手说，小灰是你们家的，永远都是你们家的。这一点请你们放心。

那时的映霞对小庄简直有点崇拜了，小庄说话的语气，一点也不像个少年。

10

杜少武在渔阳酒楼请了一桌客，向朋友们郑重推荐映霞，多少有点投石问路的意思。映霞在村里的窘况杜少武都知道，过去因为杜少武对村里有影响，所以白文庭能够对映霞客气。现在，罕村成了全市的样板村，白文庭能直接跟县里的书记县长搭上话，杜少武就不在他的眼里了。所以，杜少武很清楚白文庭会不断找映霞的碴儿，直到映霞从那个厂子离开。

映霞的事情，杜少武当作自己的事那样放在心上。杜少武有时也自嘲，真不知道上辈子欠了那个丫头什么，让他这辈子这样偿还。

杜少武考虑过把映霞介绍到别的企业，但那样映霞就从厂长变成了打工者。那个厂子是杜少武和映霞打下的江山，就那么拱手送人，太不甘心了。

一大桌子十二个人，都是杜少武社交圈子中的佼佼者。他说映霞侄女眼下遇到了点麻烦，到城里来散心。大家问是什么麻烦，杜少武就把村里的事情跟大家讲了，着重讲了映霞的成长过程。从个没爹的孩子，到缝纫女工，到科技小组，到车间主任，到一厂之长，到最近给白血病患儿捐了三万块钱善款，却遭到责难。不管真的假的，大家都同情敬佩映霞，纷纷与映霞喝酒。映霞没经历过这种场面，人家让喝她就喝，几杯酒下去，就有几分醉了。但映霞还知道管杜少武叫叔叔，因为杜少武叫她映霞侄女，她就知道这样叫可以避嫌。映霞又倒满了一杯酒，说我代表叔叔敬大家。她晃晃悠悠往起站，大家一致摆手让她坐，说你叔叔比你的酒量大多了，哪就用得着你替？映霞却不管大家说什么，咕咚一口喝下去，人就跌坐在椅子上。

这次聚会有宣传部的一位新闻科长，回去就以《三万善款捐助白血病儿童》为题发了一则新闻。新闻写得很长，登在市里一家党报头版的要闻下面，上面就是市长接待外宾的大照片。新闻写得很仔密，既有映霞的成长历程，又有映霞顶着压力实现自我价值的高调描写，几乎把白文庭气疯了，他拿着报纸来找映霞，说映霞在报纸上胡说八道。你说说，压力是谁给的？没有我的支持你也能当厂长？

映霞当即给杜少武打电话，问自己上报纸是怎么回事。杜少武说他也不知道，肯定是映霞的事迹感动了那个记者，人家才写了这篇文章，而且还上了头版，这可是不容易呢。杜少武细细解析了这件事，说对映霞应该没有坏处。村里有些风言风语很正常，不用放在心上。杜少武这样一说，映霞就踏实了。她主动找到了白文庭，说自己不是想出风头，是让记者抓住了小辫子。她给白文庭买了两条烟，白文庭肚子里的气没消，但嘴上也不好再说什么。他转而关心映霞的个人问题，说村里关于映霞的闲话不少，姑娘家更要注意自己的言行举止，不要做伤风败俗的事。

映霞嘴上诺诺，心里却腻歪极了。映霞知道白文庭在影射她和杜少武，自从当了厂长，村里其实一直都有关于她和杜少武的闲话。只是映霞不以为意，笑骂由人笑骂，评说由人评说，自己堵不住村里那么多人的嘴。映霞对这件事情想得开。

更叔在映霞把驴牵回的那个晚上，跟小庄摊牌了。更叔对小庄说，映霞连头驴都不愿意给咱家使，她人会情愿嫁到咱家来？傻小子，醒醒吧，别做梦了。小庄愣愣地坐在炕沿上，好久都不知道说什么。小庄其实很清楚，映霞对他而言有点像天空的云朵，抬头就能看见，却无法揽入怀中。可是，云朵自有云朵的魅力，小庄情愿一辈子仰头看着那片风景——只是，这话不能对人说，说出来是笑话。更叔继续说，你也老大不小了，都二十八了，婚事再这样拖下去，连孙子都耽搁了。我明天就去找媒人，让映霞给个痛快话，想结婚这个月底就结。不想结婚就算了，就咱家这个条件，我就不信找不到比她更好的。

小庄说，还是我去问问映霞吧。

更叔说，你能问出什么？见了映霞话都不会说。

三姨给映霞传了话，映霞把自己关进屋子想了一天。从屋子里出来，映霞对三姨说，不要等月底了，这个周日就结吧。但映霞也让三姨传个话，不办婚礼，她和小庄哪天去领结婚证，哪天就算结婚纪念日。听了映霞这个条件，更叔和翠婶都喜得不行。少了麻烦不说，还少了许多花销。映霞抽空又跑了趟城里，跟杜少武见了一面。映霞是有想法的，特意穿了第一次进城时杜少武给她买的一套灰色的收腰西服，带隐性条纹，映霞穿着很合体。

映霞在单位的走廊里遇到了杜少武。杜少武喜出望外，脸上是掩不住的笑。他把映霞拉进宿舍，情不自禁环住了她的腰。映霞摸着杜少武下巴上的胡子说，我决定要结婚了。杜少武吃惊地说，你决定了？映霞点了点头，眼泪就抑制不住流了下来。杜少武无言地松开了映霞，转身为自己点了一支烟。杜少武抬脸望着屋顶，心一下子就空了。他当然没有权利阻止映霞结婚，但映霞结婚让他不好受。后来杜少武坐在了床沿上，映霞几乎倚着他的身体坐下了。映霞扭身搂住他的脖子，杜少武轻轻解开了映霞的手。

映霞说，你要了我吧。

杜少武摇了摇头。

映霞说，我今天来就是想把第一次给你。

杜少武拍了拍映霞的脸，说我要不起，映霞，你太贵重了。

杜少武一直把映霞送到车站，才有些艰难地对映霞说，但愿你不要为今天的选择后悔。

映霞愣了一下，说你是不是想说……我不应该跟小庄结婚？

杜少武说，没有感情的婚姻会让人痛苦一辈子。你如果对小庄有感情，就结吧。

映霞想了想，扭身上了公交车。映霞没有让杜少武看见自己的眼泪，她不知道自己对小庄算不算有感情，反正这个时候选择跟小庄结婚，她不情愿。

两家人在媒人的撮合下正式见了面，是在映霞的家里。张荣花喜得站不稳脚，忙乱中打碎了一只瓷杯。三姨说碎碎平安。但更叔和翠婶对了一下眼，他们显然不这么看。小庄就像个局外人，有些羞怯地坐在炕脚，一句话也没有。映霞脸上的线条一直也没有柔和，她硬着脸说结婚以后小灰要留在娘家，更叔不得以任何借口让小灰干活。事已至此，更叔不愿意这件事再起波折，嘴里痛快地答应了。可回家的路上，更叔就对翠婶和小庄说，这个媳妇还没过门，就想骑在公婆脖子上拉屎。小庄说，小灰是人家的，怎么用映霞说了算。更叔说，那样大的一头驴怎么能整天当摆设？我看你是中了映霞的邪了！

结婚这天夜里，翠婶按照更叔的吩咐，提前把一块白布铺到了映霞的床单上。翠婶提前这么那么地对小庄说了，小庄有点不耐烦，嫌翠婶多事。但关键时刻小心眼占了上风。映霞没有理会那块白布的作用，她以为就像自己在家里一样，多铺一层是为怕弄脏了身下的褥子。小庄轻轻碰触着映霞，映霞不逢迎，可也没拒绝。小庄陡然有了虎虎生威，翻身就把映霞压到了身下，映霞突然凄厉地叫了一声，把小庄吓着了。小庄问她怎么了，映霞嚷着痛坐了起来，才发现血把布单染红了。

转天一早，布单到了翠婶手里。翠婶拿给左邻右舍看，说映霞还是黄花闺女。映霞在上班的时候厂里的一个女工把这件事告诉了她。女工话没说完，映霞眼前一黑，栽倒在操作台上。

11

白文庭拿走 5 万块钱，确实是有正事。其实这个正事可以冠冕堂皇地说出口，可他就是不说。他不说映霞就不知道。他没有义务向映霞通报信息。罕村三面环河，通向外面的路只有一条。几天前，乡里的书记找到了白文庭，说过了五一有个政治任务，市长要去你们村视察。现在离五一还有一段时间，你们务必要把村容村貌整理一下，尤其市长所走的路线，墙壁该粉刷粉刷，垃圾该遮掩遮掩，花草树木要也种一些。柴门草户的人家，把墙给砌起来当影壁。总之，市长走的这一路，不许见到给县里丢脸的事。

书记还问，村里有个叫李海连的人吧？

白文庭点了点头。

书记说，他是市长当工人时的师傅，市长要去他家看他。你们看看他家需要什么，村里先给他配齐，别让市长看出他家寒碜。

白文庭叫了起来，说他家是穷人，家里就四个旮旯，什么也没有！书记说，什么也没有好啊，村里都给他买新的，这样长脸面的事你可得做足做好。到时市长一高兴，说不定就给你倭瓜大的好处。白文庭问钱从哪出，书记沉着脸说，罕村那样多的企业，莫非你还要我出钱？白文庭赶紧说，倒不是说让乡里出钱，而是书记要有明确指示，我回去说话办事就方便了。

过了几天，书记就来检查工作。从小桥头上下来，就是罕村的一条主路。工人正在粉刷墙壁，写大红标语。据说市长是一个喜欢标语的人，到哪都习惯有个好氛围。标语的内容都在县里的常委会上审查过，确保万无一失。书记主要不放心李海连家。李海连当师傅的岁月，作为徒弟的市长到罕村来过一次，所以对这个村名还有印象。那天跟秘书无意中提起李海连这个人，秘书就当作重要信息通知了县里，县里不敢怠慢，又通知了乡里。乡里就不敢马虎了，因为村里的干部都不吃皇粮，所以对他们办事总是格外不放心。尤其是白文庭这样的村干部，在县里甚至比乡书记还牛，让他原原本本地落实乡里的指示，几乎就不能够。

市长来罕村视察是公事，但来看师傅是私事。公事私事谁重要？当然私事重要。私事办得好，也能给公事长分。这一点，在官场混的人都知道。

书记提出到李海连家看看。白文庭说，别去了，那家人懒，到处插不进去脚。书记一听就急了，说你讲不讲政治，插不进脚还不赶紧想办法？书记也不让白文庭带路，自己就往李海连家走，书记知道李海连就住在路旁，也是村容村貌的整治对象。李海连家是一道秫秸柴门，推开，就是很大的一个院子，很空旷。房子一眼看上去就是危房，像被风吹歪了，拧着身子错着位。白文庭说，当年李海连被机器轧断了一条手臂，骨头虽然接起来了，但也干不了重活。他在三十多岁才娶了媳妇，媳妇智商有点问题。生了一儿一女，都不太灵醒。书记在门口站住了。屋里走出一个邋遢女人，头发长，黑指甲长，眼神黯淡无光。书记原本想进屋，迈出去的脚又收了回来。一直走到外面，书记才对白文庭说，这家人脑子有问题，我不亲自来就根本不知道，你嘴可真严！

白文庭知道书记不满意了，赔着小心说，我来过两次了，正统计给他家添置什么东西。

书记说，就这个东倒西歪的破房，你添置东西有用吗？书记县长陪着市长来看师傅，你就让市长进这样的房子？书记又指着那道柴门说，这里是进村的必经之路，你的样板村就让市长瞅这些？全县人民的脸都不够你丢的！

事情上升到这个高度，白文庭就知道糊弄不过去了。他说明天就把村里的工程队调回来，给李海连家拆房。

书记软了下口气，说市长这辈子也许就来这一次，差不多就行了。

连拆带盖，十几天的时间，李海连的房子盖好了。因为中间下了一场雨，把李海连的窝棚浇漏了，湿了几套棉絮。李海连不依不饶，要村里赔他损失。白文庭让人给他买了几床新被子，连同几件家具和电视机，一起拉到了李海连的家。这时罕村有电视的人家也就那么几户，李海连乐得合不拢嘴，说当年市长在工厂买不起饭，总要吃他的饭票。现在终于还回来了。晚上一家人聚在一起看电视，李海连发现电视没色，他又找了一趟白文庭，说电视咋不给买个带色的？

白文庭好言好语把他哄了出来。说不是电视不带色，是这阵播的节目都不带色，过了这段就好了。

李海连将信将疑，转天跑到更叔家里来看电视。更叔是罕村第一个买彩色电视机的。但更叔没让李海连进门。更叔说电视在新媳妇屋里，新媳妇现在没在家。

村南的丁字路上拉了警戒线，过往行人都要绕道北赵庄一带。但行人都不愿意往远处走，都在警戒线外候着。他们都想看看市长什么样。徐市长看了罕村的几个企业，蜡厂，毛纺厂，养殖场，食品厂，最后一站去了服装厂。徐市长脑子里有服装厂这个概念，问厂长是不是叫映霞？县委书记赶紧把白文庭往前推，让他介绍情况。白文庭有些慌，摸不准徐市长是怎么知道映霞的。白文庭简单介绍了一下映霞的情况，市长听得很认真。他对县委书记说，发展经济就要不拘一格使用人才，把那些德才兼备的年轻人提拔到领导岗位上来。县委书记也有点不摸头脑，问市长怎么认识的映霞，徐市长点着面前的几个脑袋说，一看你们就是不读书不看报，县里出了人物自己都不知道。我就是在报纸上看到的，从一个普通的缝纫女工，成长为一个服装厂厂长，还带头为白血病儿童捐款，你们若是不知道打造和表彰这样的先进典型，就是太没有政治敏感性了！

这些话都是在前往服装厂的路上说的。县委书记给乡书记丢了个眼色，乡书记就火速差人去通知映霞，让她做好见市长的准备。之前映霞知道市长要到这里来，把厂里厂外都收拾得干干净净。提前给全厂工人开了会，叫大褂洗干净，留意纽扣少没少，垂到脸上的头发都盘起来。每人从家里拿来一盆花，放到身后的窗台上。映霞布置这些有条不紊，但没想过自己要面见市长。映霞用几分钟的时间把自己的办公室调整了一下，重点把衣架从门后搬到了显眼处，上面增挂了几件近期厂里生产的衣服。是出口瑞士的羽绒服，蓬松得一副狗熊样，却显得雍容华贵。映霞刚收拾完，市长一行已经到了厂门口，市长握住映霞的手问，你有多大？看上去就是个小姑娘嘛。

映霞说，市长，我已经结婚了。

映霞说这话时，心底滑过一丝安慰。

乡书记知道些情况，插嘴说，映霞前几天领的证，今天是第四天吧？

映霞说，第三天。

市长说，就休了三天？

映霞不好意思说，一天都没休。厂里忙，领证是中午去的。

市长把两手叠放在小腹上，对周围的官员说，蜜月期间还坚持上班，这个情况你们都不知道？足见你们够官僚。这样的先进典型你们不宣传还等什么？你们不宣传我宣传，下一步我就把市里的记者派过来，让映霞成为全市人民学习的榜样！

映霞连忙说，市长，不是这样的。

市长问，不是这样还是哪样？

映霞说不出。

市长从上到下打量了映霞，说结婚三天连个新娘子的样子都没有，我们的干部如果都像你一心扑在工作上，何愁事业不兴旺发达。

市长在车间巡视了一圈，到处井然有序。许多细节能看出女人的独具匠心。瓶里的一棵草，墙上挂着的一幅画，都是极普通的，但就是有点像映霞这个人，有种说不出的味道。他来到了映霞的办公室，坐在映霞常坐的那把椅子上，拉了好一会家常。线索基本上都是新闻稿中看来的，市长记忆力惊人，再加上他正好要来罕村，所以对那篇稿子给予了特别关注。映霞开始有点慌，后来就把心情和语气都沉了下来，这些年的酸甜苦辣，在市长说话的空隙，也讲了一些。市长也说起了自己年轻的时候，家里穷，几分钱的公交车费花不起，每天跑着上班下班。对了，我的师傅就是这个村的，叫李海连，他还好吧？县委书记赶忙说，他还好，他在家里等着恭迎您呢。市长说，我是他徒弟，他是我师傅，是我恭迎他才对。市长看了一下表，说今天没时间了，以后再来罕村一定去看他。他又对映霞说，以后有什么困难，乡里县里解决不了的，就直接找我。什么叫改革开放，这就叫改革开放！

市长站起了身，看了眼衣架上陈列的衣服。映霞赶紧介绍说，这批羽绒服是出口瑞士的，面料和做工都要求极高，防水耐寒，这些样品是我亲手缝制的，我选一件送给您做个纪念吧。

市长爽快地说，好啊。别的礼物不收，映霞的礼物我要了。

大家簇拥着把市长送上了车，警车呜哇呜哇地在前边开道，一场热闹就这样过去了。

12

映霞家的小灰成了名驴。来罕村参观的人，一定要到映霞家里来看看。小灰对外面的世界很懵懂，它奇怪地看着那些人围着它指指点点，还有人把镜头对准它，"咔嚓"一声响，小灰就把头别了过去。小灰抬起蹄子砸了两下地，它不喜欢这种声音。小灰还不喜欢有人把手里的东西放到它身上，一朵茉莉花，或一块粉色纱巾。总有人想打扮小灰，让小灰很烦躁。小灰就使劲抖动身子，再不就直着脖子朝天"咴咴"地叫。映霞让张荣花把小灰藏到后院去，有人来就说小灰不在家。张荣花嘴上答应，可心里却期盼着有人上门。有客人上门，就有左邻右舍来看热闹。张荣花预备茶点水果，不厌其烦。

市里有个叫马燕的记者来映霞这里住了十几天，她是来写报告文学的。映霞学上得不多，不太知道报告文学是怎么回事。马燕说，你不用知道，你上你的班，我写我的字，有空了我们就聊聊天。映霞有点让马燕绊住的意思，一直没去小庄家住。其实是她不习惯，甚或不喜欢去小庄家。她还是原来的样子，下班了，就回自己的家，吃饭睡觉。过去还有一点内疚，马燕一来，映霞正好顺坡下驴。她与小庄之间的隔膜随着俩人的接触日渐加深了。映霞觉得，小庄看她的眼神都是欲望，那种欲望却让映霞恐慌。映霞一点也不喜欢跟小庄在一起，想起身下的那块白布，映霞就觉得恶心。

映霞与马燕睡在一铺炕上，每天都谈到很晚。马燕的很多观点和想法，都让映霞觉得耳目一新。马燕来罕村的第二天，似乎就把这个村庄看透了。她接触那些采访对象，留给她的印象要么是促狭、愚昧，要么是嫉妒，伪善。马燕让他们谈映霞，那些人的口气都是怪怪的。说不上一股什么劲。总之是让人不舒服。马燕最后去采访白文庭，白文庭把她问个底儿掉。干什么的，谁派来的，有没有跟县里打招呼，稿子写了以后交到哪里。还看她的记者证，前后看了个仔细，说照片上的人与马燕长得不一样。马燕拿出纸笔，"唰唰唰"写了一串号码，说这是我单位的电话，麻烦请你核实一下，我是不是报社派来的。

　　马燕对映霞说，别留恋这个厂，这个村，你在这里没前途。映霞怔怔的，她何尝不是这样想，可离开这个村，她能去哪里呢。映霞说，我是农村人，我不比你。马燕说，农村人也是人，你又是他们中的佼佼者，有合适的机会就走出去，外面的世界大着呢。映霞不好意思地笑了，她过去最大的愿望，就是能嫁一个城里人，过楼上楼下的日子。现在时过境迁，这个梦早就不做了。可马燕说，做，为什么不做呢？你还年轻，一切都还来得及，只要心里存着想法，总有实现的那一天。

　　映霞上班的时候，马燕除了写字，就是去跟小灰玩。映霞把童年的分驴景况告诉了马燕，马燕很兴奋。映霞的故事本来单薄，里面有小灰的加入，文字就灵动鲜活了。马燕问映霞，你对小灰究竟是怎样一种感情呢？映霞想了想，说这么跟你讲吧，我当年曾想过与小灰同生共死。这话感染了马燕，马燕拍了下映霞的脸，说小可怜，没人爱的孩子才这样。

　　有一天晚上，马燕问映霞，当年分驴的时候，你提前考虑到要用什么计谋么？还是临时现场发挥？

　　啥叫……计谋？映霞有些不解。

　　马燕说，我这两天一直都在琢磨……你用计谋了，而且用了不止一个。古代兵家有三十六计，你最少用了四个。

　　映霞来了兴趣，问是哪四个。

　　马燕说，你先是用"欲擒故纵"之计，说对大驴感兴趣。而后是"声东击西"，造成不喜欢小灰的假象。村长和更叔想用"瞒天过海"和"暗度陈仓"达到占有小灰的目的，你借围观村民的力量"借刀杀人"挫败了村长和更叔的阴谋。而后又用"苦肉计"巩固了自己的胜利成果……

　　映霞不好意思地说，哪有这么多的说道，你说的这些我不懂。

　　马燕俯身看着映霞，说你该处理小灰了，真的，不要让它总当你的尾巴。

映霞没听明白，怎么处理？

马燕说，卖了它，或杀了它……

映霞伸手拉灭了电灯，她不愿意再听马燕的话。

早上起来，马燕端着牙缸就来看小灰了。映霞早已上班走了，张荣花在做早饭，炊烟从烟囱里缓缓升上天去，在房顶上空，就形成了一小片缭绕。马燕捅着嘴里的牙膏沫，点了下小灰的脑门儿，说你这头贵族驴，你真是头贵族驴。小灰眨眨大眼睛，偏过头去，它不懂啥叫贵族。张荣花坐在灶膛前烧火，插话说，她婆家想使驴，映霞不让使。映霞就是个死脑筋。马燕想了想，走了过来。马燕说，您当年也想要小灰吧？可还想把小灰送回去。您怕更叔，我想知道，您到底怕他什么？

张荣花大着嗓门说，我不怕他。谁说我怕他了？

马燕眯起眼睛说，我感觉您是怕他。

张荣花站起来拍打一下屁股，说我不怕他，你可罕村问问，我张荣花怕过谁！

稿子见报后，整整一个版面。映霞把自己锁在屋里，一个字一个字地往下读。每一句话都是那样新奇，都在写映霞，又似乎都不是映霞。稿子就是从分驴开始写起，映霞那一跪，跪软了所有大人的心。映霞与小灰相依为命，成年后，小灰变成了映霞的嫁妆。家里虽然不再种地，但映霞把小灰当作朋友，可以倾诉。当作贫穷时的见证，让自己不忘本。文章不乏人驴共处时的温情描写，让映霞的眼睛湿了。映霞觉得，自己不是自己，报上的自己才更像自己。自己对小灰的感觉，就是报上写的那样。但映霞也心里惴惴，她胆怯地等着白文庭再一次拿着报纸找上门来，一直等到下班，白文庭没有出现。映霞锁好了房门，从东边的一个角门出来了。映霞还是觉得有些不好意思，她怕遇到熟人。

拐过一个弯儿，是个岔路口，往东走是小庄家。往北走是映霞家。映霞心无旁骛地往自己的家走，却不提防被小庄攥住了一只手。小庄在这里已经等了很久了。小庄把映霞往家的方向拽，嘴里说，哪里有你这样当新媳妇的，整天不登家门，害得我狗一样在外面等。小庄这话把映霞逗笑了。映霞心情好，心底就轻松了。映霞说，你把我的骨头捏痛了，快松开。小庄松了一下手，但仍没放开映霞，小庄含混地说，映霞你就不想我么？我想你想得整晚上都睡不好觉。映霞激灵了一下，突然停下了脚步。映霞说，小庄，我忘事了，我有重要的事得回厂里。小庄不撒手，说有事明天再说，今天就先跟我回家。映霞突然就想到那块白布，心里的腻歪一下就顶到了脑门上。映霞喝道，你松开！小庄身子一抖，把手松开了。映霞扭身就往厂的方向跑，小庄跟了几步，说我陪你去吧？映霞说，不用！

在办公室里坐了好一会儿，映霞才让自己心平气和。其实回来真的没什么事，而且都快十点了，如果这个时候在家里，该洗洗睡了。映霞长长地打了个哈欠，感觉真是很疲倦。她想，自己这是何苦来，简直是害人害己。可刚才小庄话一出口，映霞就像弹簧一样反应激烈，根本没有办法思考和控制自己的情绪。她突然感觉到了日子难挨，一个夜晚难挨，一生的日子，更难挨！

映霞拨通了杜少武的电话。自打结婚以后，映霞还没主动联系过他，但杜少武一直在映霞心中盘踞着，用手一摸，就能摸得到。电话铃铃地响了一阵，杜少武果然接了。映霞还没说话，眼泪就淌了下来。委屈、伤感、幽怨，真是五味杂陈。映霞用手背去抹，眼泪淌得更欢了。杜少武就像长着狗鼻子，张嘴就说，映霞怎么了？映霞抿着嘴唇说不出话。杜少武说，今天的文章我看了，写得很好。映霞清理一下喉咙，嚷着鼻子问，你觉得写得真实吗？杜少武"听"出了映霞的眼泪，鼻子也酸酸的。这一段，他被相思煎熬得很苦。杜少武说。三分虚构、七分真实。有七分就够了。映霞说，关于小灰……不是这样的。杜少武说，小灰又不会说话，记者写什么样，它就是什么样。映霞心里盘旋着一句话，却不好意思说出来。沉默一会儿，杜少武说，听说你送了市长一件出口瑞士的羽绒服？

映霞问你怎么知道。杜少武说这是件大事，大概全县人民都知道了。不过你做得对。要是没有这件衣服，市长回去以后也许很快就把你忘了。有了这件衣服，他随时都可能想起你来——包括派记者的事，也许都与这件衣服有关。

映霞说，我以为自己又办蠢事了。

杜少武沉吟了一下，说负面的影响也不会没有，有人会觉得你抢了风头。但这种影响只会在乡、村两级产生，县里的领导不会在乎，他们会觉得市长高兴了比什么都重要。

映霞的心里一下子就敞亮了。她心里涌动着一股情愫，那股情愫令她心慌气短。

杜少武像是看透了映霞的心事，出乎意料地说，映霞，我想见你。

映霞愣了一下，飞快地说，就现在吧。

杜少武说，你计算一下时间再往村外走，我现在就开车过去。大约一个小时就可以到了，映霞不敢相信，说这都几点了……你真来？

杜少武狠狠地说，映霞，我想死你了！

13

白文庭盖了一幢三层小楼，竣工那天，放了许多鞭炮，请了很多人喝酒。白文庭没有请映霞，映霞也没张罗去。村里另几个厂的厂长一起来找映霞，商量随份子的事。映霞嘴上说不随，暗里却包了一个尽可能大的红包给了白文庭，映霞心底计算了一下，决定包里的数额是那些人钱款的一倍。

映霞是有打算的。她这段没事就翻一本陈年黄历，那里有三十六计。一计一计地解析，一计一计地阐述，映霞看得津津有味。年底，是映霞拿奖金的日子。按照当初的约定，映霞的奖金是纯利润的百分之十。过了腊月二十三，厂里走了最后一批货物，工人们搞好了卫生就放假了。映霞把会计刘福英叫了过来，要看一下账目，刘福英睁大眼睛无辜地说，厂里的账簿都被村长拿走了，怎么，你不知道？

映霞看着刘福英，恨不得对那张长着横丝肉的脸孔揣上一拳。映霞忍住心中的气，说他拿走了我怎么不知道？刘福英说，村长说上级要来检查，账簿放到我们手里怕弄虚作假。映霞不想说什么了，她知道自己说什么也是白费。她到车间做了最后一次安全检查，然后"咣当"锁上了铁门。

映霞本来一直沉浸在红包里，觉得自己做了一件聪明事。她还到三十六计里面去找答案，看符合其中的哪一计。没想到白文庭倒用了釜底抽薪之计，让映霞欲哭无泪。映霞一次一次地去找白文庭，白文庭每次给的理由都不一样，但结果都一样：映霞一分钱的奖金也休想从厂里拿走。

映霞找到乡里反映情况，乡书记无奈地看着映霞，不表态。他对映霞说要把眼界放宽些，别只盯着几个小钱。映霞听不明白乡书记话里的意思，但有一点她是清楚的，乡书记也没主张发给她奖金。

心一横，映霞说起白文庭的三层小楼，总共花了二十多万。家里孩子上学，老婆看家做饭，他哪来的那么多钱？映霞没想到乡书记唬起了脸，正告映霞说话要有证据，否则就会构成诽谤罪。映霞说，小楼竣工那天，村里所有企业的负责人都被请去喝酒，其实就是变相索贿。乡书记问，你去了吗？映霞说，我没去，但我包了红包。乡书记说，别人去是为了喝酒。真正行贿的只有你一个。他向你索贿了吗？映霞只好说，没有。乡书记说，对呀，就是向你索贿了，你也得有证据——你主动行贿，不是有错在先吗？但我不认为这是行贿，乡亲之间礼尚往来，符合民风风俗。

噎得映霞无话可说。

辛苦一年打了水漂，映霞几乎要得忧郁症了。映霞到城里来找杜少武哭诉。自那个夜晚杜少武深夜驱车来约会，俩人间的距离就是负负为正了。杜少武的车，是单位的一辆蓝鸟，他兼厂长那几年总是在县城和村里之间来回跑，索性就自己学了开车。那一晚，他们就在狭小的空间里待了一宿，说不尽的情意绵绵。映霞在杜少武的身上找到了做女人的感觉，杜少武既像情人，又像父亲。映霞对他说起结婚那天身下的那块白布，杜少武刮了下她的鼻子，说罕村四千口人，就更叔是个人精——知道我为啥提前不敢要你了吧？

杜少武拍着映霞的背说，宝贝儿，别哭。天没有塌下来。你不该去找乡书记，找了也不该说那些话，太冒失。映霞抹了把眼泪，说乡书记说话的口气明显偏向白文庭。杜少武宽容地笑了笑，说书记若是没有企图，断不会站在你这边。映霞问为什么，杜少武说，与白文庭相比，你是外人。

映霞问，能不能向徐市长反映一下情况？

杜少武迁紧说，可千万别这样想。你向县里反映，乡里对你不满意。你向市里反映，县里对你不满意。告状的话，切忌不要轻易说出口，因为会得罪一串人。你不是小姑娘了，要学会三思后行。

在与杜少武的缠绵中，映霞的心情慢慢好转了。天都黑了，映霞还不想走。杜少武也很不舍映霞。单位安顿不了，住旅馆要结婚证，杜少武有点愁肠百结。他忽然眼前一亮，说不如你住下来吧，我手里正好有一套房子，稍微买些东西就可以搬进去。左邻右舍若是看见，就说你是我侄女，在外地上学，回来过年的。

映霞奇怪地问，你哪来的那么现成的房子？

杜少武说，就算是分的吧。因为是单职工，在单位不具备分房条件，也是走了关系才把钥匙拿到手。也没想过有什么用处，除了你没有别人知道。

映霞问，楼房？

杜少武说，四楼。

映霞突然尖叫了一声，说我也能住楼房了？

杜少武怜惜地看着映霞，说你真是个傻丫头——你这算什么愿望啊！

这一年的春节，杜少武谎称临时去南方讨账，没有回家过年。两个人神不知鬼不觉地做起了地下夫妻，在简陋的五十几平米的楼房里，映霞忘记了所有的不愉快，找到了当新娘的感觉。她每天都把房间打扫得干干净净，勤快得像一只小蜜蜂。她喜欢拧开水龙头就有哗哗的水声，喜欢水冲厕所，喜欢把刚洗的衣服抻得平平展展晾晒在阳台上，甚至喜欢一步一步下楼梯的那种起伏和节奏。他们买了两床被子，一条盖在身上，一条盖在上面。两人抻一条被子，总是有些冷。肩膀处，脚底下，都觉得透风。可他们都不舍得睡在两个被筒里，总是一个人把另一个人紧裹着。映霞团缩在杜少武的怀里，睡不着的时候总是把眼睛睁得大大的。映霞说，我管你叫什么呢？杜少武说，叫叔叔。映霞叫了一声，杜少武满足地把映霞搂紧了。杜少武说，不论你叫我什么，你都是我的女人，从很多年前就是。

映霞和杜少武说起马燕这个人，说起三十六计，映霞很兴奋。她现在能把三十六计倒背如流。映霞把马燕说的分驴时的种种计策讲给杜少武听，杜少武却觉得很荒诞。他让映霞别中这种毒，计策都是玩阴谋的人使的，上不得台面。

一句话把映霞说得闷闷不乐。

正月里家家都会来很多亲戚。更叔每天都为家里来的这些亲戚发愁。小庄结婚时，三姑六姨都没给信儿，眼下过年了，人家登门拜年，新媳妇总得跟亲戚见个面。可映霞似乎从人间蒸发了，连个影子也看不见。小庄每天茶饭不思，头顶上冷不丁地钻出来好几根白头发，晃得一家人眼都是晕的。更叔不愿意跟儿子说什么，他偷偷去找张荣花打探消息。张荣花穿了紫红色的呢子大袄，已经有几分富贵相。张荣花家是一派新气象，大门口的对联，门上倒贴的"福"字，门楣上的长信，墙壁上的年画，以及张荣花花团锦簇的笑脸，都让更叔看着不舒服。都让更叔觉得这团喜庆下面似乎有什么阴谋。

更叔闷着声音说，映霞光说出门，也没说出门去干啥。这大过年的，你该知道她去干啥了吧？

张荣花看到更叔登门便有些心虚，她也不知道映霞去干什么了。但更叔的语气让她听出了有刺儿。如今张荣花的气势不比寻常，她早就能够大大方方地跟更叔对话了。她挑着声音说，她能去干啥，还不是去干工作。

更叔说，国家的人都过年放假，她干哪门子工作？

张荣花说，她也是国家的人，都上报纸了，能不是国家的人么？

更叔鄙夷地看了眼张荣花，嘟囔了句头发长、见识短。国家的人都吃皇粮，都是国家给发工资，就像杜少武那样。

说起杜少武，两个人都愣了一下。张荣花是有些心虚的。映霞虽说没告诉她去哪里，可她模糊地觉得也许与杜少武有关系。否则，这个时节她能去哪里呢？杜少武家在村西，离更叔和张荣花这里都很远，可因为人来人往的拜年，就有人把消息带过来。他们都知道杜少武没有回家过年，到外地去催货款。杜少武平时工作很忙，经常在全国各地到处跑，但像今年这样过年也不回家还是第一次。

更叔把张荣花的心虚看在眼里，立时觉得屁股底下长了钉子，再也坐不下去了。他招呼也没打，就惶惶地走了出来。他路过小灰身边时，略一思忖，就把小灰的缰绳解了下来，张荣花追出来问他要干啥，更叔说，往园子里倒粪，让它帮忙拉拉车。

更叔倒了一天粪，想了一天心事。他越来越觉得小庄这门亲事结错了。映霞的心不在这个家，不在男人身上。结婚大半年了，婚房对映霞来说，连旅店都不如。更叔越想越气愤，邪火都撒到了小灰身上。小灰因为久不劳动，屁股圆了，腿脚懒了。拉了一天车，屁股上的一块皮把毛给磨没了，看上去就像一块斑秃。走起路来迈方步，就像杜少武一样。更叔气不过，脱掉了棉袄，挥起木棍照小灰的脑袋狠打，嘴里还不干不净地骂，让许多人看西洋景。其实谁都知道小灰是在替映霞受过。小灰暴跳着蹿了起来，亮起四蹄就往映霞的家里跑。车子一蹿一蹿地向前滚动，冻粪疙瘩叽里咕噜地往下掉，摔碎以后把一条街都铺满了。

正月初五，更叔一个人去了县城。他几乎把每条街都走遍了，把每一个背影看着像映霞的女人都追到了自己的眼眉前儿，截住人家仔细观瞧。他没找到映霞。下午就换了一个思路，开始找杜少武。杜少武是有单位的人，更叔一找就找到了，就在城南的一条马路边上，是两扇绿漆大铁门。更叔“嘭嘭嘭”地敲门，把门房敲了出来。门房问他什么事，他说找杜少武。门房说，初六才上班呢，你来早了。更叔问，他是去外地要账去了吗？门房不耐烦地说，大过年的要啥账，他休假呢，有事去他家找他吧。

应该说，门房的话在更叔的意料之中。全中国哪个地方都过年，杜少武说出差的话纯属放屁。可更叔还是两眼一黑险些晕倒。他意识到了眼下杜少武一定就在这座城市的哪个窗户里，跟映霞在一起。更叔被这个想法折磨得快要发疯了，他走到了马路中间，叉开两腿，面对的是这座城市的标志性建筑，一座明代的古牌坊，敞开嗓子骂了声：杜少武，我操你妈……

14

正月初六第一天上班，一份春节前拟好的文件呈到了县委李书记的办公桌上。这是一份县委党校参加"1995年经济管理培训班"的人员名单，对象都是县属各乡镇企业负责人。李书记从上到下把名单看了一遍，大部分名字都熟，李书记把眼生的名字圈了出来，问这个是谁那个又是谁。办公室主任站在桌子一侧，歪着脑袋逐个给书记做介绍。书记突然想起了徐市长曾经说过的话，问，这个名单怎么没有映霞？

主任说，这次培训班面对的是乡镇企业负责人，映霞是村办厂的厂长。

李书记说，优秀的村办企业负责人也可以培养，他们更需要放开眼界。

主任说好，我马上就去通知。

人的命运往往就是在某些人的偶然想起中改变的。初六一大早，杜少武送映霞上了公共汽车，映霞悄悄回了罕村。服装厂要初八才上班，她既没回婆家，也没回娘家。而是先来到了厂里。几天的甜蜜日子过去了，映霞开始了惶惑不安。村里关于她的谣言已经满天飞了，映霞用脚后跟都能想象得到。她决定不解释，不分辩，不反驳。映霞脸是臊的，但心里一点也不以为耻。她审视自己的内心的时候，看到的是花儿在开。

映霞打开了车间的门，挽起袖子开始搞卫生。警卫室里生着炉火，映霞把开水提了来，兑进冷水里，找了几块棉布当抹布，从机台到案板，从屋顶到地面，一个人干得热火朝天。映霞夸张地制造出了一个劳动场面，却把自己累得腰酸背痛，饿得前胸贴后背。中午的时候，她到办公室找了几块饼干，就着开水吞下。饼干锯末一样难以下咽，噎得她眼泪汪汪。短短几天的城里生活，都把映霞的胃惯出毛病了。杜少武每天花样翻新做好吃的，让映霞觉得，天底下最幸福的日子也不过如此。

映霞干活的时候，那些个画面就在脑海里不停地回放。她忙得满脸通红，后背潮热，偌大一个车间被她打扫得一尘不染，亮亮堂堂。她不断拉长工作战线，这里抹一把，哪里又擦一下。她不想回家。自己的家不想回，小庄的家就更不想回。她无法解释这几天的行踪，她只得往后挨时间，多挨一分是一分，多挨一秒是一秒。冬天的日照是短命鬼，只一瞬，日光便像风一样从屋脊掠过去了，天空灰了。

映霞不知道，整个上午，关于她的一个电话内容正在焦急地从县里到乡里再到村里传递。乡里接到了县委办公室的电话，让映霞火速到县委填写学员登记表。乡里通知到村里，村里却说映霞这个人在春节前就失踪了。乡里把这个消息反馈到县里，李书记发了脾气。李书记本能地认为，这是有人使绊子，嫉妒映霞。什么叫失踪，公安局接到报案了吗？连个人都找不到，问问他们都是干什么吃的！主任不放心把事情交给别人，自己抽时间亲自跑了趟罕村。主任先到村委找到了白文庭，白文庭说，映霞真的不在家，谁也不知道她去干什么了。当时现场有好几个人，还有人挤眉弄眼扮暧昧，说连她家里的人都不知道她去哪了。不管别人说什么，主任都坚持先到厂里，再到家里找映霞。白文庭嘟囔说，厂里还没开工，连只耗子大概也没有。可主任在前边走，他只好在后面跟着。厂里的大门虚掩着，看见有客人来，看门的老头儿走了出来，说映霞厂长在厂里打扫卫生，一个人干了一天了，连中午饭也没吃。

主任看了白文庭一眼，那种责备甚至都过于严厉了。

映霞用脏的抹布就有一大团，全部堆放在案板上，还没来得及处理。主任吃惊地说，你就一直猫在这里干活？你是当领导的，这些活计可以让厂里的职工干啊！映霞笑了笑，不好解释什么。白文庭站在一旁，气得正眼都不朝映霞这里看，让映霞一下有了想法。映霞说，正月这几天家家都忙，就自己是闲人一个，又刚从外地回来，回家也没什么事，正好利用这点时间干些活。主任问她去了哪里，映霞满面春风说，去了山东日照的一个同学家，受到了热情款待。这个同学也经营着服装厂，我利用年假这几天时间去取经了。

映霞说这些的时候，语速很慢，是边想边说的。她的确有个同学在日照，春节前两人还通过信，彼此介绍了情况。没想到这时派上了用场。映霞偷偷打量了一下白文庭，白文庭自是满脸的不相信，可又无话可说。

主任连连点头，用关心的口吻说，外出考察是好事，但应该跟家里人说一声。免得家人误会。

映霞莞尔一笑，说告诉家里就出不去了，大过年的一个人往外跑，家里人不放心。

这话说的真是熨帖，让谁都无言以对。主任接受了映霞的解释，对白文庭说，映霞真是好样的，我回去就向李书记汇报，他没看错人。回头又对映霞说，你今天先回家休息，明早八点准时到我的办公室，填学员登记表。

映霞呆了一下，眼圈突然红了。她知道所有的难堪都被主任的这几句话解决掉了。她没想到命运如此关照她。她扭过身去用手背抹眼睛，还是没挡住眼泪汹涌而下。主任被她的眼泪迷惑了，他看了眼白文庭，说映霞这是受了多大委屈？

映霞在县委党校学习了六个月，是种脱胎换骨的感觉。党校安排了宿舍，这让近在咫尺的杜少武，都很难找到映霞。课时安排得紧，课下总有集体活动，即便学跳舞，映霞也学得很认真。在这期间她只回了两次家，第一次回家她例行公事地到婆家转了一圈，却没有见到小庄。更叔说小庄去走亲戚了，映霞没有多问，就从婆家出来了。第二次回家，发现小庄家里多了个姑娘。看上去年龄比自己小，生得眉清目秀。饭是在一个饭桌上吃的，没人介绍映霞，也没人给映霞做介绍。吃了饭，姑娘端了盘碗去厨房洗，映霞才觉出哪里不对味了。她问小庄这人是谁，小庄吭哧了半天，没有说出口。倒是更叔给了句痛快话，更叔说，你去城市住楼房吧，我们家养活不起你。

映霞拽住小庄想问个究竟，衣服从小庄的肩上扯了下来，小庄头也没回地说了句，我们离婚吧。

张荣花气咻咻地告诉映霞，这个女人在小庄家里住了好些天了。她曾找上门去吵架，话没出口，就让更叔堵了回来。张荣花问映霞，有一天晚上十点多，你是不是跟杜少武去村南约会了？你可能不知道，小庄就在你的身后跟着，他把什么都看到了。映霞心里"咯噔"了一下，想起了第一次跟杜少武在一起的情景。杜少武把车停在桥头，一扇车门敞开着，看见映霞走过来，就把她横抱起来，扔进了车里。映霞没想到小庄在身后尾随着，这让她起了一身鸡皮疙瘩。张荣花又说，你过年不回家他们也知道你在哪里，他们不说出来是怕自己丢人，不是想给你留脸面。他们早就安下心不要你了，就你还蒙在鼓里。映霞在黑暗中轻轻叹了口气，说不出是惆怅还是轻松，她伸出手去握住了母亲的手，用力攥了攥。母亲又反过来把她的拳头握到了手心里。张荣花说，有妈呢。

听了这话，映霞呜呜地哭了。

她知道张荣花话说得铿锵，其实却什么本事也没有。

映霞从家里回来有些憔悴，她对眼前的局面缺少必要的心理准备。不怎么爱小庄，但就这么让人扫地出门又觉得于心不甘。映霞郁郁寡欢的样子引起了班里同学的注意。这个班三十二个同学，映霞是比较特殊的一个。她年纪最小，来自村里，见过市长，上过报纸，这都让她显得与众不同。班长姓肖，是一家刀具厂的厂长。他跟映霞促膝谈心，谈出了映霞的心事。映霞对肖班长说了回家撞到姑娘的事，把肖班长气得七窍生烟，他主持了一次班务会，把映霞的事情告诉了全班同学，说映霞在县里学习，家里丈夫打熬不住，被窝里钻进来个小姑娘。他问大家怎么办？众口一词说离婚。不在现场的小庄成了活靶子，有人甚至言辞激烈地说花两千块钱就可以卸他一条腿。映霞静静地听着，有感动，也稍稍有些愧疚。她知道这件事责任不在小庄，可让小庄承担责任，是目前最符合自身利益的事。

结业典礼进行完毕，肖班长带领全班人去了一趟罕村。这天是映霞最激动的一天，十几辆车，浩浩荡荡开了来声援映霞。他们把车停在了村里的主干道上，先去了厂里，又去了家里。他们都知道小灰这头驴，给小灰带来了进口饲料。小灰却不怎么给面子，闻了闻，就把头扭到了一边。张荣花从没一次见过这么多尊贵的客人，慌忙抱了柴火就想做饭，被肖班长拦住了。肖班长说，您家有多大的锅，能做这么多人的饭？我们就是想看看小灰，回头去城里的饭店下馆子。张荣花翻了一下白眼，心说一头驴有啥稀罕的，不也是四条腿顶一个脑袋么。

张荣花有点吃小灰的醋了。

他们去城里最好的海鲜楼请映霞吃了一顿，是肖班长做东，其他人作陪。一顿饭从正午一直吃到天黑，一桌人喝得东倒西歪。大家说了许多安慰映霞的话，说了许多彼此动感情的话。在映霞的感觉中，这些人都不是外人，都拿她当小妹妹。映霞觉得，她的生活又开了一扇窗，从这扇窗中，她看到了原本看不到的风景。

映霞用半天时间就把婚离掉了。当然这也得益于同学帮忙，有位同学认识民政局的局长，在渔阳酒楼请顿客，就在小庄缺席的情况下，把离婚证书拿到了手。映霞离婚也离出了感觉，她没想到有关系办事这么痛快。映霞把证书放到了小庄家的炕沿上，什么也没说，就开始收拾自己的物品。那些物品都没装满一书包。映霞背着书包走到门口，突然想起了那块白布。映霞对翠婶说，把那块白布还给我吧。翠婶问哪块白布。映霞盯着她不说话，翠婶一下子就明白了。翠婶说，那块白布早烧成了灰，埋到后院的葡萄树下了，你想要，就去那里抓一把土吧。

映霞走到了后院，到那棵葡萄架下看了一眼，结婚快一年了，她甚至不知道这里爬着葡萄藤。眼下细碎的葡萄胎像米粒一样放射性开放，映霞突然想，也许这就是自己的孩子。

映霞摘了些"米粒"握到手里。有种酸涩甚至要从手心里冒出水来。

15

村里像雨后蘑菇一样钻出来许多二层楼。盖楼的都是各企业的负责人，成了村里率先富起来的一群人。他们都把楼房盖到了临街的地方，让罕村一下有了风景。他们还搞各种形式的联谊活动，今天去这里喝酒，明天去那里喝酒。无论去哪里喝酒，白文庭都是座上宾。没人邀请映霞，映霞每天都在厂里忙碌。厂里赶订单时，装车卸车之类的重体力活映霞也跟着一起干。村里一共有十几个厂，那些厂的效益都不如映霞厂里的效益好，纳税不如映霞多，但他们都有办法让自己的口袋鼓起来。映霞怀疑他们都拿了年终奖，可问谁谁都不说，让映霞憋气窝火。村里也有相好的姐妹对映霞说，就你傻，别人都把厂子当成自己家的，就你给别人傻干。让映霞莫名其妙。映霞这几年得了很多荣誉，经常到县里的大会上发言，可她总觉得这厂、这村都像笼子一样让她活得不舒展。有一天，马燕到县里采访顺道来看映霞，映霞突然抱住了马燕的肩膀痛哭失声。哭完后映霞又觉得不好意思。她实在也没有什么哭的理由能告诉马燕。映霞看见马燕，就是觉得自己委屈。

映霞在自己的办公室用电炉子煮了一碗面招待马燕。马燕说，没想到你还在村里，还自己煮面招待我，我还以为你会在城里最好的馆子请我撮一顿呢。你怎么就不想办法让自己走出去呢？

映霞说，我往哪里走？我看不见路在哪。

马燕同情地看着映霞。

映霞说，我就是庄稼人的命。

马燕说，你小时候挺会用计的，没想到越长越笨了。

映霞笑了笑，笑得很茫然。很多年前她的愿望就是能嫁到城市，过楼上楼下的生活。现在好像又想不清楚了，一幢楼房装不下她。映霞只知道自己想要片大的天空，却不知道那片天空到底有多大。

听说映霞离婚了，马燕很高兴。马燕说，你总算做了件现代人应该做的事。

小庄在离婚后的第三天就结婚了。更叔特意来请张荣花喝喜酒，把张荣花臊得恨不得找个地缝钻进去。张荣花又回到了过去的老路上，每天唯一的任务，就是催促映霞嫁人。过去是嫁给小庄，现在，张荣花也茫然了。她知道映霞不会嫁给罕村人了，罕村也没有哪个人肯娶她。张荣花有时会骂马燕，要不是她写的烂文章，把映霞忽悠到报纸上，映霞也不会像现在这样高不成低不就。

忽然就有喜讯传了来，县里的服装厂因为连年亏损要改制，聘请能人竞争上岗。说是搞竞争，其实映霞已经被内定了，县委李书记亲自找映霞谈了话，告诫她要努力工作，把企业盘活，把几百名工人带出困境。还特意问了下映霞的家庭情况，映霞略一沉吟，隐瞒了自己离婚的事。

李书记其实已经听了一耳朵映霞，但他不想多追究。李书记对映霞有好感，除了映霞能实实在在管好一个厂，还觉得她压根不像个乡下女人。第一次接待市长那样大的官，说话做事都得体，就是县里的中层干部，都不一定有映霞做得好。

但他还是决定敲打敲打映霞。

李书记问，杜少武是你们村的？

映霞心里一慌，赶忙说，他是我叔叔。

李书记说，有些事……过去就过去了。你还年轻，以后的路，还长着呢。

映霞紧着点头。那一刻，她就知道自己应该怎么做了。

映霞上的那个党校培训班，其实是李书记运筹帷幄的一部分。虽是短短的半年时间，却发了大专文凭。县里干部不少，但懂经营管理的不多。几个直属工业企业都步履维艰，映霞是李书记的一颗试验种子，种下去能不能有收成，就看这几年。李书记是在县委常委会上说这番话的。八个常委虽说各怀心思，但县委书记确定的人选，谁也不敢否定。

有关映霞的传说也在县城流传开来。因为映霞接手这个厂要迈两道门槛，一个是农转非，一个是以工代干，这在当时都是惹人眼目的事。街头巷议都在传她和李书记是亲戚，话传到李书记那里，李书记把宣传部长找了来，说你让电视台给我辟谣，我用干部从来是大公无私。

映霞从一个乡下女人，突然变成了城里人，还领导那么多城里的工人，这个转变连她自己都觉得猝不及防。映霞惶惶了一段，就把心踏实下来。城里的工人也是人，与村里的人比，素质都明显高出很多，更要紧的是，映霞进到城里来，就把一颗心从穷村的厚茧中剥了出来，从没有过的轻松，从没有过的敞亮。她再也不用看白文庭的脸色，再也不要听杜少武老婆的谩骂，还有村里人奇怪的眼神。她把家安在了厂里，每天除了睡觉，琢磨的都是厂里的事。她与杜少武的关系，也慢慢淡了下来。她牢记李书记的话，过去的就过去了。来县里的事，她一直都没主动告诉杜少武。杜少武听说了以后来找她，映霞在北大街一个偏僻的饭馆跟他见了一面。两人坐着面对面，像陌生人一样拘谨。饭后杜少武想让映霞去那幢楼房，映霞拒绝了。杜少武盯着映霞犹豫了会儿，从黑色公文包里拿出了一个纸盒子，说是送给你的。映霞推说不要。杜少武说，这是一部新款高档手机，要八千多呢。有了它，你可以随时随地打电话。

映霞说，我不会给你打电话了，我们就到这里吧。

杜少武的心里很不是滋味，但对这一天他有足够的心理准备。他从没对映霞说过离婚的事。他们两个隔着辈分，没有夫妻缘。即使，不隔着辈分，他们也做不成夫妻。杜少武只能要映霞的一时，要不了她的一生。杜少武明白这一点。

临走，杜少武抱了她一下，把手机放进了映霞的口袋里。

即使分手了，我也会惦记你。杜少武临走时说。

转天一大早，映霞就在县委办公楼的下边等李书记。李书记终于来了，映霞跟着他去了办公室。李书记问，这么早来找我，有急事？映霞把手机放到了李书记办公桌的抽屉里，说给您买的。李书记说，映霞学会行贿了。映霞说，算我孝顺您的，总可以了吧？

16

虽说都是服装厂，但城里的服装厂与乡下的服装厂不同。在罕村当厂长，映霞只要把好技术关，什么也不要自己操心。城里的这家企业则不同，那么多人的吃喝拉撒，工商税务银行，哪样都要映霞亲自跑。映霞这才知道到城里当厂长是怎么回事，不用她管生产，她只管跟各色人等打好交道。映霞一点也不知道自己在外其实有了点名声。人家一见到她，就能绿灯放行。企业因为规模小，接不了大订单，映霞突发奇想，要把相邻的一家铸造厂改成一个大车间。她把设想汇报给李书记，李书记连声说好，并专门召开为企业发展保驾护航的协调会议。那家厂子早就倒闭了，偌大的院子长满了蒿草，全是锈蚀斑斑的铁锭。财政、金融和乡镇企业局几家联手完成了企业兼并和融资。县里既给政策又给资金，映霞没有理由不把工作做好。几年以后，映霞的服装企业集团挂牌成立，产值利润都跟头趔趄往上增长。那些个数字精确到小数点后两位，有些是真的，有些不是真的。不管是真是假，企业发展壮大了是事实，利税翻番了是事实。映霞龙头老大的身份毋庸置疑，她成了县里的一个标杆，李书记逢人就夸自己有眼力，能不拘一格使用人才。

映霞很少回罕村，她不想回去。她不想见罕村的哪怕一只狗。更多的时候她让司机回去给张荣花送钱，送吃的喝的。给小灰送饲料。司机每次见到张荣花，张荣花都满腹牢骚，骂映霞不孝。自己在城里住着带花园的房子享福，却让上了年纪的老妈喂驴。映霞买房买了一楼，前面就是公园绿地和花草，张荣花来过一次，回罕村就说映霞的房子带花园。司机是个小青年，就会抿着嘴笑。门口的槽头拴着小灰，小灰却把张荣花拴在了家里，她们俩成了一条绳上的蚂蚱，都哪也去不了。骂够了，张荣花就打听映霞有没有找婆家。她都三十大几的人了，再不找，这一辈子就嫁不出去了。

映霞这些年，活得没有多少自我。她就像一只上紧了发条的闹钟，想不出动静都不可能。那也正是服装企业蒸蒸日上的好年月，订单总像狼一样在后面撵着人跑，加班加点是家常便饭。映霞认识的人很多，但能做朋友的却很少。原来党校的那帮同学，经过市场经济的大浪淘沙，所剩寥寥。肖班长的刀具厂早就破产了，他本人也不知去向。年龄越大，映霞底子里的那种孤僻就浮上来了，她甚至学不会跟人勾肩搭背，在任何场合，她都显得落寞。映霞为企业做出的贡献，李书记是心中有数的，这一年政府面临着换届，李书记把映霞叫到了自己的办公室，推心置腹地跟她谈了一次话。

李书记说，映霞，你必须得找个人结婚了。

这些年映霞的情感生活是一片荒漠，虽说也不乏对她有好感的人，但对杜少武那样的错误，映霞不会再犯。杜少武眼下已经退休了，映霞经常看见他在马路上遛弯，戴一顶小绒帽，牵一条哈士奇狗，身后跟着他的妻子——刘福英终于跟着丈夫进城了。映霞隔着车窗看他们的身影，不敢相信自己对杜少武曾经有过迷恋。

李书记是能让映霞放松的人，她笑着说，谁肯娶我啊？

李书记说，只要你肯嫁，一定能找到想娶你的人。

婚姻对映霞是一种无望的选择，所以她心里想的是，不是找到想娶我的人，而是要找到我能嫁的人。

对这一点，映霞一点也不抱希望。

李书记一眼就看穿了映霞的心思。说，我们这个社会，对单身女人是有成见的，尤其是在政界，在我们这种小地方。如果你想在政治上有发展，那就必须把婚姻解决掉。你今天如果能听懂我的话，就照我的要求去做。如果听不懂，映霞，你可别怪我没给机会。

映霞说，哪里有那么现成的人能结婚……能结我早结了。

李书记说，有什么不能结的，结婚就是一张纸，就是一男一女睡一张床上。找不着两条腿的蛤蟆，还能找不着两条腿的人。

映霞怔怔的，嘴上这样说，其实是把李书记的话听进了心里。李书记的意思准确无误，他还想托映霞一把，映霞在政治上还有上升的空间。

映霞企盼地看着李书记，说您就帮帮我吧。

李书记说，映霞果然是聪明人，说说你的条件。

映霞说，我的条件都在您面前摆着，您就先替我把关，您看着好就好。

李书记说，那咱就说好了，可别眼光太高，要面对现实。

映霞说，我听您的。

这期间，有两个人来找李书记汇报工作，都是映霞面熟的人，一个是交通局长，一个是建委主任。李书记顺便就把红娘的任务分派了出去，让映霞觉得无地自容。映霞想走，李书记说，我的话还没说完呢，你再等等。那两人也知趣，话说得简明扼要。映霞坐在墙角的一把椅子上看一盆蝴蝶兰，紫色的花朵，像假的一样。映霞便想女人要是能做一盆花多好，美丽地开着，却什么也不用想。

李书记签了份文件，递给了刚送进来的公务员。待公务员轻轻关上房门，李书记说，映霞，别再当怪物了。

映霞吓了一跳：我是怪物？

李书记说，你不种庄稼不种地，家里却要养一头驴，不是怪物是什么？听说当年分驴你还用了计，那年你几岁？那么小就知道三十六计？

映霞想起了记者马燕，用计的事都是她总结出来的。映霞急扯白脸要解释，李书记用手势制止了她。李书记说，我知道那头驴是怎么回事，所以无论别人说什么，我都当是在刮西北风。你从小养着它，对它有感情，这些我都能理解。可再有感情它不也是头驴么？映霞你不年轻了，这种荒唐事就不要再做下去了，人家提起来都成了你的笑话……当然，别人说什么不重要，重要的是那头驴已经影响了你的生活，没有了那头驴，你的生活和工作都会变得轻松起来。映霞，这件事你也要听我的。

映霞目不转睛看着李书记，是有些听不懂他的话了。小灰影响到了生活，自己怎么没觉得呢？但映霞知道不能反驳李书记，李书记说影响了生活，她就只能点头。映霞已经有很久没看到小灰了，小灰的样子都模糊了。就是现在，映霞想到小灰的模样还是她从更叔家牵来时的样子，那时候的小灰，才是与映霞血肉相连的。

映霞虚弱地说，您说咋办就咋办。

李书记说，看来你不知道我爱吃驴肉，而且爱吃带皮的老驴肉。

映霞的心好像被刀子划了一下，疼得打了个哆嗦，眼里也不争气地出了汗。李书记看着她笑了笑，去了里屋的洗手间。

17

映霞与包贵发认识十二天就结婚了。包贵发退伍前是空军地勤的一名机械师。人还没见面，映霞在心里就答应了这门婚事。因为李书记告诉她，包贵发从小是个孤儿，初中毕业以后在派出所协勤，后来当了兵。结过一次婚，妻子在婚后不久出车祸去世了，没有孩子。李书记还说，这样的机会千载难逢，映霞这里选婿，包贵发正好转业复员，才刚35岁。若不是下手早，包贵发不定被谁抢去呢，现在大龄的未婚男人越来越像孔雀开屏，不凑巧了你根本看不到。

为了稳妥起见，李书记先约见了包贵发，把他的想法和要求摸清楚，包括工作意向。包贵发在李书记的办公室只坐椅子的一角，还是李书记再三敦请他才坐下。他在部队享受副营职待遇，这个级别一般在地方不做职务安排，所以他在李书记这里很紧张。他提出去政府部门工作，李书记说，除了县委和政府，其他单位随你挑。包贵发选择去金融部门，他觉得那样的部门待遇好。李书记把办公桌上的一张合影照片拿给包贵发看，是一次党代会的合影，人头像很小，但映霞的那种清爽和干练一眼就能看得出。李书记问包贵发愿不愿意与这样的人结为连理，包贵发这才知道县委书记为啥要接见他，书记亲自做媒，对方肯定是位女干部。包贵发想到这点，他一口答应了。

李书记说，女方可比你大四岁，这一点你要考虑清楚。

包贵发说，我从小就没有亲人，愿意有个姐姐。

起初，映霞不喜欢包贵发的名字。不喜欢，也见了面。见了面，映霞才发现不喜欢包贵发的长相。个子不高，脑袋有点像饼子。但映霞说服了自己，你还能找啥样的呢，人家不嫌弃你已经够了。一张嘴说话，映霞又不喜欢他的黄龅牙和那一脸萎靡的笑，那笑总有点像睡不醒。总之，在映霞的眼里包贵发一无是处。但李书记不那样看，李书记说，映霞现在什么也不缺，就缺一个安稳的后院，这个角色包贵发再合适不过了。映霞还能说什么呢，她边洗澡边痛哭了一场，那不是哭，更像是嚎，在莲蓬下的水雾里，映霞像荒原上的一匹狼，怎么嚎都难以发泄自己心中的孤独和委屈。但抹干了自己，映霞就把眼泪都收了起来。就像一个紧急工程，映霞知道自己要倒排工期了。映霞与包贵发见了几次面，就把包贵发约到了家里，亲手做了几个菜，俩人喝了酒。映霞关闭了所有的灯，点亮了一对红烛。一切都像电影里演的那样。窗外是一轮明月，包贵发拿出了一只银镯戴到了映霞的手腕上，说是母亲留下的唯一遗物。与其说他喜欢面前的这个女人，毋宁说需要。他也看出来了，这个女人也需要他。

那种温柔的感觉随着酒精的挥发在上升。之后他们躺到了一张床上，包贵发上下忙得不亦乐乎，完事，满足地说，没想到你还这么紧。

包贵发平时是一个沉默的人，但他喜欢研究男女情事。他以为映霞这样的人物身边不会缺少男人，只要她以后一心跟自己过日子，包贵发就准备原谅她。毕竟，他在这座城市一无所有，他需要映霞带给他的一切。

映霞却没有听明白包贵发的话，她在心底享受地出了口长气。怔了片刻，映霞问，你刚才说了什么？

包贵发拍了下映霞的大腿，说，夸你呢，紧。

映霞突然想起了若干年前身体下的那块白布，她还以为是人家怕她脏了褥单。映霞反转过身去，皱紧眉头闭上眼睛，长出一口气，就有泪水像虫儿一样淌了下来。

18

政府一正六副七位县长，映霞是唯一的女性，分管经济协作、水利和交通，都是重点部门。用李书记的话说，你年轻，就得多压担子。映霞上任不久，白文庭就跟交通局长一起找了来，原来他们是表兄弟。白文庭与映霞热烈握手，说咱罕村也终于出了县领导，那可是全村四千多口人烧高香了。映霞见了白文庭居然也觉得亲切，过去的那些是非早就跑得无影无踪了。映霞问他们有什么事，交通局长说，表兄白文庭来找他，是为了村里修路的事。村南的仓桑公路要扩道，要是能借个光，把罕村的路顺便也修一修……映霞说，这是你们哥俩的事，我不管。白文庭说，县长这就是同意了？路通了，我们请县长去剪彩。

映霞把两套小房子卖了，换了套 160 平米带电梯的大房子。原来算计还要添些钱，可开发商多打了折扣又赠了精装修，一下就省了不少钱。包贵发很勤快，每天都把新房打扫得一尘不染。可映霞心里总是揪得难受，仿佛包贵发是个怪物。一个星期天，映霞和包贵发一起去罕村接张荣花，才发现柏油路一直修到了自家门口，张荣花穿得花团锦簇正跟街坊聊天，说这回要跟县长闺女进城，常住了。过去映霞一直不肯接她去，一是因为小灰需要人打理，二是因为映霞从心里不喜欢她。这种不喜欢的种子好像就是从分驴的时候就种下了，到跟小庄结婚，那颗种子都开花了。惦记也惦记，想念也想念。映霞就是不愿意跟她一起生活，看透了这点，张荣花变得诚惶诚恐，不知怎样讨好映霞才好。

有一天，一辆双排座汽车停在了门口，车上下来两个小伙子，说是来拉驴的。张荣花喜出望外，问要把驴拉到哪里。其中一个小伙子说，您就别管了，映霞县长有安排。张荣花连声说阿弥陀佛，她早就把小灰养够了，每天都要给它收拾粪便，夏天又招蚊子又招苍蝇，满院子都是驴味，若不是碍着映霞的情面，有十头驴也卖了。张荣花有些不放心，问，这事映霞真的知道？小伙子说，您就放心吧，她不同意我们哪敢来拉。张荣花喜滋滋帮忙把驴轰到车上，看着双排座滴滴走远了。双排座顺着环湖东路一直走到了山里，来到了一个老乡家，映霞在那里等着。老乡只知道要代城里人养驴，却并不知道眼前的女人是谁。

　　映霞每个月都来看小灰，李书记那里，她用市场买来的一头驴交差了。

　　见了映霞，那些叔叔大爷都站了起来，跟映霞打招呼。包贵发不用映霞张罗，就从后备厢里拿了烟酒分发出去，见者有份。张荣花喜滋滋地说，抽吧抽吧，这烟都是好烟，贵着呢。映霞的心里也敞亮了一下，出去了十几年，她终于找到了回家的感觉。

　　张荣花做饭，包贵发跟着打下手。张荣花喜欢这个姑爷，包贵发也找到了亲娘的感觉，两人在一起，总有说不完的话。映霞则是这里转转那里看看，离开家十几年，映霞的感觉很复杂，说不出的欢喜和心酸。后院是片小菜园，栅栏外面是一个红砖垛，还是父亲在世时买的砖想砌墙，父亲突然去世，母亲一直没能把墙砌起来。当然映霞现在有能力了，可连母亲都要搬走的家，砌墙还有什么用呢。映霞在一畦韭菜埂上蹲了半天，站起来头都是晕的。左转是房子与院墙夹起的一个胡同，从胡同穿过去，就是驴棚。水泥槽子还是父亲在世时垒起来的，梁上挂着套包和驴架。映霞站到驴棚里，小灰的气味还隐隐可闻。多年以前的情景又重新显现，映霞想，自己这一生的命运，是不是真的像李书记说的，与小灰相关呢？

　　这次来接张荣花，是映霞的主意，包贵发双手赞成。那样大的房子，每天都是冷清清的。映霞每天都回来得很晚，不管多晚，包贵发也要等她，洗澡，上床，做爱。映霞不胜其烦，越来越难面对那张饼子脸。映霞这才想到要把张荣花接过来一起住。既然丈母娘跟姑爷有话说，把张荣花接过来住，那叫相得益彰。

　　吃过饭，映霞又到村里转了转。她工作过的那个服装厂，大铁门紧锁，锁头和门扇都生了锈。映霞走了以后，这个厂就被私人承包了，后来经营不下去，厂里的几个老人儿各显神通，在自家的房前屋后办起了私人作坊，等于把一个大厂化整为零。映霞扒在门缝往里看，吸引了附近几个孩子的注意。其中一个孩子问，你在瞅什么？映霞回头一看，身后高高低低站着五个孩子，自己却一个也不认识。

　　很长时间，映霞都找不着当县长的感觉。像在厂里一样，她有事必躬亲的毛病。一点也想不到自己还有秘书，还有公务员。映霞不怕出席场合，但她怕应急发言，总怕说不到点子上。有两次出席人大、政协的活动，映霞讲话都讲得面红耳赤。消息传到李书记那里，李书记批评映霞不做功课。笨鸟先飞，你咋就不知道自己是那笨鸟呢。映霞急得抹眼泪，李书记说，谁都不是生来就会当县长，这也得学习。话讲不好没关系，做得好就行。

　　如果把政府当作一个作坊，那就是招商引资作坊。每天会上会下谈的都是盯项目。市里每个季度都有经济排行榜，总量，产值，利税，你不增长人家增长，倒数老大的滋味不好受。为盯一个项目，几个县长南上北下几夜不眠不休的事都常有。一个新型建材项目从春天就开始谈，指望到了秋天能落地开花，可突然又有不幸的消息传来，人家不准备签约了。盘子码好了，里面的肉突然没了，一夜之间县长多了好几根白发，早上坐在早餐桌前粥都喝不下去，嘴唇起了一圈燎泡。那家集团的董事长姓邱，一个干巴巴的瘦老头儿，是映霞参与接待的，彼此印象都很好，突然变卦打了他们一个措手不及。映霞思谋了两天，决定赴广州做最后一搏。她记得邱董事长说过，自己的老家在山西，是在山坡上放驴长大的。后来把家里的驴放丢了，在找驴的道上越走越远，驴没找到，家也回不去了。他担心酒鬼父亲会杀了他。那年他才十七岁。

　　映霞记得他爱吃小炖肉，五花三层的那种，还要咕嘟咕嘟开着锅。这些年在南方，多珍贵、多稀奇的东西都吃过，但从没吃到过这么好吃的小炖肉，吃起来特别解馋。当时他们是在宾馆的贵宾厅里，小炖肉是用烟火熏出来的，邱董事长足足吃了一小碗。别人没有注意，映霞却研究了小炖肉的各种作料。映霞去附近的部队参观过，野战部队用的餐盒是高科技产品，保鲜保温的性能非常好，映霞托人找了一个，自己亲自去市场千挑万选了肥瘦相间的五花肉，这边告诉食堂的大师傅如何炮制，那边让秘书网上订机票，自己则跑回家去准备随行物品，一切准备就绪，映霞挎着大食盒直接去了机场。飞机在广州降落已经下午三点多了，映霞打车去了龙海集团总部，敲开了董事长办公室的门，把邱董事长吓了一跳：你怎么来了？

映霞把食盒放到办公桌上，打开，里面热气腾腾，香味扑鼻。映霞说，我亲手做的小炖肉，您尝尝。

董事长明知道映霞此行的目的，可还是被映霞感动了。他们的项目，是准备投到另一个地方了，人家给了更优厚的政策。这顿晚餐，只有董事长和映霞两个人，在香格里拉吃得特别尽兴。邱董事长问，你没想到在我这里吃闭门羹？

映霞说，即使吃闭门羹，我也要找机会给您讲我的故事，与驴有关。

邱董事长马上来了兴致，说快讲快讲。

映霞便从分驴开始讲起，讲的都是自己如何与小灰相依为命的事，里面夹杂着自己的不幸婚姻。有些故事，是生活中发生的，有些故事，则是即兴创作的。不管真的还是假的，小灰的戏份都是最重的。比如，讲到母亲要把小灰送人，映霞以死相逼。映霞这个时候才知道自己原来还有创作才能，邱董事长听得眼窝都湿了，当即表示哪都不去了，就去映霞的县里投资。

签约仪式结束后的酒会上，邱董事长念念不忘映霞家的小灰，让大家莫名其妙。因为谁都知道小灰进了县委的食堂，因为李书记爱吃带皮的老驴肉。所以谁都不敢接邱董事长的话茬儿。邱董事长有点奇怪，说你们不知道映霞县长家的驴叫小灰？大家摇摇头，都说不知道。邱董事长说，我知道映霞县长为啥飞到广州去给我讲小灰的故事，因为你们都不懂驴。

一句话，把大家说得面面相觑。

19

映霞偷偷吃避孕药，被包贵发发现了。包贵发立时像一头发怒的狮子，质问映霞为啥不要孩子。他每天兢兢业业地跟映霞做爱，就是为了及早有个孩子。可映霞说，跟你结婚就没说要孩子，如果知道你想要孩子，我就不结婚了。

包贵发气得大哭了一场，叨咕说我咋找了这样一个女人啊，连只母鸡都不如。张荣花有点同情姑爷，但嘴里却说，她忙着当县长，哪里有空要孩子？

包贵发说，连个孩子都不要，这日子过个什么劲！

家里剩下张荣花和映霞娘儿俩的时候，张荣花就劝映霞还是要个孩子好，县长不能当一辈子，将来老了你指望谁呢？无论张荣花说什么，映霞都不为所动。她心里的话，对谁都不能说。她不是不想要孩子，是不想跟包贵发生孩子。一看到包贵发的饼子脸，映霞就心生厌恶。她不敢想象将来自己的孩子长成包贵发那样，那是要命的事。

映霞对张荣花说，我的事你不要管，你管好自己就行了。

包贵发不肯善罢甘休，分别找了书记县长做说客。涉及到家务事，当领导的也不好说什么，李书记挠着脑袋对映霞说，两口子的事，商量着来。

映霞说，您管做媒，还管我们生不生孩子？

映霞这话有了八分气，她气李书记把这样一个人介绍给自己，浑身上下没有丁点可爱的地方。不管哪里稍微可爱一点，也不会让映霞这么痛苦。

李书记说，我又没绑着你进洞房，人是你自己选的，怨不着别人。

包贵发在外面却很有女人缘。经常一大桌子人吃饭，就他一个男的。也就是说，他的朋友当中，女人居多。包贵发为人大方，总是买单者，又经常送些小礼物，这都是女人喜欢他的原因。他送的礼物其实都价格不菲，因为都是映霞带回家来的。在哪里放久了，包贵发看映霞不注意，就会偷偷带出来。

包贵发在酒桌上妙语连珠，尤其擅讲黄段子，经常笑得人捂着肚子前仰后合。酒喝大了，他还愿意把人带回家来喝茶。沏一壶龙井，沏一壶铁观音，再沏一壶普洱，让大家轮番享受。一群酒鬼孟浪地笑闹，连隔壁邻居都受干扰。张荣花起初还拿她们当客人待，后来只要看见她们进门，就一分钟也不耽搁，穿着拖鞋就下楼。坐在楼下小公园里的石板椅上，能看到自家窗口。张荣花就在那里抹眼泪。那些人走了，张荣花就赶忙回去收拾屋子。她不愿意让映霞知道这一切，她怕映霞受不了。

可哪里会有不透风的墙，映霞不单知道这些，还知道包贵发与女人之间更多的事，那些女人姓甚名谁、在哪工作都有人给映霞提供。映霞不动声色地让人把其中两个女人调离了原岗位，发配到遥远偏僻的乡镇去了，一个去了大洼深处，一个去了北部深山区。女人去找包贵发哭诉，包贵发用刀子指着映霞说，你要不把她们调回来，我就把你宰了。映霞鄙夷地看了他一眼，从容地报了110。

夫妻处到这个份上，按说就该离婚了。映霞给县委写了份离婚报告，李书记首先不同意。说天底下的男人都一样，跟谁结婚都是结，再婚你保证就能幸福？女人选择从政，就意味着要做出牺牲，哪个男人都不愿意家里的老婆是个女领导，强势不说，又管不了孩子又照顾不了家。包贵发对你不错，你不要孩子还能跟你过下去，换了别人，早提出离婚了。

映霞说，您要是不批准我离婚，这个县长我不当了。

李书记说，你要是真想不当，当初就不会结婚了。

一句话说得映霞语塞，李书记又乘胜追击，说离婚是官场的大忌。建国这么多年，历任县领导从没有离婚的先例。怎么在我的任上，就出这种事情呢？这让市委怎么看，让广大干部群众怎么看？家都搞不好，让人如何相信你能当好副县长？我还有半年就要退休了，你要真想离婚，就等我退了再说吧。

映霞却是一天也不想坚持下去了。她把所有的条件开给包贵发，房子、存款，家里的一切，自己什么都不要，只要包贵发肯去履行手续。包贵发却不答应，他说我结婚不是因为爱情，离婚也不会因为爱情。映霞问，那你结婚是因为什么？包贵发说，是因为你勾引我。我如果不是那么早失身，就不会那么快结婚。映霞找出那只银镯子，是包贵发送给她的唯一的一件礼物，狠狠摔在了地上。映霞说，带上你的东西，哪远滚哪去！包贵发冷冷一笑，我知道你看不上我，可我看得上你。我如果跟别人结婚，儿子都会打酱油了。你这个时候让我走我就走？你以为我是抹布，说扔就扔？

硬的不行，映霞又来软的。她说你还年轻，一切都还来得及，何苦在我这棵歪脖树上吊死呢？

包贵发眨巴眨巴眼，掏心掏肺地说，我选择跟你结婚，就是想在你这吊着的。我在你这儿都吊习惯了。

　　说到底，包贵发还是不舍得映霞。他虽工作在金融部门，可却不懂业务。这些年浪里浪荡地过，只会吃喝嫖赌，没有别的本事。没有职务，却按副职享受待遇。包贵发很清楚，这些都是沾了映霞的光，映霞一旦跟他离婚，他在单位都未必待得下去，银行是工作效率高的部门，不会养没用的人。

　　日子疙疙瘩瘩往前走，两个人都很受伤。映霞经常整宿整宿失眠，早饭吃得无精打采。早餐桌上七位县长，六位男士，映霞原本应该是绿叶中的一朵花，可这花终日打不起精神，男人私下就叫她窝囊花。

20

　　张荣花对包贵发说，她要回老家了，城里人多车多，空气都噎嗓子。还是家里好，老街旧邻能串门子，张荣花把自己的东西包了好几个包裹，都是映霞用剩下的方围巾，张荣花把包裹包得两头翘，就像小船一样。

　　包贵发看着张荣花里外忙碌，很想说句什么。他知道张荣花不情愿走，她走一定是因为自己。包贵发鼻子有点酸，共同生活的这几年，他曾与张荣花情同母子。不知从什么时候起，他与张荣花的隔阂越来越深。有一次，他与一个女人调笑，正好被张荣花撞见。那天他们都喝多了酒，有些无所顾忌。张荣花羞臊得脸通红，下楼甚至跑丢了鞋。想到这里，包贵发走到了张荣花面前，直挺挺地跪了下去。包贵发说，您别走，我以后好好孝敬您。

　　张荣花没有理会。过去那些日子，在她心上结了深深的怨。若是没有包贵发，她和映霞母女该是平和、富足、体面的日子。因为多了这样一个人，就让所有的日子都起了褶皱。她拿起了包裹，绕过包贵发，下楼。包贵发走到窗前，见映霞的车子停在楼底下，司机跑过来接张荣花手中的包裹，张荣花上了车。

映霞也从此再没回来过。包贵发大醉了一场，把家里砸了个稀巴烂。

华丰小区发生的凶杀案，被严密封锁了消息。但还是有丝丝缕缕的信息渗透出来。被杀的人是女副县长映霞，身中七刀。她的母亲张荣花被吓昏了，爬到了窗格子上，手臂伸到了外面，却没能喊出什么。也许她是喊了的，但却没有人听到。华丰是新开发的小区，入住率很低，映霞和母亲几乎是第一个搬来的业主。至于杀人的理由，也几乎是不难猜度。映霞在男方不知情的情况下，单方办理了离婚手续，并偷偷在外面买了房子。

消息报到县委，李书记紧急召开了常委会议。他脸色铁青，嘴唇乌紫，身上似乎都在冒着凉气。他平时不怎么吸烟，但遇到紧急的事情，会吸得很凶。副县长被谋杀，不管缘于何种理由，都是爆炸性新闻，若是传到网上，被人揪住辫子，鸡生蛋蛋生鸡没完没了，对整个集体都是损伤。眼下又到换届之年，平稳过渡和平安着陆在他都是比天还大的事。人员召集齐，他首先问大家，都谁在华丰有房子？大家都摇头。李书记又问，谁知道映霞在华丰安家的事？又是一阵沉默。李书记点着了一根烟，说事情已经出了，你们说怎么办。几个常委都不错眼珠盯着他的脸，重要问题都是一把手拍板，这是惯例。何况映霞是他一手提拔起来的，怎样善后，他说了算。李书记这才通报了一些消息，但他只强调映霞非正常死亡，只字未提谋杀。大家也就清楚了，纷纷表态说，映霞这段精神抑郁，自杀也在情理之中。

李书记最后说，人死为大，按说我不应该再提旧事。那头驴，大家都记得吧？

大家都说记得记得，叫小灰，送给县委食堂了么。

李书记哼了一声，说，这个人总爱耍小聪明。我听一个叫马燕的记者说，她分驴就欲擒故纵，送给食堂则用了瞒天过海之计。

所有的人都"啊"了一声。

李书记说，驴肉我吃了第一口，就断定那头驴超不过 5 岁，而不是映霞说的 25 岁。

大家都把下巴端了起来，说太过分了太过分了。书记对她这么好，连头驴居然都不舍得。只是……小灰呢？

李书记说，我懒得再问这件事，否则我会找不到一头驴？

大家吸了一阵烟，就把会散了。

走到门口，李书记说了句：哪里有老驴，都记着告诉我一声。

图书在版编目（CIP）数据

分驴计 / 尹学芸著． —— 北京：作家出版社，2018.10
（第七届鲁迅文学奖获奖者小说精选集）
ISBN 978-7-5212-0265-6

Ⅰ．①分…　Ⅱ．①尹…　Ⅲ．①中篇小说 – 小说集 – 中
国 – 当代　Ⅳ．①I247.5

中国版本图书馆CIP数据核字（2018）第235079号

分　驴　计

作　　者：尹学芸
责任编辑：史佳丽　翟婧婧　李亚梓
装帧设计：孙惟静
出版发行：作家出版社
社　　址：北京农展馆南里10号　　邮　　编：100125
电话传真：86-10-65930756（出版发行部）
　　　　　86-10-65004079（总编室）
　　　　　86-10-65015116（邮购部）
E-mail:zuojia@zuojia.net.cn
http://www.haozuojia.com（作家在线）
印　　刷：三河市兴博印务有限公司
成品尺寸：152×230
字　　数：188千
印　　张：15.75
版　　次：2018年11月第1版
印　　次：2018年11月第1次印刷
ISBN 978-7-5212-0265-6
定　　价：38.00元